KETTY ROUF

# MÈRE ABSOLUMENT

roman

ALBIN MICHEL

Publié en accord avec l'agence littéraire Astier-Pécher.

# Prologue

J'ai grandi sans le désir d'enfant. Je ne me suis jamais sentie concernée par la reproduction de mon espèce. Ce n'était pas à moi de la perpétuer. Mon corps m'a été utile pour manger, boire, marcher, baiser. Il y a eu des hommes qui ont fantasmé sur mon ventre et qui, jouant au jeu des caresses, y posant leurs mains, ont considéré qu'il y avait là de la place pour un beau bébé. D'autres ont saisi mes poignets, serré mes chevilles, mes hanches, mes épaules et se sont exclamés, « Tu es bien bâtie, il faut te faire un petit, tu dois avoir un excellent capital génétique ». Ça me vexait. Je me suis toujours méfiée des hommes, de leurs mots qui faisaient de moi « une de ces femmes à qui on veut faire un enfant ». Je suis partie de plus en plus loin d'eux, vers des aventures où mon corps ne risquait pas de s'engager dans une course à la fécondation, et je n'ai pas attrapé la maladie. Celle de croire qu'une femme désire forcément enfanter et que, si ça ne lui arrive pas, elle est malheureuse toute sa vie.

Pendant plus de quarante ans, j'ai vécu heureuse.

# PREMIÈRE PARTIE

Le diagnostic s'est abattu sur moi à l'instant précis où mon utérus a craché du sang. Je me suis subitement levée, obéissant au réflexe primitif de fuite, mais le médecin m'a invitée à me rasseoir. « Je n'ai pas fini », a-t-il décrété. Ce qu'il lui restait à dire n'avait plus d'importance. L'essentiel ne souffrait pas d'ambiguïté. Ma mère commençait à mourir, une hospitalisation était désormais nécessaire, et moi, j'allais tacher de rouge le velours couleur moutarde sur lequel j'étais assise. Je suis restée en équilibre sur la fesse gauche et une seule question me taraudait, à savoir si les deux événements étaient rattachés par une relation secrète. Un merci embarrassé est sorti de ma bouche pendant que je lui tendais une main molle, pressée d'aller vérifier l'état de mon entrecuisse.

En moi, quelque chose se déchirait. Je la sentais cogner, la douleur froide, et toujours cette sensation de saleté coulante, les jambes brisées par des spasmes abdominaux me faisant souffrir le martyre. L'annonce de la mort imminente de ma mère avait eu le pouvoir de déclencher les règles les plus douloureuses que j'aie jamais eues. Ce que je croyais, avant de me retrouver derrière la porte fermée des toilettes, de jeter par terre sac, clés, manteau, et de baisser pantalon et culotte. J'ai serré fort le vagin, ça sortait rond et lisse comme une dragée. Ma main a recueilli un petit œuf blanchâtre contenant un être minuscule, à la fois prodige et défaillance de la nature. Assise sur la cuvette, j'admirais hébétée sa tête et l'amorce de ses membres. Les deux grains noirs n'étaient pas encore des yeux mais c'est grâce à eux que je me vois à présent. C'était donc ça, l'ivresse profonde dont je m'étais demandé d'où elle pouvait bien venir et qui avait effacé tout souvenir de ma dernière séparation amoureuse. Une relation insignifiante, de moins de six mois, avec adieux sans préservatif pour essayer de croire qu'on s'était tout de même aimés. Peu de temps après, j'avais été terrassée par la joie diffuse, inhabituelle, monstrueuse, de me sentir comblée par mon propre corps. Une symbiose avec moi-même. Ce n'est pas normal, me disais-je. Mais je ne pouvais pas croire à « cela », en ayant pris grand soin d'effacer de ma conscience la seule chose à laquelle j'aurais dû penser. « Cela » pouvait-il encore m'arriver ? J'ai toujours scrupuleusement veillé à mettre des préservatifs dans mon sac. Même lorsque je changeais de sac. Et pendant toutes les années où j'ai pris la pilule, je ne l'ai jamais oubliée. À 19 heures pile, je pouvais la déglutir sans boire de l'eau. Je garde, involontaire et indélébile, le rituel gravé dans la mémoire du geste. Chaque jour, à la même heure, j'avale un bon coup de salive.

Je fais partie de ces quelques poignées de femmes qui ne sont jamais tombées enceintes et qui n'ont jamais avorté. Mais peut-on traverser toute une vie sans être ébranlée ne serait-ce que par la curiosité de savoir ce que ça fait de tomber enceinte ? Que demander à son corps, si ce n'est la grâce de ne pas mourir tout à fait ? J'étais persuadée d'être en préménopause, à cause de l'âge et des cycles très irréguliers, mais je ne cherchais pas à en savoir plus. J'ai repoussé plusieurs fois mes rendez-vous gynécologiques en prétextant un manque de temps. C'est comme pour le dentiste. On capitule devant une rage de dents mais, avant de franchir le point de non-retour de la douleur, on se débrouille pour croire qu'on ne souffre pas. La ménopause n'est jamais une bonne nouvelle, même si on n'a pas voulu d'enfant.

J'ai regardé « cela » dans ma main. Quelqu'un a frappé, « C'est occupé », ai-je lancé d'une voix mal assurée. Je n'ai pas osé me débarrasser de la chair de ma chair. J'ai vidé la boîte de chewing-gums et j'y ai déposé, enveloppé dans un morceau de mouchoir en papier, le petit être sans vie en choisissant de l'appeler Anne. J'ai pris un antalgique et contacté Sandra. Nous nous sommes donné rendez-vous sur la place Bardineau. Elle s'est présentée à moi avec le petit seau et la pelle rouge, les jouets de sa fille que je lui avais demandé d'apporter. Nous avons creusé discrètement un bout de terre derrière le séquoia géant du jardin public pour y enterrer ma boîte à chewing-gums.

Le lendemain, je n'ai pas travaillé. Les douleurs au ventre étaient intenses et je n'arrivais pas à marcher. Alitée, j'ai concentré les efforts de toute une journée sur une seule action : l'achat sur internet d'un téléphone portable pour ma mère. Elle s'en était toujours défiée et l'avait rigoureusement interdit à mon père qui lui obéissait sans conviction. Étrangement, je n'ai pas eu besoin de la forcer à adopter de nouvelles habitudes pour communiquer. Elle n'a rien dit, elle a pris son téléphone en m'adressant un regard reconnaissant et elle a aussitôt commencé à pianoter sur le clavier. Une petite semaine lui a suffi pour savoir chercher un contact dans le répertoire et passer un coup de fil. Elle s'est alors laissé prendre par un vortex de besoins, petits et grands. Cela a commencé par les rendez-vous très urgents chez le médecin, les fausses tentatives de cambriolages, le sel et le poivre, le pressing, l'aide à domicile qui sent mauvais, les bas de contention trop serrés ou trop foncés, la photo de nous deux où, paraît-il, on s'embrasse sur la bouche, et qui est introuvable. Le boulanger et l'ophtalmologue répondaient avec la même intensité aux besoins vitaux de ma mère.

Mélangé aux urgences du présent, l'éclat du passé s'était insinué dans sa mémoire chancelante : ma mère me rappelait l'adoration qu'elle avait toujours eue pour moi, affirmait que mon amour pour elle avait été le même. Immense, et démesuré. Prononcés avec conviction, les mots font du réel. Ça m'a donné envie de croire à la parfaite réciprocité de notre amour. Au nom de celui-ci, pendant les semaines précédant son hospitalisation, je suis restée collée au téléphone, guettant l'écran et le mot « maman » prêt à s'afficher. Je n'osais pas l'éteindre, afin de pouvoir sortir, même en pleine nuit, en pyjama avec des tennis sans chaussettes, et filer chez elle. Peu importe si ce n'était que pour m'entendre dire que les plantes n'avaient pas été arrosées et que cette pensée l'avait réveillée. Pendant ce temps, elle ne pensait pas à solliciter mon père, qui ronflait dans la chambre d'amis. Résigné à la progression de la maladie, vaincu, il avouait tous les jours son désarroi et avançait la nécessité d'une hospitalisation. Elle ne voulait pas en entendre parler, elle était odieuse avec lui, caressante avec moi.

Je m'en veux terriblement d'avoir oublié son message. Je n'ai plus de lait, m'a-t-elle écrit, sans ponctuation ni majuscule. Je me donne une gifle, sans doute la même qu'elle me flanquait lorsqu'elle découvrait les quelques pages froissées dans mes cahiers d'écriture ou lorsque j'avais mis une virgule de trop. J'ai oublié le lait. J'ai oublié ma mère. L'infirmière m'a appelée depuis l'hôpital, mais j'étais déjà partie. J'ai aussitôt fait demi-tour sans jeter un coup d'œil aux panneaux de signalisation.

En courant vers elle sans limitation de vitesse, je bute dans les pensées sombres de la petite fille qui se demandait parfois si ses parents étaient réellement ses parents. J'aurais voulu savoir ce que cela faisait d'être orpheline, séduite par l'idée d'une vie qui soit le fruit d'une inconnue. Je freine brusquement, j'allais griller un feu rouge. Il paraît qu'aux enfants, cela arrive de douter, mais je ne tiens pas à ce souvenir. Pourquoi ne l'ai-je pas oublié ?

J'arrive vers 20 h 30, le créneau horaire du changement d'équipe. Une infirmière sort par le grand portail. Malgré l'écharpe épaisse qu'elle porte comme un couvre-chef et qui cache en partie son visage, je la reconnais et la salue. Elle baisse sensiblement la tête, ses yeux m'adressent un sourire. J'accélère le pas, le froid m'y pousse. Je claque des dents sans manteau. Dans les couloirs qui mènent aux bureaux de la direction, les lumières sont éteintes mais je vois que la bouteille de lait est toujours là où je l'ai laissée. J'ai au moins cette chance : ma mère a été admise dans l'hôpital dont je suis la directrice financière.

J'ouvre doucement la porte de la chambre 202. Demain matin elle oubliera d'avoir été oubliée, la nuit porte avec elle une seconde chance, j'ai même pensé à coller un Post-it sur la bouteille, « Je t'aime, maman ». J'ouvre la table de chevet pour m'assurer qu'elle ne manque de rien. Près des oranges dissimulées par quelques feuilles de journal froissées, il y a deux bouteilles de lait. J'allume la petite lumière. Elles ne sont pas périmées.

J'enlève le Je t'aime.

Je voudrais avoir envie de poser un baiser sur son front et me dire qu'elle a tout simplement oublié qu'elle avait deux litres de lait. Je crois plutôt qu'elle n'a pas trouvé mieux pour me faire revenir à son chevet. « Tu ne veux pas t'occuper de moi », ose-t-elle me dire dans ses moments de lucidité. À ses provocations, je réponds par la patience, et le silence. Sauf que là, j'aimerais lui faire peur comme elle le faisait avec moi en levant la main en guise de menace, mais sans me frapper. Son geste suffisait à me faire ressentir la brûlure, et la haine. Je lève le bras droit. Et si je la battais ? Elle dort, ou elle fait semblant. Je laisse tomber mon sac, ainsi que la bouteille d'eau posée sur la table de nuit. Elle demeure immobile, insensible au bruit. Elle n'a pas peur. C'est une vraie mère.

C'est moi qui l'ai traînée ici, matée par du Valium mélangé à de la soupe. Son obstination à vouloir rester à la maison et à refuser les soins était plus puissante que le mal qui la ronge. Je sais qu'elle ne veut pas mourir sans participer activement à sa mort, mais en tant que fille, je me dois d'aider mes parents à persévérer dans l'existence. Leur survie, c'est mon devoir.

Au-dessus de son lit, j'ai fait installer un support en bois pour un mobile bébé avec croisillon d'où pendent des fils de confettis dorés en papier métallisé. Quand elle se met à chantonner la *Valse n° 2* de Chostakovitch, je sais qu'elle se voit danser, vêtue d'une de ses robes longues qu'elle adorait porter aux soirées dansantes.

Ma mère, Bénédicte de Guesclin née Bellary le 15 avril 1940, a été la femme choisie par Jean-Charles, notaire à Bordeaux, fils de notaire, petit-fils d'avocat. Elles sont belles, les photos de leur mariage, Bénédicte avec une robe au décolleté timide et à la longue traîne, Jean-Charles brûlant d'entrain dans son costume trois pièces. Le couple sortant de l'église sous une pluie de pétales de roses, c'est le fond d'écran que j'ai choisi pour le portable de maman.

Je file chez Sandra. Je vais chercher ce que je n'ai pas, la joie de mon amie qui m'ouvre la porte avec son sourire sincère, enveloppée dans un pull épais qu'elle a sûrement tricoté elle-même, petites fleurs blanches et père Noël. La fille aux grands yeux, qui a troqué les lunettes contre des lentilles, s'aime un peu plus avec frange sur carré noir et quelques kilos en moins. Je regrette un peu sa longue tresse qui sentait la fraise et les certitudes de notre enfance. Amélie, sa petite fille de quatre ans, exige de se laver les cheveux avec le même shampooing que sa maman quand elle était enfant. Pour elle, je suis tata Loulou, « celle qui connaît maman quand elle était petite comme moi ». Elle court m'embrasser dès que je franchis le seuil.

– Bonsoir, jolie fille ! Vous sentez bon la fraise.

– Non, tata Loulou, ce n'est pas la fraise. C'est la-fraise-des-bois !

Elle se met à taper des pieds en avançant et en chantant « la-fraise-des-bois-la-fraise-des-bois ». Puis silencieuse, appliquée, elle se met à danser. Le regard cherche un miroir et tout son corps se tend comme pour toucher le ciel. Elle pourrait émouvoir les pierres, en l'occurrence moi, qui ai toujours été une piètre amatrice d'enfants. Amélie me déchire les boyaux, réveille la blessure dans mon ventre. Sandra est là et m'enlace si fort que je perçois les battements de son cœur à travers l'épaisseur moelleuse de la laine. Sa voix chuchote :

– Viens, allons nous asseoir.

Puis elle lance un ordre :

– Amélie, monte à l'étage ! Papa t'attend, va mettre ton pyjama !

Je ne suis pas venue pour pleurer. Pas non plus pour parler de ma mère glissant à la dérive, de mon père qui s'effondre parce qu'il ne sait pas vivre seul. Je suis là parce que Sandra me l'a demandé. Ce qu'elle a à me raconter ne la laisse plus dormir. « Tu peux arriver même au cœur de la nuit », m'a-t-elle dit.

– … ce n'est pas sous anesthésie, mais ça ne fait pas mal… Tu es allongée comme chez le gynéco, buste légèrement relevé, les pieds dans les étriers… Il y a une caméra, un écran… C'est comme une grande seringue avec une espèce de sonde, à l'intérieur il y a les embryons… Le médecin fait rentrer le tuyau, qui est tout fin, par les voies naturelles… elle essaie d'aller le plus loin dans l'utérus… Je vois sur l'écran la sonde, ça monte, ça monte… Elle dit, j'essaie d'aller plus loin… ça ne vous fait pas mal ? … puis, attention, je vais injecter et vous allez voir, quelque chose de brillant apparaîtra à l'écran, ce sont vos embryons… et après, ça a fait comme une étoile, deux petites étoiles... Waouh !!

– Waouh !! Des étoiles, tu dis ? Des étoiles ?

– Oui, Louise, c'est comme une étoile qui soudainement s'allume et disparaît. Ce n'est qu'un instant, mais c'est une des plus belles choses que j'aie jamais vues.

– Et après ?

– Après, on m'a dit que c'était fini et que je pouvais partir. En réalité, je ne voulais pas bouger, je voulais rester là, immobile, et attendre peut-être de voir l'étoile se rallumer, j'avais peur que ça parte, que ça glisse en dehors de mon corps.

Sandra parle, ne cesse de parler. Ses mots se répandent dans le salon, l'excitation la fait parfois bégayer. Les « oh » et les « ah » s'enchaînent aux superlatifs rythmés par des claquements de langue. Son bonheur m'émeut, je voudrais le même. L'image de l'étoile n'a rien d'invraisemblable, au fond. Le ventre d'une femme est le ciel auquel on adresse des prières.

De loin, j'entends une sirène aboyer. Le cri de l'ambulance s'estompe petit à petit et ne me laisse que le murmure des pensées confuses. Sandra m'a dit, « Ça te ferait du bien, un enfant ». Cette phrase a résonné dans ma tête toute la nuit. Mes jambes avancent dans le noir, il me faut seize pas pour arriver au niveau de la porte C12 située à gauche, mon bureau. Je n'allume pas la lumière, c'est comme un jeu pour exercer mes sens. Je saisis le trousseau de clés et cherche le trou de la serrure. D'habitude, j'ouvre du premier coup. Aujourd'hui, il me faut deux essais. Je ferme la porte sur le couloir englouti par la nuit à sept heures et demie du matin. Sur mon bureau, les « Perspectives 2008 – 2009 » crient d'impatience, la fin de décembre approche.

« L'objectif est de renouveler la performance économique de 2007. Les principaux enjeux pour atteindre cet objectif sont : la capacité à augmenter l'activité de 5,9 % ; le strict contrôle des dépenses ; l'optimisation de l'enveloppe des achats aussi bien de médicaments, d'équipements que de prestations intellectuelles… »

Ce n'est pas un bon mois pour me faire ça, maman. J'aurais aimé porter ma robe ivoire en lin pour accompagner ton agonie, celle avec la ceinture, mais tous les jours il fait un peu plus froid. Pourquoi veux-tu mourir en hiver ? J'aurais préféré l'été, le printemps à la rigueur, mais tu es têtue, tu as toujours aimé être seule, de ton côté. Ça bouffe la vie, une mère qui meurt. Ça ne devrait pas exister. Je ne sais même pas comment tu veux être habillée. Ce n'est pas une question à poser, Qu'est-ce que tu aimerais porter à tes funérailles ? Ça m'obsède parce que c'est moi qui devrai m'en occuper. Mon père ne le fera pas. J'espère que mon frère mettra en suspens sa vie australienne pour arriver à temps pour la cérémonie. Pour un homme, il est facile de couper le cordon. Un mec qui sait se débrouiller dans la vie aura la chance de croiser de nombreuses mères de substitution. Une femme, généralement, est condamnée à en avoir une seule.

Il me faut une pause avant la réunion de 11 heures, j'ai envie de te voir, mais quand j'arrive dans la chambre, papa est à ton chevet, il lit pour toi. J'avais oublié qu'il viendrait ce matin, le moment est peut-être mal choisi puisqu'il s'arrête sur « On va te guérir… » lorsque j'ouvre la porte de ta chambre et je reconnais aussitôt le livre qu'il a entre les mains.

– Tu es en train de lui lire *L'Écume des jours* ? Tu as toujours détesté ce roman…

– C'est elle qui me l'a demandé. Ce n'est pas si mal, en fin de compte. On avait commencé à la maison.

Je m'approche du lit lorsque ma mère lève faiblement son bras sous perfusion pour toucher les confettis dorés suspendus au-dessus d'elle qui se mettent à bouger par petites secousses. Elle doit chanter intérieurement. J'ai mis une robe en laine rouge parce que je n'en peux plus du blanc des tuniques et des blouses. On a besoin de couleurs dans ce lieu si terne, j'espère qu'elle appréciera. Depuis l'hospitalisation, je m'asperge abondamment de Poison pour en laisser un peu dans cette chambre qui pue la désinfection acharnée. Je pose un baiser sur la joue de papa pendant qu'elle sort de son hébétude et demande :

– Jean-Charles, qui est cette dame qui t'embrasse ?

Je me redresse, sidérée.

– Ma chérie, c'est Marie-Louise, ta fille. Regarde-la bien.

Deux étrangères se font face. Moi non plus, je ne te reconnais pas. Ça m'ôte la parole.

– Non, celle-là n'est pas ma Marie-Louise.

Mes yeux se noient de larmes. Les siens m'offrent du vide, immobiles sur moi qui prends instinctivement sa main dans la mienne et qu'elle me refuse. Je m'en vais vaincue, mais aussi pour cacher mon désarroi, pendant que sa voix répète seulement « je-veux-rentrer-à-la-maison, je-veux-rentrer-à-la-maison ». Comment peut-elle mourir sans se souvenir de moi ?

J'ai sans doute raté la bonne porte, il n'y a rien de familier dans le labyrinthe des couloirs de plus en plus longs, les étages se confondent dans ma tête, j'en oublie le numéro de mon bureau. Où sont mes tableaux Excel, les charges d'exploitation, le tableau de financement ? Ils sont là où ils doivent être, sous mes yeux, et n'ont pas quitté l'écran de mon ordinateur. J'ai encore quelques minutes avant la réunion pour oublier qu'elle m'oublie. Je glisse sur Google et tape « insémination artificielle femme seule Belgique ».

Il est 10 h 50. Je me dirige vers la salle de réunion avec une adresse à Bruxelles qui danse la samba dans ma tête et l'envie de jouer à quitte ou double. Un frisson de plaisir me ramène là où j'ai envie d'être. Du côté de la vie.

Ça commence quand, le désir ?

Il m'a envahie, comme les mauvaises herbes qui poussent la nuit et au réveil il est trop tard, elles sont déjà là. Ça m'a donné la chair de poule et seulement l'espoir d'un plaisir. En moi, il y a un trou béant. C'est ça aussi, être une femme : céder à l'appel des hormones. L'Appel de la Vie. J'en chiale. Parce que chez la femme, bien plus que chez l'homme, il y a quelque chose de plus obstiné, de plus fort que sa propre vie, et ça s'impose comme une vocation, ou une destinée. Un besoin banalement appelé reproduction, mais qui est bien plus que ça. C'est une bénédiction. Présence d'un dieu, ou de celui qu'on appelle Dieu, et qui est le plus beau mot qu'on ait trouvé pour dire que la vie dure éternellement. Et l'éternité a toujours le nom d'un enfant.

L'avoir eu dans mon ventre m'a complètement shootée. Mon corps me parle de sa puissance et de son imperfection. Une fausse couche relance impitoyablement la dialectique vie-mort mais aussi l'étonnement. Je me demande comment cela a bien pu m'arriver. Je l'ai fait sans protection, soit. Mais à mon âge, quand même. Ça me donne un espoir que je n'ai jamais cultivé. Il est désormais trop tard pour être celle que j'ai toujours été, la femme qui ne voulait pas être mère. J'attends mon cycle et guette le rose, le rouge sur le papier hygiénique, les seins lourds, tendus. La petite douleur dans les reins, le corps qui gonfle. Je multiplie mes allers-retours aux toilettes, je fais pipi des dizaines de fois par jour et bois des litres de thé pour en faire encore plus. Ma gynécologue m'a prescrit un bilan hormonal. « Il faut que vous sachiez où vous en êtes avec votre réserve ovarienne », m'a-t-elle dit avec l'air de me donner un ordre. J'ai besoin d'attendre quelque peu avant de savoir. J'en meurs d'envie mais ça me terrifie.

Je croise des femmes dans la rue. Certaines ont un petit ventre rond qui écarte discrètement les pans d'un manteau, d'autres ont fière allure avec leur bide énorme. Il y a beaucoup de femmes enceintes, je n'avais jamais remarqué. Je me demande si c'est le froid qui fait pousser quelques larmes au coin de mes yeux ou si je deviens tellement sensible, pathétique, en cherchant dans la foule des visages de bébés, des enfants qui marchent à peine, tous ces petits pieds impatients, les petites mains gantées, les sourires édentés, la moue renfrognée. Des joues comme des cerises. À croquer. Le père avec le landau, là-bas, lui aussi serait à croquer. D'un coup, j'ai chaud et c'est un appel, cette envie liquide où je me noie et me hâte de ressentir une urgence. Il faut faire vite, baiser tout ce qui passe, lever la main, me désigner comme celle qui a envie. Celle qui a oublié qu'elle n'a jamais voulu d'enfant.

J'ai quarante-deux ans, une vie pleine et un ventre vide.

J'ai honte. Un corps qui réclame est un corps qui nous échappe et nous gouverne. Non pas femme, mais femelle. Je me lève de plus en plus tôt, impatiente de prendre ma température. Les médecins disent que c'est infaillible, un thermomètre dans l'anus et toujours avant de sortir du lit. J'ai imprimé la grille pour y inscrire la courbe, acheté les tests et des brocolis, lentilles, kiwis. Que des aliments riches en acide folique. Toute la journée je me pose une seule question, à savoir si je vais ovuler ce mois-ci, le prochain, et celui d'après. Pour combien de temps mes ovaires vont-ils produire des follicules et des ovocytes ?

Le désir, du ravage.

Hier, j'ai acheté des tickets de bus. Je ne prends jamais les transports en commun. À 14 heures, c'était plein. Je suis allée vers les places réservées aux mutilés de guerre, aux personnes âgées et aux femmes enceintes, j'ai souri à un homme assis et j'ai pointé mon index droit en direction de mon ventre. Il s'est immédiatement levé, m'a fait des courbettes – « Je vous en prie, madame, asseyez-vous ». Je suis ensuite allée faire quelques courses, j'ai choisi la caisse réservée aux personnes avec handicap et aux femmes enceintes. À une vieille dame avec béquilles qui me regardait bizarrement, j'ai souri – « On ne voit pas trop, madame, mais au secours les nausées ». J'ai porté une main à ma bouche. La vieille m'a cédé sa place et tout le monde a fait pareil.

Tous les jours, j'envoie des nouvelles à mon frère Alphonse. Il ne tardera pas à arriver, il sait que j'ai ramené notre mère à la maison, même si cela peut lui ôter quelques jours ou quelques semaines de vie. Au début, la rengaine je-veux-rentrer-à-la-maison n'était que la supplication d'une petite voix pudique. Cela s'est transformé en un cri délirant qui nous a tous exténués. Avec l'accord de mon père, je l'ai fait transporter à la maison où elle a renoué avec ses longs silences. J'espère que la mort viendra pendant son sommeil. Son corps s'agite parfois sans que personne accède au secret qui la ronge, aux visions qui la terrifient ou à celles qui l'apaisent. J'ignore quelle est l'histoire que sa carcasse souffle à son esprit, mais j'ai trouvé le moyen d'installer au-dessus du lit conjugal le mobile bébé avec les confettis. Ça lui fait du bien. Elle ne prend plus le téléphone que pour regarder la photo en fond d'écran. À ce moment-là, elle esquisse un sourire.

– Comment s'appellent ces jeunes gens, maman, tu t'en souviens ?

– Quelle question ! Évidemment que je m'en souviens. C'est Jean-Charles et moi. Pourquoi vous m'appelez maman ? Sur la photo j'ai vingt-sept ans, madame.

Elle se souvient de son mari, mais a oublié ses enfants. Mon père veut que je range les armoires, les tiroirs pleins de « trucs de femme », a-t-il dit, et que je jette ce qui doit l'être. Il m'a donné la clé de la cave où de vieilles valises et des boîtes en plastique renferment je ne sais quel passé. « Elle est vivante ! je me suis exclamée. – Oui, mais après ce sera d'autant plus dur », m'a-t-il prévenue. Il a sans doute raison. La vie et la mort, c'est toujours la guerre, et pour autant que cela soit possible, il ne faut pas se laisser prendre au dépourvu. Lui, il passe la plupart de ses journées à son chevet, il serre sa main, il asperge les draps de son parfum préféré, il plonge ses yeux dans les siens avec le pouvoir de lui arracher les dernières étincelles. J'ai surpris la scène d'amour, et je ne suis pas entrée. Je suis jalouse.

Pour aller la voir, je mets dans mon sac la robe ivoire en lin, celle avec la ceinture, sa préférée. Je me change sur place, c'est une robe d'été. Assise sur la chaise occupée d'habitude par mon père, j'imite son geste, lui prends la main. Pendant quelques instants, elle me gratifie d'un sourire. Elle a le regard de la mère pénétrée d'absolu, une sainte irradiant l'amour, et avec des trémolos dans la voix elle dit, « Jean-Charles, viens voir, Hélène-Sophie est là ». Je glisse ma main loin de la sienne, l'étreinte est impossible, je lui propose quelques cuillerées de compote, elle ouvre sa bouche, petit oiseau ingrat. Combien de temps aurai-je à supporter ton amnésie ? Ton oubli me dévore. Je ne suis pas Hélène-Sophie. L'enfant mort-née avant ma naissance vit finalement une existence irremplaçable et certaine. Moi, je m'évapore.

Toi morte, je ressusciterai.

Je donne la cuillère à mon père.

– Prends ma place, s'il te plaît, nourris-la. De toute

façon, elle va mourir. J'ai un rendez-vous très important. Je dois filer.

Il me reste tout juste le temps de mettre du rouge à lèvres et de me calmer. Assise dans ma voiture, je fais le vide, ferme les yeux. Je dois rencontrer le directeur du Crédit coopératif pour négocier un prêt qui financerait la création d'un EHPAD. Notre dossier est solide. Nous avons l'approbation unanime du conseil de surveillance et je dispose d'une délibération de ce conseil. Dans ma tête, je laisse défiler une dernière fois les arguments voués à convaincre.

C'est mon premier rendez-vous avec le nouveau directeur. Après le rituel des présentations, je lui annonce que le montant de l'enveloppe est de cinq millions d'euros. Il se berce dans son fauteuil en cuir noir, muet. Je poursuis :

– Nous pouvons financer quatre millions cinq cent mille euros grâce au transfert des prestations déficitaires – urgences chirurgicales et césariennes –, grâce aussi à la CNSA, la Région, la CAF et le prêt locatif social.

– Avez-vous prévu d'utiliser des fonds propres ?

– Non, puisque le directeur financier précédent avait contracté plusieurs emprunts à taux évolutifs pour deux millions six cent mille euros pour l'achat d'une IRM et d'un scanner. Le nouveau directeur et moi-même avons décidé de nous débarrasser de ces emprunts toxiques, je pense que cela est parfaitement compréhensible, mais le remboursement anticipé a entraîné le versement d'indemnités pour cent trente-trois mille euros sur la trésorerie. Vous comprendrez donc que nous avons besoin d'emprunter la totalité de la somme. Cela dit, la Région et l'ARS apportent leur cautionnement au projet.

Je m'écoute parler. Ma voix énonce des informations

que je connais par cœur. Il a arrêté de se balancer pour prendre des notes et propose un emprunt destiné aux collectivités qui débuterait à 1,5 % mais qui serait évolutif. Je m'y oppose, cela ne donnerait pas une bonne lisibilité à long terme. Il prend un air désolé.

– Vous savez, en ce moment, pour les banques, ce n'est pas très facile. Nos placements actuels ne nous rapportent guère.

– Je comprends. Mais vous vous rattrapez tout de même sur les frais bancaires. Votre banque pourrait tirer de cette affaire une plus-value intéressante.

Je regarde ma montre et je lui énonce clairement ce qu'on espère : un emprunt à taux fixe à 1,2 %. Je le quitte avec sa promesse de défendre le dossier auprès du directeur régional.

En sortant, je me demande si je n'ai pas oublié quelque chose, si j'ai été suffisamment attentive et vigilante. Pendant l'entretien, le portable vibrait avec insistance dans ma poche. J'ai reçu trois appels de la part de mon père mais aucun message. Je cherche un endroit à l'abri des klaxons pour le rappeler. Il décroche à ma quatrième tentative. Il veut savoir quand viendra l'aide-soignante.

Ce matin, je me suis réveillée avec le sentiment d'une indéfectible puissance.

L'appel crie plus fort que le chagrin familial.

Sandra me l'avait bien dit, « Un jour tu te réveilleras et tu sentiras l'appel cogner en toi comme un coup de poing. Ce sera irrésistible ».

J'ai reçu les ordonnances de la clinique belge : dosages hormonaux, échographie pelvienne avec compte des follicules antraux, hystéroscopie diagnostique, facteur V, facteur II, antigène CA 125, caryotype sanguin constitutionnel, sérodiagnostic rubéole, recherche d'un anticoagulant circulant, anti-cardiolipines, protéine C… Dans la lettre qui les accompagne, on m'explique qu'il s'agit d'examens nécessaires avant d'entamer un parcours PMA. Le choix du laboratoire d'analyses m'appartient. On me propose toutefois des adresses de centres médicaux bordelais.

J'ai rangé ma montre et enlevé les piles de l'horloge murale dans mon bureau, je n'en peux plus d'entendre le temps qui passe. Tic-tac, tic-tac, tic-tac. Ça m'a toujours déconcentrée. Aujourd'hui, ça devient une véritable torture. À ça, je préfère la petite goutte de sang que je viens de découvrir dans ma culotte. Dans trois jours, ce sera le troisième jour du cycle. J'appelle le premier laboratoire de la liste pour fixer le rendez-vous pour l'échographie. C'est la première fois que je goûte au bonheur d'avoir des règles et que je regarde presque extasiée le sang que mon corps expulse. Un miracle, quand on y pense.

Je vais retirer de l'argent pour l'infirmière qui vient s'occuper de maman deux fois par jour. J'ai besoin de payer et laisse mon père croire que l'aide n'est pas payante, que j'ai pu l'obtenir parce que je travaille dans un hôpital. La vérité est que je suis incapable de m'occuper d'elle, de la déshabiller, la rhabiller, sans être saisie de dégoût face à sa nudité, à son vieux corps fatigué et malade. Forcément laid. Je suis incapable de laver sa peau rêche, de couper ses ongles, changer son slip absorbant, nettoyer ses fesses, voir son sexe et tout ce corps qui m'a mise au monde. Heureusement, elle m'a oubliée. Donc ne m'en voudra pas. À sa disparition, j'apprendrai à l'aimer d'un amour inconditionnel, parfait. Je l'aimerai de son absence, parce qu'elle ne reviendra plus me faire pleurer. Le passé m'appartiendra, j'en ferai ce que je voudrai. Probablement un chef-d'œuvre d'amour.

Ce n'est ni une bonne ni une mauvaise nouvelle. Je dois me dire que ce n'est pas désespéré. J'ai cinq follicules à droite et cinq à gauche.

– Il y a de quoi faire, a dit le médecin belge sur Zoom, ne vous affolez pas.

– S'il y a de quoi faire, faites-le. Même l'impossible. Tout contre le temps.

– La vie vient parfois d'un impossible. Attendons les résultats de la prise de sang, on aura tous les éléments. Le corps est un système complexe, nous sommes obligés de nous plier à sa complexité.

Un double appel, c'est à nouveau mon père. Je fais patienter le médecin.

Je raccroche.

– Excusez-moi, docteur. Vous disiez, la vie vient parfois d'un impossible ?… Et la mort, donc, ça vient d'où, la mort ? Excusez-moi, docteur. Puis-je vous rappeler plus tard ? Ma mère vient de décéder, il faut que je m'occupe d'elle.

Elle a toujours beaucoup dormi, même jeune et bien portante, inquiète parfois que son besoin impérieux de sommeil ne cache une maladie obscure. Une inquiétude qu'elle préférait oublier pour s'assoupir, une minute ou indéfiniment, accrochée à la barre de soutien d'un bus, dans le fauteuil du dentiste, au téléphone. Elle n'a pas appris à conduire, ne voulait pas aller au cinéma ni danser les slows et s'est fait soigner seulement après que ses voies respiratoires ont été inondées de quelques décilitres d'eau de mer. L'appel du sommeil avait failli lui coûter la vie sur la côte atlantique, près de la plage de Pontaillac, pendant qu'elle nageait le crawl. Après avoir rencontré mon père et pendant les quelques années de passion, elle n'avait plus souffert de ces assoupissements incongrus mais, une fois le couple installé dans son quotidien, la nuit s'était remise à tisser la toile épaisse de ses absences. Ma mère a toujours été malade. La narcolepsie lui provoquait parfois des hallucinations et régulièrement des dépressions nerveuses. Toute sa vie, elle est restée dans cette zone de l'existence où un jour on a envie de vivre et le lendemain de mourir.

À présent, elle est là, étendue et immobile, les mains sur la poitrine, comme pour la sieste entre 14 h 30 et 16 heures.

Je crois entendre ses mots résonner dans la pièce bleuâtre : « Je ne dors pas, je prends la pose du cadavre que je serai. J'aimerais tellement vous voir, tous, à mon enterrement ! »

La mort, cela a toujours été un de ses sujets de prédilection. Je ne bouge pas, obnubilée par le visage que le temps a desséché, me souvenant de la couleur de ses yeux entre vert et gris, je fixe la bouche fermée, scellée dans la grimace de l'aigreur. La vie l'a quittée, mais pas le ressentiment d'avoir mal vécu. Cela aussi faisait partie de sa maladie incurable : elle aimait le dire avec le ton de la plaisanterie, « Je suis née pour porter la blessure ».

Dans cette pièce où nous avons vécu ensemble, les rideaux bleus sont ternis par le soleil et traversés par des taches qu'elle prenait pour l'ombre des nuages. « Le ciel, je peux m'en passer s'il ne fait pas beau », disait-elle en fermant les rideaux d'un geste sec. Le jaune foncé du lit à corbeille jure avec le rose vif de la robe en laine qu'elle porte aujourd'hui. Je cherche des yeux la gravure japonaise. Une femme emmitouflée dans un kimono bleu, abritée sous un parapluie, marche dans une tempête de neige. Elle a dû infiniment marcher, puisque de sa silhouette et du paysage enseveli sous le blanc il ne reste qu'une marque claire de forme rectangulaire sur le mur de droite. Qu'a-t-elle fait de sa gravure ? Elle avait promis de me l'offrir.

J'observe la vieille commode. Il n'y a plus le miroir où, gamine, j'aimais me regarder, mais je revois mon sourire. Je me faufilais dans la chambre interdite des parents, me laissais glisser sous le lit, comptais les secondes jusqu'à mille avant d'aller ouvrir le deuxième tiroir de la table de chevet où se trouvait le rouge à lèvres, et je grimpais sur le meuble, main gauche s'accrochant, main droite dessinant un sourire rouge sur les lèvres entrouvertes. La stupéfaction me quittait avec les coups qu'elle assenait sur ma bouche écarlate, fleur fanée dans le massacre de l'enfance. Elle ne voulait pas, j'étais trop petite pour ça. À présent, il serait facile d'aller chercher ma vengeance, de profiter de cet unique instant de paix et de la battre, ou seulement de lui cracher au visage.

Mais la voilà, étendue et impuissante, tout son corps se rétractant dans l'absolue vieillesse, les doigts osseux sans les bagues qu'elle portait jour et nuit, et cette quiétude impérieuse à laquelle elle doit désormais sacrifier son arrogance. Cette chair vulnérable, ce corps que la vie a quitté, c'est ce qui reste de la femme dont je humais les bras m'enveloppant dans les beaux jours, celle qui voulait fêter mon anniversaire tous les mois et préparait un gâteau, achetait des bougies, me disait, « Mon amour, tous les mois de toutes les années nous fêterons ta naissance. Mon amour ».

Je tombe à ses pieds parce que c'est elle la reine, ma maman adorée pour qui je pleure une dernière fois. Ravagée, légère maintenant qu'elle est morte. Enfin.

– Il n'en est pas question. Elle reste ici.

Mon père a toujours donné des ordres. M. Larrieu, le médecin de famille, acquiesce pendant qu'il rédige le certificat de décès.

– Dans ce cas, il faut des soins de conservation. Je vais vous donner les coordonnées d'un thanatopracteur. Il vous dira lui-même quelles sont les précautions à prendre pour garder Mme de Guesclin en attendant les obsèques.

Je reconduis le docteur Larrieu jusqu'à la porte. Son visage subitement durci, il prend congé sans un mot mais, avant de franchir le portail du jardin, se retourne et esquisse une révérence. Des larmes coulent sur ses joues creusées par le temps, et les souvenirs reviennent. Ma mère, mon frère et moi dans la salle d'attente de son cabinet, elle qui nous dit, « C'est moi qui me suis souvent occupée de Jacques quand on était petits, et maintenant c'est lui qui prend soin de nous ». Jacques Larrieu et Bénédicte ont grandi ensemble. Ils étaient voisins et, quoique son cadet de quelques années, le futur médecin allait quotidiennement solliciter la compagnie de Bénédicte. Il y a une image d'eux dans un album de photos de famille : deux enfants, main dans la main, dans le jardin de mes grands-parents. Bénédicte dépasse Jacques d'au moins une tête, sur leurs visages un sourire immortel.

Je le suis du regard comme pour interroger le passé. Il se retourne une dernière fois et me salue d'un geste affectueux de la main avant de monter dans sa voiture et de disparaître.

– Tu t'en occupes, s'il te plaît ?

Mon père me tend le numéro pour les soins.

– Je crois qu'il serait mieux de la faire transporter dans une chambre mortuaire.

– Il n'en est pas question. Elle reste ici. C'est bien ce qu'elle voulait, tu as l'air de l'avoir oublié.

Il gronde contre moi. Le notaire est pressé de reprendre le dessus, il ne tolère aucune objection. Commander, cela doit l'aider à faire diversion et à écarter sensiblement le chagrin. Nous avons chacun nos armes.

Pendant qu'au téléphone je prends le rendez-vous pour les soins de conservation – « L'agent va vite arriver », me rassure-t-on au bout du fil –, mon corps affamé crie bien plus fort que mon père. Voilà une raison de s'accrocher au vivant. Ma mère gît, morte, derrière cette porte qu'on doit fermer, et mon corps se rappelle à la vie, s'immisce dans le noir mais néglige le jour de deuil, réclamant de la nourriture. J'ai faim, c'est surprenant. Je raccroche, ébranlée par le besoin naturel de l'organisme. Je pense au dîner, aux dernières courses, au frigo à dégivrer, j'ai soudainement envie de ranger la cuisine, songe au plat que je pourrais préparer. Et puis, non. Ce soir, j'irai au restaurant. Moi et une bouteille de château-margaux, malgré elle qui gît dans son lit. Aussi dramatique que cela puisse paraître, la mort d'un être cher n'empêche pas notre corps de vouloir vivre. Quelle déception, cet égoïste, irrépressible, élan vital.

J'entends la porte claquer. Mon père ne raterait pour rien au monde son rendez-vous hebdomadaire au cercle de bridge dont il est vice-président du conseil d'administration. Lui non plus ne cède rien à la mort. Ma mère a toujours été fière de la discipline de son mari, elle vantait sa rigueur qu'elle prenait pour de la force et jamais pour de la rigidité. Je préfère penser qu'elle avait raison et qu'il ne peut mieux faire pour chérir le souvenir de son épouse : être l'homme qu'il a toujours été. Je vais fouiller dans le placard de la cuisine à la recherche de quelques pains grillés ou de n'importe quoi d'autre qui fasse taire le cri de mon estomac vide.

Tu es toujours assise à ta place, sur la vieille chaise en bois qui appartenait à ta mère et que tu t'entêtes à garder. Tu nous as toujours interdit de nous y asseoir. Éternellement là, au même endroit, enfoncée dans l'angle entre l'évier et le buffet. Le lieu de ton retrait que tu appelles « mon coin à moi ». Assise, absente, tu t'adressais aux espaces ouverts depuis la fenêtre qui donne sur le jardin, la rue plus loin et certainement le vague horizon, un ciel dont tu aimais compter les nuages, y chercher une histoire, des êtres animés. Souvent, tu m'interrogeais, « Regarde les nuages, dis-moi ce que tu vois ». Lorsque mon imaginaire coïncidait avec le tien et que le ciel nous parlait dans la même langue, rien que des gribouillis azur et des volumes blancs, je gagnais ma récompense : m'asseoir sur tes genoux et chanter « Promenons-nous dans les bois ». Une fois, profitant du fait que tu étais sortie, j'ai dessiné un petit cœur sur le dossier. On le voyait à peine, j'avais opté pour le feutre noir, plus foncé que le marron du bois. C'était un cadeau, un « je t'aime » d'enfant. Tu ne l'avais pas vu de la même manière. La tache noire ne t'avait pas échappé, tu avais bondi sur moi, m'avais tiré les cheveux et flanqué une gifle. Mais le soir même, prise par l'amour ou le regret, que sais-je, tu étais venue me consoler et le lendemain, avec le feutre rouge, nous avions écrit « Je t'aime, maman » sur le dessous du siège. C'est ainsi que tu m'avais autorisée à marquer la chaise, toujours au même endroit. Je pouvais dessiner, ajouter un message aux autres messages. « Ce sera notre secret, notre correspondance à nous », disais-tu. J'avais oublié cette chaise désormais invisible, dissimulée sous les sacs de courses, couverte de nappes et de torchons sales. Cela fait combien de temps que tu ne t'y étais plus assise ? Je libère le siège et m'assois. C'est vrai qu'elle est vieille. Ses pieds dansent, j'ai peur de la casser. Je la retourne. Des mots écrits d'une main sans expérience se mêlent aux autres, ceux de l'adulte, nos deux signatures s'enlacent, l'une effaçant l'autre, des petits cœurs comme une pluie tombent sur des fleurs jaunes. Je vais chercher dans mon sac le stylo-bille rouge. J'écris sur les mots de l'enfance, on n'y comprend rien, mais cela me suffit puisque je sais quel est le désir que je viens de nommer. Et toi aussi.

« Aide-moi à faire un bébé. »

Après l'avoir écrit, je le répète plusieurs fois, comme une prière, mains jointes. « Aide-moi à faire un bébé. »

La faim se rappelle à moi par un coup de poing asséné à mon estomac. En même temps, j'entends sonner à la porte. Un morceau de pain rassis dans la bouche, je vais vers l'entrée. J'ouvre sur un grand échalas planté devant moi, au garde-à-vous.

– M. Aubert, thanatopracteur. Je suis venu m'occuper de Mme de Guesclin. Je viens de la part de M. Blanc – il tend sa main que je serre après avoir hésité un instant, troublée par sa voix basse qui ressemble à un chuchotement.

Un je-ne-sais-quoi me plonge dans l'embarras. Peut-être est-ce sa coupe, des cheveux courts avec une mèche que le gel discipline, son air contrit de moine compatissant, ou alors le fait de savoir qu'il côtoie la mort et qu'il va malmener le corps de ma mère. Pendant un bref instant, il attend que je revienne de mes errances, parfaitement dressé, patient. Un enfant sage, me dis-je. Sur son front, pas de rides qui donneraient la mesure de l'âge. Je le fais entrer. Mû par une intuition souterraine, son regard se dirige vers le couloir qui mène à la chambre où ma mère repose. Il se libère de son équipement, deux valises qui donnent l'impression d'être très lourdes. Il baisse imperceptiblement la tête, cherche sa voix pour me dire, « Je vais m'occuper d'elle comme si c'était ma mère ». Ses yeux clairs butent enfin dans les miens. Il esquisse un sourire et pourtant ses lèvres n'ont pas bougé. Quelque chose en moi s'étire, se décontracte. J'ai envie de rire, mais ce n'est pas de la joie. Seulement de l'impuissance. Je sens monter la fatigue, et le chagrin, prêts à me défigurer. Nous marchons vers le salon. Dans ma tête, mille questions m'assaillent : Qu'est-ce que vous allez lui faire ? Pourquoi ne peut-elle pas rester tout simplement comme ça ? Je ne me souviens plus du devis, combien ça coûte ? Voulez-vous boire un verre d'eau ? Mais il n'y a que peu de mots qui sortent de ma bouche :

– Si vous avez besoin de moi, n'hésitez pas à m'appeler.

– Il me faudra les vêtements que vous avez choisis pour elle.

– Nous n'en avions jamais parlé.

– Je vous laisse réfléchir. J'en aurai besoin dans environ une heure. Choisissez un vêtement avec lequel elle sera ce qu'elle a été.

Je lui indique la porte de la chambre.

– Allez-y sans moi, s'il vous plaît.

Il reprend ses valises.

– Qui vous a dit que je suis sa fille ?

– Vous-même, me répond-il, avant de disparaître derrière la porte de la chambre.

Je suis pourtant certaine de ne lui avoir rien dit.

Dans le dressing, l'odeur de renfermé a disparu. Mes souvenirs remontent à mon enfance, l'époque de la naphtaline, l'odeur âcre qui me piquait les yeux. J'avais peur, je croyais que cela avait le pouvoir de me faire perdre la vue, ou la voix. Peut-être était-ce une idée qui m'avait été inculquée par ma mère, une de ses menaces. Elle était très possessive avec ses chaussures, avec toutes ses robes, avec ses sacs aussi. La valeur d'une femme se mesure aux chaussures qu'elle porte, aimait-elle dire en m'exhortant à ne pas sauter dans les flaques d'eau et à ne pas marcher dans la boue. Une idée me fait brusquement sursauter. Et si je proposais au thanatopracteur sa robe de mariée ? Quel insolent pied de nez à la mort ! Ses mots me reviennent, il s'agit de trouver le vêtement avec lequel « elle sera ce qu'elle a été ». Je me tourne du côté de ses robes de soirée. Bénédicte c'était surtout ça, les bals et les trois temps des valses. Je sors de sa housse de protection la bordeaux, somptueuse robe décolletée. Je cherche les sandales noires à hauts talons avec les brides qu'elle préférait à toutes les autres parce que avec celles-là elle pouvait danser pendant des heures sans avoir mal aux pieds. Je n'ai jamais ouvert un seul tiroir de la commode, ni cherché quoi que ce soit dans le dressing. Je n'aurais jamais osé fouiller dans ses affaires, une interdiction planait sur ses espaces, sa vie. Enfant, je ne me suis intéressée qu'à ses rouges à lèvres. J'ouvre tous les tiroirs, cherche de la lingerie, portait-elle des jupons sous ses robes de soirée ? Que fait-on des vêtements d'un défunt ? J'espère que dans l'au-delà on danse, on vit, mais sans se soucier de culottes, soutiens-gorge, gaines de maintien et bas de contention. J'éprouve un certain dégoût face aux tiroirs remplis de sous-vêtements pour femme âgée. Jeter, j'ai envie de tout jeter. Elle n'a jamais été vieille. Je vais chercher des sacs-poubelles, les remplis de sous-vêtements, de jupes usées, foulards fanés, mouchoirs en tissu. Tout l'inutile arsenal des habits démodés doit disparaître. Il y a des conteneurs pour ça.

Je frappe à la porte de la chambre, la robe bordeaux sous le bras et, dans un sac, les sandales, un éventail, une pochette, des boucles d'oreilles et un collier. J'ouvre sans attendre, et pourtant sans vouloir la voir, par pudeur, dégoût peut-être, seulement pressée de partir ailleurs, bien plus loin que cette chambre et ce lit occupé par un cadavre, mais j'aperçois les mains fines de l'homme. Je reste. Quand il est arrivé, je n'ai pas pensé à les regarder, c'était la première chose à faire, puisque c'est avec ça qu'il allait toucher ma mère, la mort, avec ses doigts de magicien s'employant à faire du vivant. Il n'y a plus que ces mains qui me retiennent au bord d'un équilibre et d'un spectacle, son silence aussi, pas un mot lorsqu'il se retourne vers moi, légèrement voûté, inaccessible. Je l'ai surpris en train de ranger ses outils. Il se hâte, magicien pris au piège de ses secrets au milieu d'un tour mal orchestré. Il remballe canules, ciseaux, pinces. Des instruments de torture qui soignent. C'est donc ça, le médecin de l'ombre qui coupe, ligature, vide et remplit les corps obéissants ? On ne pense jamais à ce qui nous attend immédiatement après le décès, au moment où quelque chose de la vie semble hésiter, obstiné, sur la dépouille. Je m'en rends compte à présent. Il est encore temps de s'occuper de quelque chose qui n'est pas mort. Mais quoi ?

Il dit seulement merci et, d'une main souple, prend la robe et le sac.

La porte est à nouveau close.

Je vais m'asseoir sur la vieille chaise, mais je veux être légère, demeurer en apesanteur.

Il est en train de l'habiller. Elle partira avec la robe et ses chaussures. Je suis si heureuse de la savoir enveloppée dans cette peau de femme dansante. Alphonse trouvera à redire, j'en mets ma main au feu. Il a beau être le garçon, le fils aîné, son départ en Australie, sa vie bâtie loin d'ici, l'ont dépouillé de ses privilèges. Il ne décidera de rien. Son avion a dû décoller, bientôt ce ne sera que la famille, et l'enterrement. Les retrouvailles, c'est souvent du deuil.

La porte s'ouvre.

Je m'approche. Maintenant, je veux te voir. Allongée sur le lit, tu te reposes. Les cheveux relevés encadrent ton visage d'argent et de lumière. De retour du bal, tes joues sont tièdes, rougies par la course rythmée de tes enthousiasmes. Tu repenses à tes partenaires, et tes yeux fermés sourient. La peau soyeuse, le rose intense de tes lèvres humides abolissent le temps. Tu sembles pénétrée de chaleur. Tu sembles vivre.

– Qu'est-ce que vous lui avez fait ?

– Je soigne, madame, je donne aux corps, mais pour la dernière fois, ce que la mort leur a pris.

Il lui a rendu son visage, a deviné son âme comme s'il l'avait connue. Ma mère gît dans le lit, non plus son cadavre, mais elle. Je m'approche, mais n'ose pas la toucher de peur d'abîmer son travail, d'être maladroite, car mes mains tremblent et tout s'affole. Ses mains m'enlacent en me conduisant loin d'elle.

La porte doit se fermer.

Je ne sais pas combien de temps il m'a fallu pour arrêter les sanglots, mais il a attendu. Il a pris soin de moi, et seulement une fois que j'ai eu retrouvé mon calme, il m'a aidée à revenir là où nous en étions. Le stupide réel, rassurant.

– Il y a des papiers à remplir, il faudra jeter le matelas après les obsèques, il faut éviter le renouvellement de l'air, on peut allumer des bougies, c'est une bonne idée puisque ça consomme de l'oxygène. Laissez la porte fermée. Si vous remarquez quelque chose d'anormal, il faudra le signaler.

– Vous ne m'avez pas dit votre prénom. Moi, c'est Marie-Louise. Mais tout le monde m'appelle Louise.

– Ambroise.

Ses yeux sont plus brillants et attentifs que lorsqu'il est arrivé.

– Un prénom plutôt rare.

– Ma mère m'a appelé Ambroise parce que mon nom de famille commence par A, elle cherchait une harmonie phonique pour ainsi dire, elle aimait la poésie et comptait le nombre de lettres. Et puis « Ambroise », ça racle la gorge, me disait-elle, il faut faire attention pour bien prononcer le couple de consonnes « br », c'est comme un frisson.

Je ne veux pas qu'il parte. Je sors deux verres pour lui

proposer de m'accompagner pour un apéritif – « Du blanc, ça vous dit ? » –, le laisse croire que je déteste boire toute seule et que ces derniers jours je préfère ça aux anxiolytiques. Il a l'air gêné, accepte de prendre un verre d'eau, me dit qu'il ne reste jamais après le soin et qu'on ne lui propose pas souvent de faire connaissance avec la famille du défunt. Il doit rester invisible.

– Trop tard, lui dis-je, moi, je vous ai bien vu. Vous faites des miracles, ça vaut bien un verre.

Je lui tends sa rémunération augmentée d'un pourboire.

– Merci, c'est très généreux de votre part, s'empresse-t-il de me dire.

– J'insiste, ce que vous faites est divin.

La main de Dieu, je la lui saisis, blanche. Il la reprend.

– Vous voulez bien attendre un instant ? J'ai une dernière chose à vous demander.

Je disparais pendant quelques courtes minutes et reviens avec le CD de Chostakovitch. J'ai glissé à l'intérieur un petit papier, « Aide-moi à faire un bébé, s'il te plaît, maman ». Je le prie de le mettre quelque part sous la robe bordeaux ou dans la pochette.

– Je suis sûr qu'elle préférerait que ce soit vous qui le fassiez.

– Vous n'en savez rien.

– Si, je le sais.

Son téléphone se met à sonner. C'est professionnel, une autre mission.

– La mort n'attend pas, dit-il en se retirant après avoir vidé son verre.

Très tôt le matin, je suis passée chercher Sandra pour aller à la gare. Nous y allons en train. Je n'avais pas le courage de faire le voyage toute seule, heureusement elle a insisté pour m'accompagner. C'est aujourd'hui que ça démarre. Ou que ça s'arrête. Apparemment, tout dépend de l'entretien avec la psychologue.

Je prends un train pour aller acheter un bébé. Est-ce une manière acceptable de devenir mère ? Des questions horribles taraudent mon esprit. Mais Sandra est là, toujours à mes côtés. Quand je la regarde, guette son ventre qui va pousser, je me dis que tout ça est parfaitement innocent. Qu'il n'y a pas une bonne et une mauvaise manière de devenir mère. C'est sacré, une naissance.

Dans le train, comme une écolière sage qui a appris sa leçon, j'ânonne les points qui vont faire de moi une bonne candidate. Sandra m'écoute religieusement. Je ne suis pas trop vieille, j'appartiens à une bonne famille, je gagne très bien ma vie, j'ai une grande maison, ma scolarité a été irréprochable, j'ai 120 de QI, j'ai été championne au 100 mètres haies. Tout ça peut bien valoir un peu de sperme, n'est-ce pas ? J'aime provoquer les rires de Sandra. Ça me soulage d'enrober d'hilarité ce que je pense avec sérieux. Toute femme mérite d'être mère, si seulement elle le désire. Le peu de sperme que je suis obligée d'aller quémander devrait générer un principe à inscrire dans une liste des droits des femmes. Je n'arrête pas de penser aux yeux du petit être que j'ai appelé Anne et que mon ventre n'a pas su garder. Être mère, c'est un état insondable, hyperbolique. Et aujourd'hui c'est bien la cause de mon mal-être. Je triche un peu avec moi-même en feignant de croire que c'est le mal des transports qui revient, j'en avais souffert petite fille, comme beaucoup d'enfants. En réalité, la nausée qui monte, c'est mon sentiment d'impuissance. Je fais ce voyage pour me présenter devant une inconnue, lui donner le pouvoir de me juger et de m'octroyer, ou pas, le droit d'enfanter. Toute ma vie, j'ai dit non. À présent, j'ai décidé de dire oui, mais c'est quelqu'un d'autre qui décidera à ma place. Je n'en ai presque pas dormi la nuit dernière. Non seulement je pensais à mon père dans la chambre d'amis, tandis que ma mère rêvait de son bal dans la chambre bleue, mais j'ai réfléchi à ce qu'il faudrait dire, ou ne pas dire, deviner peut-être. Sans compter mon aversion pour les psys qui m'ont toujours semblé être des gourous très habiles pour inoculer la méfiance envers soi-même, le soupçon de l'échec et donc la nécessité d'identifier le problème et sa cause. La psychologue va-t-elle chercher tout ce qui ne va pas chez moi, dans ma vie, mon passé ?

Il n'y a rien qui ne va pas chez moi. Il me suffit de regarder Sandra pour en être sûre. Si j'étais une mauvaise femme, elle ne serait pas là, avec moi, depuis des lustres. Sandra si belle avec son étoile dans le ventre, mon amie.

Elle doit porter un soutien-gorge à armature, sa poitrine est imposante. Je n'entends pas les premiers mots qu'elle m'adresse, je ne retiens pas non plus son nom. Mon regard est perdu, rivé sur des seins que j'imagine nourriciers, ceux que j'aurais, si j'étais enceinte. J'aimerais tellement allaiter. Ma mère ne m'a jamais nourrie, elle m'a toujours dit qu'elle n'avait pas pu. La psychologue doit avoir mon âge, ou être sensiblement plus jeune que moi, mais une vieillesse résignée la traverse. Ce doit être le gilet noir, ou son chemisier à fleurs. Et pourtant, elle est parfaitement avenante avec son visage rond de poupée. Maintenant, j'entends ce qu'elle me dit. J'ouvre grand mes oreilles. Ça commence, l'interrogatoire.

La psychologue veut savoir depuis quand je désire devenir maman.

– Depuis toujours, madame.

Elle veut que je lui parle de mon enfance, du rapport que j'ai eu avec ma mère et mon père, s'intéresse aux fondamentaux de mon existence, en somme. J'enjolive un peu, moi aussi tentée de croire au roman familial que je déroule sous ses yeux, un tapis rouge de sérénité et d'espoir, avec le rêve d'une vie qui complétera la mienne. Elle hoche la tête de haut en bas, mais demande :

– Un enfant. Pourquoi ?

– Parce que enfanter est naturel, on ne peut pas questionner la nature, elle s'impose, n'est-ce pas ? Le désir est gravé dans le ventre.

– Et l'homme, pourquoi n'y a-t-il pas d'homme dans votre vie ? Vous pouvez l'expliquer ?

– Un homme, père présent et responsable, est une espèce en voie de disparition, madame.

Elle veut savoir si je compte dire à l'enfant comment il a été conçu.

– Bien sûr, madame. Je lui dois la vérité.

– Y avez-vous déjà pensé ? Quels mots allez-vous choisir ?

– À vrai dire, oui, j'y ai pensé, mais j'hésite. Sans doute avez-vous des conseils précieux à me donner.

Elle me tend deux petits livres avec beaucoup d'images, où des adultes essaient d'expliquer aux enfants comment ils sont venus au monde et pourquoi certains enfants n'ont pas de papa, mais ont une maman ou deux. Elle me laisse toute seule, dit qu'elle reviendra dans dix minutes.

– Je serai votre enfant, m'assure-t-elle, et vous m'expliquerez comment je suis venue au monde.

Je commence à feuilleter. L'histoire de la graine est déclinée de toutes les manières, omniprésente. Il faut bien dire à l'enfant qu'il n'a pas de papa, mais que le père existe et qu'il a bien voulu donner à la mère ce qu'il lui manquait pour qu'un enfant pousse dans son ventre.

Ici, tout est blanc. Les murs, les meubles, le sol. Les stylos. C'est rassurant, la pureté assumée jusqu'au décor. Cela donne le ton, et c'est une bonne entrée en matière. Les enfants naissent surtout grâce à l'œuvre des bonnes intentions, l'expertise technique de la reproduction ne sera qu'un détail de plus à ne pas trop prendre en considération. Je suis parfaitement d'accord.

Je pose les livres, je n'en ai pas besoin. Je sais ce que je vais lui dire.

La psychologue est de retour, s'assoit et attend.

– « Mon bébé, toute femme est une matriochka. Elle porte à l'intérieur d'elle-même d'autres matriochkas qui lui ressemblent. Ce sont tous les enfants qu'elle peut laisser sortir d'elle-même ou pas. Il arrive parfois que la dernière des matriochkas, la toute petite, demande à sortir pour devenir comme les autres, grandir tous les jours un peu plus et ressembler à sa mère et porter elle aussi, un jour, plein de petites matriochkas à l'intérieur d'elle-même.

Mais les grandes matriochkas ont besoin d'un fabricant : un homme qui a beaucoup de clés, et qui les confie aux dames vêtues de blanc dans de jolis bâtiments blancs où il y a des boîtes spéciales pour les garder. Ce ne sont que les femmes qui portent dans leurs mains beaucoup d'amour qui pourront en avoir une. Une seule. Voilà, mon bébé, ta maman a montré à la dame habillée en blanc que dans ses mains il y avait beaucoup d'amour, et la dame lui a confié la clé que l'homme fabricant avait laissée dans la boîte. C'est avec cette clé que j'ai ouvert mon cœur et tu as commencé à pousser dans mon ventre. »

Je fouille dans mon sac et sors ma petite matriochka.

– C'est mon porte-clés, regardez. Je crois que nous sommes nées ensemble, elle a toujours été dans mes cartables d'écolière et aujourd'hui dans mes sacs à main. Ma mère les collectionnait.

La psychologue rejette ses épaules en arrière, ses seins rebondissent, faisant bouger sensiblement les fleurs du chemisier. Un bouton sorti de sa boutonnière laisse apparaître un peu de son soutien-gorge. Le fantasme des gros seins dégoulinant de lait me fait à nouveau vaciller sur ma chaise. Elle signe un papier, se lève et m'offre sa main à serrer.

– Bonne chance, madame, pour moi c'est parfait. Félicitations.

Elle me donne le papier avec le tampon et la signature. Mon laissez-passer pour devenir mère.

Inutile de faire le compte rendu de la séance à Sandra. Elle me voit arriver et sait.

Une femme à l'écoute de son corps est sourde au monde.

Je ne suis pas allée chercher mon frère à l'aéroport. J'ai oublié, trop occupée à me rendre dans les églises de Bordeaux pour allumer des cierges en chantant intérieurement *Pater noster qui es in caelis*. J'ai pris rendez-vous avec l'acupuncteur qui avait soigné mes anciennes insomnies. Il paraît qu'il y a un point nommé Gong Sun, le quatrième du méridien de la rate, dont la stimulation réveille une zone susceptible de sélectionner les meilleurs follicules. Un autre point, Yin Lian, peut agir sur la vascularisation de l'endomètre et par conséquent améliorer la qualité de la nidation. La vie d'une femme, qu'elle choisisse d'être mère ou pas, mais surtout si elle désire enfanter, est une course contre la montre. L'ennemi, c'est le temps, et il est tout-puissant. On sait que les femmes ont une espérance de vie sensiblement plus longue que les hommes, mais elles meurent bien plus vite qu'eux. Notre existence a quelque chose de tragique. Dorénavant, tous les mois où je n'ovulerai pas ou ne serai pas fécondée seront des mois inutiles, de la vie gâchée.

Cette nuit, j'ai fait l'amour avec un homme. Dans le rêve, j'étais allongée sur le flanc en train de sommeiller. Soudain, un corps s'est collé au mien, un sexe a glissé dans mon sexe, une chaleur s'est insinuée dans mon ventre, s'est répandue partout, mon visage brûlait. Un bras m'a enlacée, a soulevé ma poitrine comme pour l'offrir à quelqu'un. Puis, restée toute seule dans le lit, je pleurais de ne pas sentir mes bras, mes jambes, de ne pas pouvoir bouger et arrêter la fuite du liquide blanc et visqueux qui souillait mes cuisses. Du sperme qui coulait comme le sang d'une blessure mortelle. Les larmes m'ont réveillée et j'ai su immédiatement que la main qui avait soulevé mes seins dans le rêve était celle d'Ambroise Aubert.

Si je pouvais, je collerais mon oreille sur mon ventre pour écouter ce qui se passe à l'intérieur et déchiffrer le secret de ses mouvements. J'aimerais être connectée intimement à ma chair. Il paraît qu'on peut ressentir le moment de l'ovulation par une douleur aux ovaires, discrète mais éloquente. Comme un pincement. Je n'y avais jamais prêté attention, je ne crois pas l'avoir déjà éprouvée. Ce qui est sûr, c'est que je n'ai jamais questionné mon corps.

Je dois choisir un cercueil. Mon père refuse de m'accompagner, mon frère vient d'arriver, « Je suis trop fatigué », m'a-t-il dit. Dans ma famille, hommes et femmes ont toujours fait bande à part, chacun son univers, ses tâches et ses loisirs. Nous sommes faits pour nous croiser sur une piste de danse, à l'église et dans un lit. Voilà une des formules de sagesse paternelle que je porte en moi depuis mon plus jeune âge.

M. Blanc, l'agent funéraire, est très prévenant. Son bureau pourrait aussi bien être celui d'un architecte ou d'un directeur d'établissement thermal. Rien ici ne pousse à penser qu'un jour la vie s'en va. L'arsenal funéraire n'y apparaît nullement, les couleurs claires dominent et l'unique rappel du deuil pourrait être l'habit de M. Blanc s'il n'était pas signe de grande élégance. Un costume noir trois pièces avec gilet croisé. Ce doit être du cachemire. La secrétaire me propose du thé, je choisis celui au gingembre. Je feuillette le catalogue.

– Tous nos cercueils sont en bois massif. Leur qualité est rigoureusement contrôlée à toutes les étapes de la fabrication. Pour nous, un cercueil n'est pas un produit comme un autre.

– Je voudrais que ce soit beau. Mais peut-être le mot n'est pas très bien choisi pour un cercueil…

– Ils sont tous fabriqués dans du beau bois, madame. Nous ne travaillons qu'avec du massif, le pin et le chêne sont issus de forêts françaises. De plus, nos cercueils sont tous conformes au Code général des collectivités territoriales. Nous tenons à ce qu'ils respectent la législation sur les matériaux et les épaisseurs de bois à utiliser. Nos sites de fabrication sont certifiés PEFC, Programme de reconnaissance des certifications forestières.

– Tout ça est vraiment intéressant, et croyez-moi, je le dis sans la moindre ironie. Mais, s'il vous plaît, aidez-moi à choisir.

– Bien sûr, madame. Si vous allez à la page 53, je crois qu'il y a des modèles qui pourraient vous satisfaire et que, bien entendu, je vous montrerai. Il s'agit d'un très bel acajou, en teinte mate, satinée ou brillante, les finitions peuvent être plus ou moins travaillées. Le choix du capiton…

– Du satin, s'il vous plaît. Je ne veux pas du rose, mais une couleur plus foncée, ou du blanc cassé. Ma mère portera une robe bordeaux.

– Très bien, madame. Je vous invite à me suivre. Vous pourrez voir le modèle de votre choix dans notre atelier.

– Non, merci. Je suis pressée et je vous fais confiance. La photo est suffisante. À qui dois-je régler ?

J'enclenche la marche arrière pour sortir de la place de parking. Je suis pressée de partir, mais j'allais oublier quelque chose de très important. À l'accueil, la secrétaire s'étonne de me voir revenir. Je prends l'air navré de celle qui est prête à se confondre en excuses.

– Je n'ai malheureusement pas le numéro de M. Aubert, votre thanatopracteur. J'aurais une question concernant le maquillage, il se peut qu'on ait besoin d'une petite retouche… Cela dit, j'aimerais surtout le féliciter. Mon père et moi sommes très contents de sa prestation. Un excellent travail.

Cela sort de ma bouche sans préméditation. Je suis surprise par le naturel de mon attitude. Ce n'est qu'un tout petit mensonge, rien qu'une ruse innocente qui éveille une subtile volupté, un fil d'azur au milieu de tous ces cercueils. Il suffit parfois d'un numéro de téléphone pour renaître un peu.

Je ne sais pas comment le prendre. Est-ce une bonne ou une mauvaise nouvelle ? Le discours du médecin belge demeure vague, se nourrit de pourcentages et de statistiques, s'attarde sur le taux de réussite de la clinique. J'espérais qu'il me considérerait comme une de ses victoires, dans ma tête le miracle s'était déjà accompli. Et pourtant, ma voix tremble, la gorge est sèche. Ne serait-il pas en train de me dire qu'une grossesse ne peut pas se programmer de façon à peu près certaine ? J'écoute attentivement, quelque chose a dû m'échapper. Ce n'est pas un bulletin de guerre, me semble-t-il, et néanmoins je compte les morts sur le terrain : toutes mes années d'insouciance, mon insupportable ignorance. Peut-on s'insurger contre le temps passé ?

Après avoir étudié les résultats de mes analyses, et dans l'attente de l'hystéroscopie diagnostique qui permettra d'évaluer l'état de mon endomètre, il me prescrit un traitement hormonal pour les ovaires, dit qu'on va s'engager dans une stimulation monofolliculaire en vue d'une insémination artificielle. J'apprends que, dans le ventre, le corps défaille, mais que le taux de l'hormone anti-mullërienne n'est pas encore trop bas. Il m'explique. Je comprends que la jeunesse nous surprend avec un immense cortège de promesses, dévoile tous les possibles de l'existence et nous place, nous les femmes, sur un piédestal, sceptre en main, couronne sur la tête. La presse, les médias, la science sont les alliés de notre puissance. Tous des faiseurs d'illusions. Je me suis laissé berner, moi aussi, par l'épopée de notre réussite. J'y ai cru, aux wonder women. Moi, fabuleuse femme omnipotente. Tout est possible, il suffit de le vouloir.

C'est faux.

Le pouvoir qu'une femme a sur son corps est de signe négatif : on peut vouloir ne pas avoir d'enfant, et on gagne à tous les coups. Mais si on désire en avoir, le dernier mot ne nous appartient plus. C'est ce que le médecin essaie probablement de me dire. Je suis en bonne santé, je ne fume pas, je ne bois pas d'alcool, enfin ma consommation est parfaitement raisonnable, je ne suis pas encore en préménopause – mais pendant combien de temps ? Toutefois, après quarante ans, la porte s'ouvre sur l'abîme. À l'instant où je l'ai entendu prononcer le mot « préménopause », j'ai compris le chagrin et la malédiction. C'est une mort avant la mort, et la femme est stérile d'avoir déjà vécu, devient intouchable, vieillissante. Une femme qui ne peut plus porter la vie est une femme à qui le corps échappe. Les seins tombent, le ventre gonfle, la peau se dessèche, le poids augmente progressivement.

Je ne coupe pas le médecin décidé à aller au bout de son prêche, mais raccroche doucement sur ses mots d'encouragement et d'espoir. C'est presque inaudible. Offensant. Il rappellera, tenace, guerrier, pendant que je vais chercher un miroir pour inspecter mes rides, la peau de mon visage, mes cheveux. Combien de temps avant le silence des organes ? Nul ne sait, reprend-il. Je l'assure de ma volonté qui ne fait que vouloir et lui dis que, oui, je serai à l'écoute, rigoureuse, une patiente modèle, une excellente candidate après avoir passé, préparé et réussi tant de concours. Je vais peut-être rater le poste le plus important. Aspirante maman. Je reconnais à peine la femme impatiente qui a tant donné de son temps à sa profession, et à rien d'autre. À présent, cet inouï nouveau me frappe en plein visage, et je souffre de ne jamais avoir attendu un enfant, de ne jamais l'avoir appelé, désiré. Nommé.

Il s'était égaré, tel un rêve jamais rêvé.

Dans ma tête tout est pêle-mêle.

Ceux qui l'ont vue sont du même avis que moi : le thanatopracteur a fait un excellent travail. À mes yeux, il n'y a plus que ses mains qui comptent. J'ai pris ma décision : je vais le contacter pour lui demander un service personnel dans le cadre de son métier. Certes, j'ai envie de le revoir, mais c'est aussi à lui que je veux confier ma mère le jour des funérailles. Cette idée me fait frémir d'impatience. C'est tout de même vivifiant d'éloigner le chagrin par un désir naissant. Au lieu de penser à elle, je préfère penser à cet homme que je connais à peine. Il porte entre ses mains le dernier visage de ma mère. Je l'appelle pendant que mon émotion grandit, tant mieux si ma voix tremble. Je lui explique, du mieux que je peux, que j'ai besoin de sa présence avant d'aller à l'église pour les obsèques. Que je ne me fie qu'à lui. Que j'espère que rien ne l'empêchera de me prêter secours, car c'est un service personnel, sincère, que je le prie de m'accorder. Je veux que ce soit lui qui fasse sa mise en bière.

Les quelques instants de silence sont peut-être le signe de l'étonnement, sans doute aussi de son hésitation, jusqu'à ce qu'un oui brise le mutisme. « C'est demain », lui dis-je.

Il arrive une poignée de minutes avant la voiture et le cercueil vide. Sandra, qui est venue m'aider, lui ouvre la porte. Nous sommes tous habillés de noir, ou de gris foncé. Il n'y a que ma mère qui est vêtue comme pour un jour de fête. Les agents funéraires s'affairent, concentrés. Leurs gestes remplacent les mots pour que la danse funèbre s'accomplisse dans le silence. Je fais pareil. Que dire, d'ailleurs, puisqu'une sécheresse obstinée serre ma gorge ? Je me demande si c'est le goût du chagrin ou une excitation souterraine. Ambroise se fond dans le mouvement, je le regarde faire. Moi, soudainement aphone, assiégée par la terreur, fébrile. C'est tout de même inacceptable, la mort.

Dans le salon, Alphonse ne quitte pas notre père. Les deux hommes de la famille sont dévastés.

Je n'ai pas arrêté de bouger, ces derniers jours, parce qu'il a fallu penser à tout, prévenir les oncles et tantes, les cousins et cousines, les amis et confrères de papa. Sandra et quelques amies du travail ont participé avec sollicitude à l'organisation, sont allées au supermarché, m'ont aidée à organiser le buffet prévu après la cérémonie, se sont rapprochées de la fleuriste et ont contribué à la décoration florale. À tout cela, j'ai assisté comme à un film en lecture accélérée. Depuis que ça a commencé, je n'attends qu'une chose : que ça s'arrête. Plusieurs fois, je me suis glissée dans la chambre où elle attendait ce jour, avec une bougie que j'allumais par respect de l'outre-tombe, et je lui parlais. J'ai laissé le CD et ses valses préférées sous sa robe. Et je lui ai dit tout de ce qu'elle ignorait de moi. Mes amours insensées et inutiles, la détestation de ma petite sœur mort-née, les mensonges de ma jeunesse, la haine qu'elle m'avait parfois inspirée, l'amour aussi, les voyages et mes folies que j'avais cachées à toute la famille. Mon insatiable, inavouable envie de réussir professionnellement. Ma fausse couche. Mon désir d'être, enfin, mère.

C'est épuisant, la mort.

Aujourd'hui, j'attends demain.

J'ai envie d'enlever cet habit de deuil, de le jeter.

Derrière la porte de la chambre fermée, je sais qu'elle est entre de bonnes mains.

Avant de quitter la maison pour suivre le cortège, je vais voir Ambroise avec mon enveloppe de remerciement pour le service rendu. Il prend ma main dans la sienne, mais refuse ce que je lui tends.

– Je ne peux pas accepter, me dit-il. Un service, c'est un don.

J'ai compris pourquoi je n'ai jamais voulu d'enfant : je ne voulais pas donner mon temps. Je pensais à ma mère attendant devant l'école la fin de mes cours, ma mère se baladant avec moi dans tous les parcs et les jardins, m'amenant aux fêtes d'anniversaire de mes camarades d'école. Toujours ma mère m'accompagnant au cinéma, au guignol, aux cours de piano, ma mère patientant dans la voiture, me coiffant, m'écoutant lorsque je révisais mes leçons. Encore elle veillant toutes les nuits quand j'étais malade, me donnant des remèdes ou préparant des gâteaux une fois que j'étais guérie. Ma mère qui m'a habillée, grondée, observée, suivie, battue, embrassée. Cela fait beaucoup de temps. Toute une vie. Et tout cela, malgré la narcolepsie qu'elle combattait à coups de médicaments et de sophrologie, de siestes planifiées en fonction de mon emploi du temps. Sa vie m'appartenait.

Je me sens mal avec mon enveloppe et mon argent. Donner du temps, voilà ce qui échappe à tout marché.

Ambroise a tout d'un homme rare. Je lui avais ouvert la porte de la maison familiale comme à un croque-mort des plus ordinaires. Il en sort comme un prince. Et je m'en étonne. Je le regarde s'éloigner pendant qu'amis et parents se pressent autour de mon père, mon frère et moi, pour nous exprimer leur peine, prononcer les condoléances rituelles. Le ciel est opaque, des flocons de neige commencent à tomber. C'est bien, des funérailles saupoudrées de blanc. Il y a comme un espoir de vie. Je pose la main sur mon ventre, au-dessous du manteau.

Vers la fin de la messe, je me suis tournée en direction de la sortie. J'ai cru le voir quitter l'église.

À l'issue de cette interminable journée, j'ai envie de tout oublier. Même le fait d'avoir eu une mère. Je débouche une bouteille de champagne. Gorge sèche, pas un mot qui sorte de ma bouche, je les ai tous laissés partir avec les derniers parents et amis s'éternisant autour du buffet, sous prétexte qu'ils avaient encore des choses à me dire. Mais il n'y avait plus rien à dire.

Je prends le risque d'un refus. Je lui envoie un message personnel. Cela m'aidera à m'endormir après tant d'occupations face à l'Éternel. Les mots sortent, limpides, directs :

Je vous suis redevable, monsieur Aubert. J'aimerais vous inviter au restaurant. Vous n'avez qu'à dire oui. Avec tous mes remerciements, je vous souhaite une bonne nuit.

J'éteins mon portable. La nuit, c'est fait pour attendre. Et pour rêver.

Noël, sans le sapin, s'en va. Pas de dinde, pas de bûche non plus, sauvés de l'indigestion grâce aux cœurs qui ne sont pas à la fête. Nous n'avons tout de même pas eu le courage de renoncer aux huîtres et à quelques gorgées de champagne. Encore du champagne. Il faut arroser le miracle, cet amour qui circule entre nous, veuf et orphelins de mère. Mon frère n'a que des regrets, pose toutes sortes de questions sur les dernières années de notre vie avec Bénédicte. Cela fait dix ans qu'il a quitté la France. « C'était un bon choix », lui dis-je en voulant le consoler. À quoi bon refaire le passé ? Je lui demande de me donner des nouvelles de ses enfants, deux garçons que je vois une fois par mois sur l'écran de mon portable. Ils ont quatre et six ans et sont bilingues, la mère est australienne.

– Tu devrais venir, me dit-il, les enfants n'ont jamais vu leur tante. En chair et en os, j'entends…

– Oui, je sais, Alphonse. Je n'ai pas eu beaucoup de temps à ma disposition, ces dernières années. Toi aussi, tu devrais venir avec toute ta famille. C'était prévu, non ? Plus que leur tante, tes enfants devraient rencontrer leur grand-père. Papa ne pourra pas faire un voyage aussi long, tu sembles l'oublier.

Un coup d'œil à ma montre, c'est l'heure. J'écourte l'échange avec mon frère pour glisser loin du salon et aller discrètement me piquer aux toilettes. Une fois par jour, je me cache comme une droguée qui va chercher sa dose. J'ai vite appris à le faire, ce n'est qu'un tour de main à prendre. L'aiguille est minuscule, indolore, ça me donne l'impression de jouer aux fléchettes. Avant de la lancer dans la chair tendre d'un bourrelet, c'est plus fort que moi, je la fixe intensément pendant quelques secondes où je visualise mon ventre de plus en plus rond, plein, énorme. Mes seins exubérants, si beaux, mes seins gorgés de lait, et je me signe en prononçant tout bas les mots consacrés, « S'il te plaît, maman, aide-moi à faire un bébé ». Je n'ai jamais pensé à congeler mes ovocytes, une possibilité que je n'ai pas considérée. À présent, l'objectif, c'est d'en produire. Je fais disparaître la seringue et sa boîte, prête à descendre au sous-sol m'occuper des souvenirs de famille.

Je cherche la suite dans le passé, l'enfant dans la mère. Ainsi suis-je courbée sur les quelques boîtes et valises à la recherche de ce qui a été perdu. Je découvre que ce que mon père prend pour du désordre n'en a que l'apparence. C'est de l'existence fossilisée. Ma mère a prodigieusement rangé chaque minuscule particule de notre passé et a écrit l'histoire.

Une photo de moi et de mon frère Alphonse, avec l'année. Suivent les chaussures des premiers pas, les premiers dessins – j'apprends que la première fois que j'ai dessiné une maison, c'était en 1983, au mois d'avril –, les premières lettres de l'alphabet dans les premiers cahiers d'école, la première plume. Je retrouve mon premier maillot de bain deux pièces, mon premier costume de carnaval – Cendrillon, bien sûr –, ma première robe de soirée. Il y a aussi les photocopies de nos diplômes.

Elle a gardé de nombreuses premières fois de ma vie et de celle de mon frère, a bâti un musée pour sa descendance.

Dans la cave, rangé et classé par ordre chronologique, il y a tout l'amour d'une mère. Ça répare les souvenirs.

Au moment où je remonte dans le salon, le téléphone se met à siffloter. C'est ce que j'attendais :

Je ne considère pas que vous m'êtes redevable. J'ai fait ce que j'ai fait d'une manière délibérément gratuite. J'accepte néanmoins votre invitation avec un immense plaisir.
Bonnes fêtes, madame de Guesclin.
Ambroise Aubert.

Mon père et mon frère sont encore exactement là où je les ai quittés. J'ai envie de leur adresser un sourire et de leur dire que je les aime.

Sur la chaise obstétricale, je suis la suppliciée. Le médecin essaie de faire vite, et bien. Sur son visage l'énervement le dispute à l'amertume. Je ne comprends pas. Je me suis renseignée sur le déroulé de cet examen, on m'avait rassurée : j'allais tout au plus ressentir de la gêne qui disparaîtrait aussitôt la visite terminée. Cela doit durer moins de dix minutes. L'anesthésie n'est pas prévue, j'en déduis que le médecin pense que c'est seulement fastidieux ou pas très agréable. En réalité, c'est un martyre. Je souffre. Mon ventre est pénétré par une canule, sorte de tube avec caméra, pour prendre des clichés des parois de mon utérus, mais j'ai l'impression qu'il le déchiquette. L'organe de la gestation n'en veut pas du tout, de ce corps étranger et trop invasif, il se tord et se contracte dans l'espoir peut-être d'échapper à son tortionnaire. C'est donc ça, une hystéroscopie diagnostique. Supplice du pal pour femmes des temps modernes. Vouloir enfanter après quarante ans, c'est une torture. Une infirmière s'affaire autour de moi. Je ne comprends pas ce qu'elle fait, elle a l'air pressée. Une autre canule que j'aperçois à peine crache dans mon vagin. De l'eau – est-ce bien ça ? – coule entre mes jambes, mes cuisses sont inondées.

– C'est pour la dilatation du col, dit le médecin sans que je l'interroge.

Je me mords la lèvre inférieure. Je crois que ça saigne, mais je ne ressens que cette douleur sourde, profonde, qui me déchire le ventre.

– Je me dépêche, je me dépêche – le docteur tente de me rassurer. Ça y est ! J'ai les clichés. C'est fini, madame, vous pouvez vous rhabiller.

J'enfile ma culotte, pressée de me réapproprier mon intimité blessée, et me vautre sur la chaise face à lui. Mes jambes me lâchent. Il faut l'écouter, mais je défaille. L'infirmière me rattrape avant la chute, m'aide à m'allonger, d'une main soutient ma tête pour me faire avaler de l'alcool et un morceau de sucre. Ça évite l'évanouissement mais je sens que mon corps m'échappe. Incapable de bouger, on me transfère dans la chambre à côté. Je vomis tout mon petit déjeuner, du café et de la tarte au citron. Impossible de marcher, je demeure ainsi, les mains posées sur mon ventre meurtri qui ne tait pas ses douleurs.

Presque une heure sur un lit d'hôpital, dans le noir de mes pensées tristes, abandonnée par mon nouveau rêve. Vais-je y arriver ? N'est-ce pas trop tard ?

À nouveau capable de marcher, je m'en vais, vidée. Une somnambule dans la ville. Je fixe mes pieds, un pas après l'autre, pour ne pas avoir à relever la tête. Au moins, mes bottines, elles, avancent.

Ce soir, j'ai mon premier cours de Fertility Yoga. Pratiqué en amont d'une PMA, il augmente de 32 % le taux de grossesse. Je passerai de une chance sur cinq de tomber enceinte à une chance sur deux. Mes poings serrent fermement leur bonne fortune. Je suis une guerrière.

Je relève la tête.

L'homme lunaire parle. Il est fascinant sans le masque de croque-mort, ses mots planent dans ma tête. La mèche de cheveux noirs, coiffée avec du gel pendant les heures de travail, flotte au-dessus de son regard éperdument vivant. Il n'a pas besoin de boire pour renouer avec la vie. Il se contente de tremper parcimonieusement ses lèvres dans le vin que j'ai choisi.

– Si vous étiez plus entreprenant avec le bordeaux, il vous serait plus facile de m'appeler par mon prénom ! Oubliez le « madame ».

Il réagit aussitôt :

– À vous, Marie-Louise !

L'entrechoc des verres lui arrache un petit sourire embarrassé. Plus que le vin, c'est sa retenue qui me grise.

– Louise, ce sera suffisant. Je n'aime pas mon prénom.

– Il est joli pourtant. Moi, j'aurais aimé en avoir un comme le vôtre. Je crois que j'ai hérité de ma mère la manie des noms. Enfant, je m'étais donné le prénom composé Paul-Ambroise. Un jour j'étais Paul, un autre Ambroise.

– Dédoublement de personnalité ?

– Non. Je voulais vivre plus.

– D'où votre métier. Est-ce un choix ?

– Ce n'est pas un choix. C'est le besoin de côtoyer l'essentiel. Et l'essentiel, c'est la fin. Et vous, qu'est-ce qui a motivé votre choix professionnel ?

– J'aime calculer, prévoir. Je ne crois pas être une mauvaise directrice financière d'hôpital. Mais il n'y a rien de métaphysique dans tout ça, je ne passe pas de contrat avec l'au-delà.

– Je ne le vois pas comme ça. Vous désirez avoir prise sur les événements. Une autre manière de questionner ce dieu qu'est le temps.

– Vous parlez comme un prêtre !

– Je voulais être prêtre…

– Et puis ?

– Et puis…

S'il ment, c'est un habile séducteur qui cache son jeu mais qui frappe fort. Toute femme aime être en compétition avec Dieu tout-puissant.

S'il ne ment pas, c'est un ange.

Il me propose de me raccompagner. J'ai bien fait de ne pas venir en voiture, il faut lui donner la possibilité de jouer son rôle malgré le restaurant qu'il ne peut pas se permettre. Assise à sa droite dans sa voiture de fonction, une Renault Modus bien propre, je serre les genoux pour apaiser le désir, comme une jeune fille qui aurait peur et qui aurait envie d'avoir peur. Je veux seulement être saisie par les mains posées sur le volant. Il pourrait toucher ma cuisse et la serrer fort. N'a-t-il pas compris que c'est ce que je veux ? Mon visage est tourné vers son profil immobile. Il ne me regarde pas, mais jusqu'à quand ?

La nuit commence. C'est déjà une promesse.

Le boulevard défile lentement sous mes yeux. La route semble une longue traînée d'étoiles, l'étincelant des fêtes encore en place, là-haut, accroché aux platanes et au ciel où je contemple l'éclat de mon désir. La traversée de la nuit se fait au ralenti, il roule doucement, veut certainement prolonger l'attente, être avec moi, pendant que mes cuisses s'ouvrent. Je regarde comme dans un rêve la ville que je connais par cœur, je feins l'émerveillement du touriste. Que c'est beau, ne trouvez-vous pas que c'est très beau ? Je veux savoir où il habite, quels sont ses loisirs, ses rêves, sa couleur préférée. Savoir aussi s'il a des enfants.

Il n'en a pas, je ne retiens que ça.

Il y a une place juste en bas de chez moi.

– Un dernier verre et je vous laisserai partir, lui dis-je en posant ma main sur son avant-bras droit.

J'ai envie de lui, je suis tentée de laisser glisser mes doigts et de serrer son poignet. Il prend un air concentré, on ne peut pas dire qu'il saute sur l'occasion. Il me suit, mais sans prononcer un seul mot. Après, il ne m'adresse que des politesses sur mon appartement, les tableaux, mes babioles. Son regard est attiré par les petites boîtes à bijoux en argent et pierres semi-précieuses sur le guéridon. Il divague, dit être fasciné par les objets minuscules et m'avoue construire des jardins miniatures. Il me demande la permission de toucher et de regarder de plus près les boîtes, je lui pose quelques questions sur ses créations, pour le faire parler. Avare de mots, il fixe longuement une photo où j'ai six ans et me serre contre ma mère. Il déambule, silencieux, essayant peut-être de masquer son embarras pendant qu'il boit à petites gorgées d'enfant son Coca. « Pour conduire, c'est mieux », dit-il.

Le verre est vide, il veut se retirer.

Je n'ai pu lui arracher que la promesse d'un tutoiement, au cas où nous nous reverrions. Il a répondu avec un baisemain et seulement « Bonne nuit, Louise. Votre mère était une très jolie femme et vous, une très jolie petite fille ». Il baisse aussitôt le regard et bat en retraite.

Ambroise est un homme timide. Je ne me le dis pas seulement pour me consoler. Je le vois très bien rougir, à seize ans, ne sachant pas où mettre ses mains lorsqu'une fille se frotte doucement à son entrejambe. Sa délicatesse pourrait me séduire si je n'étais pas si pressée. Car il y a cette soif dans mon ventre, un monstre qui me serre de ses griffes et qui finira par m'étrangler si je ne lui obéis pas. C'est épuisant, cette envie de baiser. La femelle veut être fécondée.

Je me précipite sous l'eau brûlante de la douche, je mets pyjama, chaussettes. Il faut garder un utérus chaud pour la circulation sanguine et l'apport d'oxygène. Je prépare une bouillotte tiède. Jamais plus je ne marcherai pieds nus. Sandra m'a assuré qu'en médecine chinoise il y a des méridiens qui relient les pieds à l'utérus.

Dans le lit, je place la paume de ma main droite sous mon nombril. Je frotte doucement dans le sens des aiguilles d'une montre. J'augmente progressivement la pression.

Être enceinte. Pleine. Fécondée, engrossée, encloquée. Que ça.

Je file au cabinet médical. J'ai attendu avec impatience le dixième jour du cycle. Du coin de l'œil, je surveille l'écran. J'ai l'impression d'y voir une coquille striée de lignes blanches avec du noir tout autour. Le curseur bouge et dessine des petites croix à la recherche de quelque chose à mesurer. L'image ne me livre aucun de ses secrets. J'attends.

– Vous pouvez respirer, me lance le médecin, le sourire en coin.

– Alors ? C'est bon ou…

Ce n'est ni bon, ni mauvais. Donc ce n'est pas mauvais, j'en conclus. Un ovaire semble ne pas répondre au traitement, mais pour ce qui est de l'autre, il y a quelques follicules de quatorze millimètres. Ils en veulent. Je m'accroche à ces quatorze millimètres d'espoir. Dans ma tête, c'est gigantesque. Le médecin pointe un doigt en direction de quelques taches noires au milieu des stries blanches, c'est la possibilité du miracle. J'en suis émue. Il me tend du papier essuie-tout.

En attendant les clichés, j'interroge mon répondeur. Une voix pétillante me prévient d'une livraison et veut connaître mes disponibilités. Je n'ai rien commandé. Mais un texto signé « Amour de fleurs » parle d'un bouquet qui m'attend à la boutique ou qui peut être livré à mon domicile. Il a donc pensé à moi, il a peut-être regretté d'être parti, veut-il me revoir ? Si c'est lui – qui d'autre ? –, voilà une première victoire.

Je passe chez le fleuriste, ce n'est pas très loin. Des roses somptueuses m'attendent. Sur une carte, le message est d'une belle écriture manuscrite : « Parce que les fleurs disent merci mieux que les mots. Ambroise. »

Un grand seigneur, cet homme.

Mon cœur bat à tout rompre.

Il y a mon rendez-vous chez l'esthéticienne, des follicules qui grossissent, un appel d'Ambroise qui me propose une soirée. J'ai accepté sans hésiter. Mon oui est arrivé avant qu'il ait terminé de formuler son invitation.

J'ai l'impression d'un épanouissement en cours. Peut-être est-ce grâce au yoga, aux piqûres sans doute. Je prononce des mots doux adressés à mon ventre. Il peut me rendre heureuse. Je pense avec horreur à l'époque où je n'étais qu'une jeune fille : moi, me laissant prendre au défi lancé par Alphonse de celui qui plonge du plus haut tremplin pendant les vacances d'été ; moi, folle amoureuse d'un motard, accrochée à lui, fesses remontées sur son bolide lancé à 280 km/h. À présent, avant de traverser une rue et d'emprunter un passage piéton, j'attends, j'hésite, ma tête tourne à gauche, à droite. De nouveau à gauche, pour être sûre que je suis à l'abri, qu'un accident ne m'arrivera pas. Prudence absolue en voiture. Je ne me suis jamais fait klaxonner aussi souvent que depuis ma fausse couche. Ma Golf Turbo fait du 40, 50 km/h sur toutes les routes. Nous, les femmes, sommes folles lorsque nous faisons semblant d'ignorer ce que sait notre corps.

Je fais le guet.

C'est imminent. Je le sais. Je le sens.

Peu m'importe la dernière échographie, celle du quatorzième jour du cycle. L'échographiste a décrété que les follicules n'avaient pas assez grossi depuis l'examen précédent, qu'ils devraient mesurer dix-huit ou vingt millimètres. Leur petit seize signifierait qu'ils ne sont pas de bonne qualité. « Le bonheur, ça peut se rater à deux millimètres près », m'a-t-elle dit, mais elle a ajouté, « Ce n'est pas une science exacte, la médecine ». Le docteur belge que j'ai au téléphone préfère croire que le traitement fait son effet, que le mois prochain ce sera le bon, qu'il vaut mieux ne pas se rater sur la qualité d'un ovocyte pour ne pas avoir à le payer plus tard avec une fausse couche qui me mettrait le moral au plus bas. Je dis oui, vous avez certainement raison, mais j'ai envie d'essayer. Dramatiquement, l'étau se resserre. Un mois à attendre, ça me paraît une éternité. J'insiste. Il s'y oppose et affirme, sûr de lui, que le désir ne suffit pas à faire un miracle, que je dois attendre le moment où toutes les conditions seront réunies. S'il ressentait ce que je ressens, il me ferait venir.

Je demeure immobile, en apesanteur, sans respirer pour aiguiser les sens, soupeser le ressenti et attendre l'intuition. Les doigts vont chercher dans le vagin la preuve de l'alchimie créatrice, c'est comme du blanc d'œuf. Signe de la présence souterraine d'une force têtue, le corps qui en appelle un autre de toutes ses forces, prêt à l'accueillir. De ce signe-là, je sens la puissance malgré l'échographie et ses interprétations. Amoureusement, je pose les mains sur mon ventre et me demande si l'amour de soi peut, lui aussi, être fécondant. Je voudrais ne plus entendre parler d'âge et de vieillissement puisque la conception est toujours un miracle. Hors du temps, donc.

Ce soir, Ambroise viendra puisque je l'appelle. Notre dernière soirée s'est déroulée comme je l'espérais. Il a osé le premier baiser. C'était le plus long de toute ma vie. Nous nous sommes embrassés à en perdre la notion du temps. Des baisers comme des mots de désir, mais sans impatience. Ses mains ont délicatement soulevé mes vêtements. Il n'a pas pris. Seulement donné. De la tendresse. Il a longuement caressé mes cheveux, les a respirés, tressés, peignés de ses doigts.

Dans quelques heures, il viendra. Je n'aurai pas besoin de parler. Je le prendrai et il n'aura qu'à goûter à la puissance du geste, à se taire lui aussi, et seulement jouir d'un instant que je veux parfait. C'est ma mère qui me l'envoie. Infaillibilité de la mère, et son triomphe. Après moi, il n'y a qu'elle qui sait. On ne peut pas avoir généré, porté un autre cœur et un autre corps, sans avoir tissé un lien invisible avec le ciel et toute son universelle étendue.

Le champagne est dans le frigo, le dîner que ma femme de ménage a préparé est en bonne voie. Foie gras poêlé, carré d'agneau laqué au miel et au thym, cœur coulant chocolat fruits rouges. La nappe des grandes occasions est déployée sur la table, les verres en cristal brillent après avoir été dépoussiérés. J'ai souvent attendu un homme dans ce décor de première nuit. Bougies parfumées, pétales de fleurs parsemés sur la table et le grand lit. Ma peau est lisse et parfumée. Mon visage prêt à lui dire l'extase. Les draps en attente d'être froissés.

Je serai celle qui étreint, embrasse, protège. Celle qui reste, qui berce. Celle qui caresse, qui aime.

Je me promène dans les rues de la ville de plus en plus lentement, j'essaie l'allure du pachyderme, me mets dans la peau de celle que la grimace ne quitte pas, avec les pieds gonflés dans des ballerines déformées par le poids monumental des dernières semaines de grossesse. J'imagine que même les chaussures craquent et rêvent de ça. Je commence à travailler tôt le matin pour pouvoir sortir du bureau avant la fermeture des magasins et vaguer extatique entre les rayons bébé. En cette période de soldes d'hiver, j'observe la population des mères appliquées ou dépassées. Ce soir, il y en a une qui attire particulièrement mon attention. On dirait qu'elle va accoucher dans l'instant, tellement son ventre est proéminent. Ça m'impressionne, cette boule exagérément grosse. J'imagine la peau tendue, prête à craquer. Combien d'enfants porte-t-elle ? Je me dirige vers le bac des gigoteuses pour l'approcher en train de regarder le tas multicolore, sa main qui examine et caresse. Elle fait tomber une turbulette tricotée vieux rose avec de délicieux rubans. Je la ramasse et la lui tends. Je lui dis :

– Je regardais le même modèle, c'est ravissant.

– Oui, tout à fait ravissant. Regardez-moi ces prix ! En voilà une autre de la même couleur, vous la voulez ?

C'est elle qui me tend en retour la même turbulette tricotée, mon cœur s'emballe, ma main la saisit et je remercie cette jeune femme au visage rougeaud, blonde, qui sent l'eau de Cologne. Avec son sourire contagieux, elle me pose une question :

– C'est pour un cadeau ?

– Non, lui dis-je, j'ai accouché d'une petite fille, cela fait tout juste un mois.

Elle est bavarde, se présente, « Je suis Élodie, la femme aux jumeaux », et éclate de rire. Je sursaute, chaque mouvement qu'elle fait semble avoir le pouvoir de déclencher la perte des eaux. Ce seront ses deuxième et troisième enfants, le premier, un petit garçon de deux ans, est à la maison avec son père. L'accouchement est imminent, ça peut arriver n'importe où, n'importe quand.

– J'ai la trouille, m'avoue-t-elle, deux enfants à mettre au monde le même jour.

Elle pose la gigoteuse dans son panier déjà bien rempli.

– J'ai envie d'un dernier petit tour, me lance-t-elle en faisant au revoir de la main.

Je la regarde marcher parmi les bacs, ses épaules jetées en arrière, son dos légèrement cambré. Somptueuse, jeune.

Je me dirige vers la caisse avec mon achat. Cette nuance de rose, je l'ai toujours aimée.

De retour chez moi, je trouve un bouquet de fleurs devant ma porte. Des roses orange. Dans le billet qui les accompagne, un très beau croquis me dépeint de profil jusqu'à mi-corps. Nue.

J'ignorais qu'Ambroise savait dessiner.

Ce soir, la solitude pèse un peu plus lourd que d'habitude. Les fleurs dans un vase, mon portrait, la gigoteuse sur la table du salon, c'est une jolie composition. Je prends une photo que j'envoie à Sandra. Elle répond instantanément avec une enfilade d'émoticônes en fête, suivie par des cœurs de toutes les couleurs. J'écarte le vêtement rose avec rubans pour petite fille, je prends une autre photo. La nuit qui tombe, l'hiver, la tendresse en manque d'objet me poussent à ne pas réfléchir. Je lance un appel au secours. L'imagc part vers le destinataire « A. A. mains magiques ». Me manquerait-il ?

Ambroise ne répond pas à la photo de son bouquet. Je n'ai pas envie d'attendre et lui envoie :

Libre quand ?

Un quart d'heure, vingt minutes passent, presque le temps de l'oublier.

Demain, j'espère.

Demain, ça peut être trop tard.

Je dois me lever tôt, très
grosse journée en vue.

Très bien, alors nous dormirons peu
et mieux. Moi, toujours grosse journée.

Une demi-heure, quarante minutes plus tard, j'entendrai sonner à ma porte. Un homme est prévisible. Émouvant, avec sa queue dressée qui s'agite. Comme un chiot.

Je me passe de la crème sur les jambes, du parfum partout. Nuisette. Bougies. Je m'allonge et commence à jouir avant la jouissance.

Je claque la porte derrière moi.

Mon bureau est inondé de lumière. Je peste contre le jour et le pare-chocs de ma voiture que je me suis pris dans le tibia. Je n'ai pas le temps d'aller chercher la blessure sous la jupe, mais le collant s'est déchiré. Je passe ma main sur la petite bosse et j'arrête de me plaindre. Dans les bouchons de 9 heures du matin, j'ai essayé de contenir mon exaspération avec de la musique classique. Le *Buddha-Bar Remix* de Satie m'a découragée. D'une lenteur accablante. À chaque point mort de l'embrayage, je me suis jetée sur anticernes et mascara. Dans le rétroviseur, nul mensonge. Rides, ridules, paupières flétries. Cernes et regard, la même couleur détestable. Que du noir. Avec ma trousse baise-en-ville, je me suis débrouillée pour me reconstituer un visage de fonction. Trois ou peut-être quatre heures de sommeil sont le genre d'entorse qu'on paie cher, une fois passé l'âge du forfait illimité. C'est donc à mes frais, le réveil que je n'entends pas, le retard, l'énervement. L'impuissance. Encore de l'énervement. C'est tout de même un coup à encaisser, quand on vous fait attendre pour rien. Cela ne m'était jamais arrivé de poireauter pour un homme qui ne vient pas après avoir été invité à le faire.

Je me mets à crier comme je n'ose jamais le faire sur mon lieu de travail :

– Claire, s'il vous plaît, un double expresso, Claire. Double, merci.

Parfaitement obéissante, ma secrétaire. Je rétablis sensiblement mon emprise sur le monde. J'avale, c'est brûlant, un réveil. Je file dans le bureau du directeur, sans avoir le temps d'exulter consciencieusement. Un coup d'œil rapide aux mails m'a suffi pour cueillir la bonne nouvelle : nous aurons le prêt au taux de 1,2 %. Ce sera ça, la petite lumière de la journée. De quoi oublier l'affront, peut-être.

Le directeur me réserve un accueil des plus chaleureux. Sur la chaise confortable face à mon interlocuteur souriant, je m'écroule. Sans pouvoir sourire en échange, je fais mine d'être dans le parfait partage pendant que je sens la fatigue creuser mon visage et s'attaquer au cerveau. Ma tête dit oui. Oui, à tout. Son invitation au restaurant, à midi, il faut fêter ça, l'acceptation d'un groupe de bénévoles pour aider les plus démunis parmi nos patients, des horaires aménagés pour les infirmières qui reviennent d'un congé maternité, un poste supplémentaire en cardiologie. Ce n'est qu'à la fin de l'entretien qu'il change d'expression pour me demander si ça va.

– Ce n'est que de la fatigue, j'ose espérer.

– Oui, de la fatigue, lui dis-je.

– Je sais que vous avez suivi tous vos dossiers même pendant les jours de congé pour deuil. Je ne vois aucun inconvénient à ce que vous preniez d'autres jours si besoin. Un tel événement exigerait qu'on s'arrête carrément de travailler pendant un petit bout de temps. Ça dépend de la personnalité de chacun, certes. Je tiens à ce que vous le sachiez : vous avez toute ma compréhension. Il y a trois ans, j'ai perdu ma mère. Je me demande tous les jours si je m'en suis remis. La réponse est non, de toute évidence.

Il se lève et me tend la main. Son sourire est amical, sans masque. Je ne dis rien, mais je lui en suis reconnaissante.

Je retrouve mon bureau, mes tâches. Claire s'empresse de me préparer un autre café. Elle a acheté du chocolat et m'en propose. L'univers a compris et vient à mon secours. Sandra m'envoie un cliché de l'échographie qu'elle a faite le matin. Pas encore trois mois, mais elle a besoin de s'assurer que sa grossesse avance normalement. Elle veut que je lui explique la photo que je lui ai envoyée. Je lui réponds que je regrette de l'avoir prise, que c'était le cadeau d'un homme qui me semblait élégant, respectueux, mais qui m'a déjà déçue.

Hier soir, je l'ai attendu pendant des heures. Bougies, nuisette, parfum. Envie.

Pour rien.

La fin de la journée approche, enfin. J'ai réservé le dernier créneau pour mon troisième cours de Fertility Yoga. Dans le vestiaire, il y a quelques femmes que j'ai déjà vues. Jusque-là, je n'ai parlé avec aucune d'entre elles. J'aimerais pourtant connaître leur parcours, interroger leur désir de maternité. La dernière fois, je n'ai pas cessé d'épier les visages, les corps, en imaginant une histoire, leur âge. Je déroule mon tapis près de la femme blonde remarquée lors de la séance précédente. Les lignes parfaites d'eye-liner, unique touche de maquillage avec le mascara, avaient initialement attiré mon attention. Je retrouve, ce soir, le gris captivant de son regard. Elle s'applique, concentrée, mais répond avec un sourire aux sourires qu'on lui adresse. Je regarde sa peau, ses pieds, le vernis rouge foncé, ses longs cheveux tressés sur le côté qu'elle caresse tendrement. Je ne saurais dire qui est la plus jeune de nous deux.

Dans le vestiaire, je me rhabille près d'elle et j'engage la conversation au sujet du cours.

– C'est ma première année de yoga, lui dis-je.

– Ce cours est un des meilleurs de Bordeaux. Je connais bien, je les ai presque tous faits !

Elle va arrêter pendant quelque temps. Elle est chanteuse d'opéra et doit remonter sur scène. C'est donc ça, la texture de sa voix, l'élégance, le corps discipliné et le port de tête. L'intensité de son regard. Ses cheveux, on dirait de la soie. Je comprends qu'elle les chérisse.

– Je m'appelle Julie, me dit-elle avec gaieté.

Nous sommes les dernières à quitter les lieux. Pendant toute sa vie, elle n'a pensé qu'à chanter. Sa voix a été son unique bonheur.

– Je me suis inscrite à ce cours après des fausses couches à répétition. J'essaie de retomber enceinte mais sans prise de tête. Je veux ce que nature peut. Je ne ferai rien de plus que l'amour. Et je serai peut-être obligée de renoncer à l'idée d'avoir un enfant… Mais depuis quelques jours, ça va beaucoup mieux. Ça déstresse, le yoga, tu ne trouves pas ?

– Pourquoi renoncer, puisqu'il y a toujours des choses à faire tant qu'on a le temps ?

– Parce que je n'ai pas envie d'un bébé à tout prix. Je préfère réfléchir à la limite qui nous est imposée : une limite de temps, justement, avec toutes ses conséquences physiologiques et médicales. Le corps ne peut pas tout. Honnêtement, je me demande si toutes les techniques de procréation médicalement assistée sont vraiment du progrès.

Je laisse tomber la conversation. On n'a pas le même avis, inutile de discuter. Je roule doucement jusqu'à la maison. Il est trop tard pour aller voir mon père. Ça m'arrange. Plus du tout envie de parler, je lui passerai un coup de fil rapide pour lui souhaiter bonne nuit. Dernièrement, nos entrevues sont pour lui l'occasion de verbaliser ses angoisses. Depuis la disparition de ma mère, il multiplie les visites médicales et les malaises. Il ferait mieux d'aller jouer à la pétanque, comme tous les vieux.

Dans le couloir qui mène à ma porte, une ampoule a claqué. Je me fige sur place pour habituer mes yeux à la semi-obscurité pendant que d'une main je cherche la clé dans mon sac. Une tache blanche s'étire devant ma porte.

On dirait presque une source de lumière. Je m'approche. Sur le paillasson, la couleur vive est celle des fleurs enveloppées dans un papier qui se crispe sous la pression de mes doigts. J'ai envie d'arracher les pétales un à un. Si Ambroise pense que je suis le genre de femme qu'on peut émouvoir rien qu'avec un bouquet, il se trompe. Je ramasse la chose et la fais voler dans le vide-ordures, tête en bas.

Au laboratoire d'analyses, j'attends mon tour depuis plus d'une heure. Ça laisse le temps d'avoir mal. C'est reparti pour un mois que j'espère être le bon. D'après mon médecin belge, le traitement hormonal est en train de porter ses fruits. Les conditions seront bientôt réunies pour tenter une insémination artificielle. J'ai pris rendez-vous pour l'échographie du troisième jour, sans toutefois être certaine d'être à J3. Une tache vaguement rougeâtre, mais loin du rouge intense, est-ce une goutte de sang ? C'est la question que je me suis posée il y a trois jours. Je m'étais réveillée avec ça. Une couleur indéterminée dans ma culotte. L'intimité d'une femme a des nuances, un langage qu'il faut toujours réapprendre.

Pendant mon sommeil, je sens mes seins durcir, mes tétons qui supportent à peine le contact du drap. Sensations sans doute exacerbées par le désir et l'attente. Les symptômes des menstrues pris pour le début d'une grossesse. Est-ce l'espoir qui diffuse dans le corps une joie certaine, ou est-ce les hormones ? Le matin, j'ai arrêté de prendre ma température. J'en étais à 37,3°, mais après ?

Après, il y a eu Ambroise.

Il ne pouvait pas passer la nuit chez moi, le soir où j'ai

insisté pour qu'il me rejoigne. Sûre de mon pouvoir, je l'avais attendu en vain. Il est revenu frapper à ma porte, les roses blanches ont viré à l'orange, puis au rouge intense. Il m'a déclaré son amour, en balbutiant. C'était peut-être un mensonge. Depuis, nous jouons aux amants épris. Moi, je joue. Pile ou face. Sur la table de chevet, la plaquette de pilules que je ne prends pas est parfaitement visible. Il faut qu'il soit à l'aise. Pas de crainte, donc pas de préservatif. Je ne mens qu'à moitié : je lui ai dit que je n'ai jamais voulu d'enfants. « C'est dommage », a-t-il commenté. Parfois, je lui demande de rester. D'autres fois, il sait qu'il doit partir.

Nous avons fêté ses quarante ans et je me suis offert un cadeau. J'ai orchestré une scène de viol et une autre de couple marié. L'appartement englouti par la nuit, il s'est faufilé par la porte d'entrée que j'avais laissée entrouverte et il est venu retrouver mon corps qui gisait à moitié nu sur le lit, les yeux fermés, immobile. S'est-il pris trop au sérieux ? Je ne souhaitais qu'un faux-semblant de violence, la mise en scène qui excite et amuse, mais pas de vraies gifles. Il s'en est excusé, il n'avait fait que ce que je lui avais demandé. Il est parti et revenu un quart d'heure plus tard. Je l'attendais démaquillée, en pantoufles, le gâteau avec quarante bougies et des petits cadeaux ornés de gros rubans colorés. Je lui ai offert des accessoires pour réaliser ses jardins miniatures. C'était comme jouer à la poupée : mini-transats, clôture en métal, animaux de la ferme, plantes. Il était ému, comme un gosse. J'ai joué au dernier amour de jeunesse. Avec un pincement au cœur que je n'interroge pas et toujours avec cette envie de baise. Je comprends un peu mieux les hommes, l'appel du corps c'est leur soif inextinguible. Des chiens langue pendante. Et moi ? Une chienne. Il ne faut pas plus pour former un couple pendant une nuit, ou pour toute la vie. Je lui ai donné des consignes auxquelles il a obéi. Dans ma chambre, le chandelier avec cinq bougies noires ; sur le lit, mon corps à quatre pattes. Dans cette position, fesses pointées et sexe rasé dégoulinant d'impatience, prêt à mordre et à avaler, je me suis sentie femme dans mon sublime empire. Entièrement moi, avec ma béance convoquant l'univers entier pour faire un miracle. Je n'avais jamais fait l'amour pour tomber enceinte. Je sais maintenant que la femme appelle l'Invisible et prononce sa prophétie, capable de bâtir un monument au sexe érigé de l'homme qu'elle accable de toutes les perfections. Membre divin qu'il lui faut adorer. Non pas pour lui. Non. Pour l'autre. Celui qui est conçu dans le mystère de son ventre sans faute.

Je suis Vierge, comme toutes les mères.

Plaisir de rêver dans une salle d'attente.

On m'appelle, enfin. Fini le rêve, allons voir où j'en suis avec mes ovaires et la promesse que mon corps de femme fait à l'univers. Ces derniers temps, je ne fais qu'écarter mes jambes, baisser ma culotte. Pour un sexe d'homme ou pour une sonde d'échographe. La seconde imitation de l'autre. Pendant quelques minutes, je n'ai droit qu'au silence. Insondable. L'image à l'écran m'échappe ; perçue du coin de l'œil, elle reste aussi indéchiffrable que si je la voyais de face, sur grand écran.

– Vous n'avez pas eu vos règles, ou je me trompe ?

– C'est toute la question. Je croyais en être au début d'un nouveau cycle. Dans le doute, j'ai pris rendez-vous. Vous savez, le temps nous est toujours compté.

– Oui. Vous avez bien fait. D'ailleurs, je vous invite à prendre un nouveau rendez-vous. Dans une semaine, c'est bien.

– Un autre rendez-vous ? Y a-t-il quelque chose qui ne va pas ?

L'échographiste tourne vers moi l'écran. Il m'indique quelque chose, une petite tache noire.

– Je ne crois pas me tromper, madame, si je vous dis que c'est un sac gestationnel.

Il sort la sonde de mon vagin, me donne du papier pour que je m'essuie.

– Vous êtes enceinte, madame.

Vous êtes enceinte, madame.

Vous êtes enceinte, madame.

Est-ce réellement ces mots que j'entends ? Est-ce vrai ? Est-il sûr ? Je n'ai pas envie de partir, je voudrais rester allongée près de l'échographe, avec la sonde qui inspecte mon ventre. Qu'on me dise, qu'on me redise que je suis enceinte et que cette petite tache noire c'est ma fille, mon garçon. Qu'on prononce distinctement chaque lettre d'un mot qui change tout.

Je sors dans la rue, et tout est différent. Rien n'est plus comme avant. Moi d'abord, mais aussi cette porte que j'ai poussée pour sortir du cabinet, les mots que j'ai employés pour prendre un autre rendez-vous, l'odeur de l'hiver, les visages des gens, les trottoirs et les vitrines. La ville. L'humanité. Le temps qui est éternité fleurissant dans mon ventre.

Mon enfant.

Je ne pense plus à lui, ou si peu. Je pense à ce qui grandit dans mon ventre et à la prochaine échographie. Je m'efforce de retenir mon souffle, de bouger en apesanteur, de me taire, de marcher au ralenti pour ne pas troubler son installation et encourager la volonté têtue de tous les êtres qui préparent leur venue au monde. Il n'existe rien de plus puissant. Et pourtant, si fragile, cette chose qui n'est qu'un amas de cellules prêtes à exploser de vie. Mais pour moi, cet enfant est déjà un enfant. Ma revanche. Personne n'a cru aux seize millimètres. Moi, j'y ai cru. Patiente, j'attends son éclosion, les petits membres qui poussent, le cœur qui bat plus fort que tous les pourcentages et statistiques qui ont fait de moi une improbable génitrice, une femme en retard sur son ventre.

Ma première nuit en tant que mère, je me suis allongée sous drap et couette et n'ai pas fermé l'œil. Le lendemain, j'étais au bureau à l'avance, j'ai travaillé sereinement, sans accablement ni cheveux arrachés. Une autre façon d'exister. Sans tristesse, je suis passée voir mon père. J'ai étonnamment trouvé un important sujet de conversation. Son passé. Son enfance, d'abord. Je n'imagine pas une mère ne sachant pas restituer l'histoire de la vie des grands-parents. Il s'est mis à parler en oubliant rapidement la gêne initiale, qui n'était peut-être que de la surprise. J'ai dû l'arrêter, il commençait à se faire vraiment tard et la fatigue ne voulait pas m'épargner. Nous avons parcouru les dix premières années de sa vie. Il m'a laissée partir avec un sourire qui remerciait.

De retour à la maison, je sors la gigoteuse, et la jeune femme enceinte croisée dans le magasin me revient à l'esprit. Je contemple cet unique vêtement de bébé que je possède et prononce, sans y avoir réfléchi, des prénoms de fille. J'ai l'impression que, demain, je la bercerai dans mes bras. Je dois appeler Sandra. Impossible d'attendre. Et puis non, d'abord dîner. J'ai le sacro-saint devoir de prendre soin de moi. Mon corps est une cathédrale. Dorénavant, les barbares sont interdits d'entrée. Je ferme à double tour la porte blindée. Le calme qui s'est emparé de moi n'empêche pas ma main de trembler sensiblement lorsque je porte un verre d'eau à ma bouche. Mon bonheur est une fièvre tranquille, une lave souterraine qui m'inonde sans me prendre à la gorge.

C'est un miracle.

Et c'est aujourd'hui le premier jour d'une nouvelle première année où l'air est remué par quelque chose de printanier. L'odeur, principalement. Mais aussi une subtile, imperceptible lueur. En arrivant chez mon père, j'ai vu le jardinier ranger les outils. Il avait rempoté les plantes que je lui avais indiquées. Deux orchidées et un palmier. Je ne sais pas ce qui m'a pris. Mes mains ont plongé sans retenue dans le terreau pour plantes vertes qu'il s'apprêtait à mettre dans la cabane. Je les y ai laissées pendant quelques minutes. J'ai remué la terre comme l'enfant qui cherche trésor et plaisir. L'humide épaisseur des grumeaux m'a procuré une joie authentique. Je me suis vue dans quelques mois, l'été triomphant, mon ventre rond, plein de vie et de mes deux cœurs battant à l'unisson. Je voulais m'allonger sur l'herbe, y poser mon sein, mon visage. Fermer les yeux et respirer profondément. Mais le jardinier commençait à s'impatienter, et je me suis moquée de moi-même et de ce besoin de nature jamais ressenti auparavant. Ou trop rarement pour que je m'en souvienne. Enfant, peut-être, comme tous les enfants. La sensibilité délirante et prodigieuse de la future mère s'est déjà emparée de tout mon être. Donner la vie, c'est revenir au monde. Je commence à comprendre. Peut-être n'accouche-t-on que de soi-même.

Avec du dissolvant, j'enlève le vernis. Sous mes ongles, il y a de la saleté, les restes de terreau. Je l'observe amusée et décide de la garder pour la nuit.

Un peu plus tard, au téléphone, la voix de Sandra se tait un instant pour me dire enfin :

– J'aurais parié tous mes crayons et ma trousse d'écolière que toi aussi. « Maman », dis-le, Marie-Louise, tu vas être MAMAN. Pour moi, c'est le plus beau de tous les mots de la langue française.

– Plus beau que « papa » ?

– Bien plus, Louise.

Je lui demande de le garder comme un autre de nos secrets, il est important d'attendre, tout cela est fragile. Le temps décidera et moi, je peux espérer. Je ne veux plus voir Ambroise. Il saurait. Son intuition me sidère. Ne rien lui dire. D'ailleurs, l'homme qui ne pense qu'à prendre du plaisir n'est pas le père. Il n'y a que la mère. Et la mère, c'est moi.

Je m'assois en tailleur près du fauteuil et je répète mille fois, des milliards de fois, Accroche-toi mon bébé. J'ai fait advenir le miracle. Tu naîtras de moi, mère et père à la fois. Certes, je dois reconnaître qu'il y a eu, irrésistible, cette envie de l'homme et d'être saisie aux hanches. Une insémination artificielle n'a pas de mains pour vous caresser les seins et flatter vos fesses. Ça ne fait pas jouir.

Je vais travailler de plus en plus tôt pour m'éclipser avant le coucher de soleil. Le soir, je passe encore une heure ou deux devant l'ordinateur, incapable de ne pas répondre à mes obligations professionnelles, mais l'urgence est ailleurs. En guerre avec le temps, j'ai décidé de vaincre et tous les deux jours je passe voir mon père. Nous dînons ensemble, parfois c'est moi qui prépare le repas. J'ai dû lui dire que j'étais au régime pour justifier mon refus de boire du vin. Il a pris l'habitude d'ouvrir tous les jours un des grands crus qu'il a jalousement conservés dans sa cave fermée à clé. Je ne contrarie pas son besoin de célébrer l'existence tous les jours. Moi aussi, je le fais. Sans alcool, mais l'effet est le même. Être enceinte, c'est grisant. Ces derniers temps, l'ivresse est ma meilleure amie. Cela crée un court-circuit de bonheur. Une puissante masturbation où les orgasmes se succèdent et le corps n'est pas fatigué par sa fête. Je n'en suis qu'aux balbutiements de ma nouvelle vie, mais pour le moment aucun malaise, pas de nausées.

La joie que je tais est certainement communicative. Mon père la sent, il est moins ronchon. Je poursuis ma quête des origines. Avec un verre ou deux, le passé jaillit comme une foudre. Spectaculaire et douloureuse mémoire. Libéré par le vin ou par la peur de la mort, mon père m'avoue que, pendant toute son enfance et son adolescence, il était bègue. Je l'ignorais, et me demande si ma mère était au courant. Il va chercher un digestif, je sens que ça remue dans ses profondeurs obscures et qu'une douleur revient, intacte, comme si l'adolescent était là, devant moi. D'ailleurs, lorsqu'il me dit, « Écoute bien, v-v-voilà c-c-comment je p-p-parlais », son bégaiement est réel, ce n'est pas l'imitation d'une oralité perdue et enterrée. C'est sa langue. L'autre, il l'a apprise à force de se faire violence. Il me dit la honte et la peur. Son corps traversé par des spasmes, son visage déformé par la grimace, l'enfant était un pantin aux mouvements désarticulés, proie du vice et de la cruauté des camarades d'école, mis à l'écart par les adultes. Des années de mutisme, où il s'obligeait à parler correctement, dans un face-à-face intime avec lui-même.

– Moi et le miroir, dit-il, puisqu'il me fallait maîtriser chaque centimètre carré de mon visage et de mon corps. J'ai appris la discipline, la contrainte exercée sur moi-même, l'effort et la maîtrise. J'ai séché mes larmes, évité les femmes, rencontré un seul ami. Tu sais de qui je parle, Jacques, qui est décédé, lui aussi. Ma combativité vient de la vexation et de la colère. Je ne crois pas que la guerre résolve quoi que ce soit. Mais celle que j'ai provoquée et déclarée à moi-même m'a sauvé. J'avais dit à ta mère qu'un camarade d'école était bègue et pour cela victime de harcèlement. En réalité, je lui racontais mon histoire et que je m'étais attaché à ce compagnon de route que je trouvais fort sympathique. Je me mettais à bégayer. Elle riait comme une gamine, me priait parfois d'imiter cet ami de jeunesse. Et quand elle disait, après avoir tant ri, « J'aurais bien aimé le rencontrer, ton ami bègue », je la serrais si fort dans mes bras que je craignais de la casser.

Des larmes s'échappent de ses yeux embués.

Je le prends dans mes bras. C'est l'heure de rentrer.

J'aimerais passer toute une journée avec toi. Tu n'es pas que mes nuits. A. A.

L'odeur, insupportable, me réveille et ça me prend à la gorge. J'étouffe. La cage d'escalier devrait sentir bon après le ménage que la concierge fait deux fois par semaine et toujours avant 7 heures du matin. Mais l'odeur qui s'en dégage est irritante. Ça s'immisce partout, glisse sous toutes les portes, arrive jusqu'à ma chambre, mes draps, envahit mon nez et mon cerveau. Pour faire des économies, on achète du produit nettoyant de très mauvaise qualité. Ça ne sent pas bon. Ça sent la pauvreté. Je n'arrête pas de me plaindre au conseil syndical de copropriété. Il est détestable de se lever avec les nerfs à fleur de peau, le bébé va en souffrir. Je suis prête à financer le produit d'entretien. Mon nez est à bout.

Bébé s'accroche, maman s'effondre de fatigue. Cependant, mon épuisement est rêveur, il n'y a nulle souffrance, c'est plutôt apaisant. Le temps m'est donné pour lâcher prise. Au réveil, je n'ouvre pas les yeux mais demeure recroquevillée sous les draps où je cherche les signes de sa présence, et rêve et réalité se superposent dans les souvenirs opaques de la veille. Accueillir une vie a quelque chose de glorieux. Offrir son corps, ça comble. Néanmoins, ce matin, je ne m'attarde pas entre veille et sommeil, et ouvre grand mes yeux dès que le réveil sonne. Le message signé A. A. est bien là, écrit en toutes lettres dans mon portable. Je ne l'ai pas rêvé. Sa demande – et sa douceur – me crispe. Lui ai-je promis quelque chose ? Je ne lui dois rien, j'ai tout ce qu'il me faut, mais cette odeur ne cesse de me déchirer de l'intérieur. Je fonce sur céréales, lait, petite tarte aux pommes, kiwi, jus d'orange. Encore des céréales. J'obéis aux signaux que mon corps m'envoie. Cela ne me déplaît pas d'être la mère nourricière qui se goinfre dès le réveil. Il y a un plaisir exquis à mâcher et à avaler la nourriture que mon corps réclame. Je sais que tu ne pèses que trois grammes, mais ta puissance est déjà hors norme. Tu m'épuises. Entre nous, c'est l'étreinte amoureuse et j'en sors exténuée. Mais nous, c'est sans l'abîme et les souffrances qui accablent les amants.

Je mange un autre morceau de tarte. Parce que j'ai encore faim et que je dois disposer de toutes mes forces aujourd'hui. Nous avons un rendez-vous important.

Pas loin du cabinet de radiologie, il y a une boutique Baby Dior. J'ai fait exprès de me garer de ce côté de la rue. Chaussons ivoire et rose pâle, minuscules ballerines rouges, dorées. Robe en tulle, blouse en satin de coton, cristaux Swarovski. Une féerie dans la vague de douceur. Je plonge. Comme si tu étais une fille.

Aujourd'hui, je ne saurai pas ton sexe. Tu vas garder ton premier secret pendant quelques semaines. Je me redresse légèrement pour guetter l'écran.

– Ne bougez pas. Écoutez…

Soudain, un battement emplit toute la pièce de sa vitesse rythmée. Boum boumboum. C'est étourdissant, le tambour en fête. L'éclat d'une course et son triomphe. Boum boumboum. Tu fonces, bien plus rapide que moi. Mon cœur.

J'en sors sidérée. La vie qui bat dans mon ventre m'ôte la parole. Je reste en silence pour garder en moi l'écho de ta musique. Assise dans la voiture, les yeux fermés, j'attends que le souvenir se nuance avant de me remettre en route. Mais tu frappes, entêté dans ta course à perdre haleine. Il n'est pas encore temps de sortir. Dans mon ventre, toc toctoc. Dans ma tête, toc toctoc. De ma main, je cherche la tienne, minuscule, sans plus ressentir les battements de l'intérieur. Je rouvre les yeux et sursaute. Un agent de surveillance de la voie publique est collé à la vitre, l'air soucieux et interrogatif. J'ouvre la portière et je lui tends mon ticket de stationnement.

– Je suis désolée, je m'étais assoupie. Il faut peut-être remettre de l'argent dans…

Je sors pour me dégourdir les jambes, aller vers l'horodateur. J'ai dû m'endormir quelques minutes et l'agent s'inquiétait de mon sort. Je le salue, reconnaissante. À l'instant où je claque la portière et glisse sur le siège, je vois sur ma voiture quelques pétales de roses. Tombés du ciel ? Je sors une nouvelle fois pour les balayer d'une main. Je n'ai pas dû les remarquer, il n'y a rien de mystérieux là-dedans. Je tourne néanmoins sur moi-même et jette un coup d'œil aux piétons et aux voitures. Je me refuse de le prendre comme un message ou comme le signe d'une présence. Pourtant, la pensée d'Ambroise s'immisce dans chaque pétale. Il serait capable de me suivre et de lancer marguerites, pivoines, tulipes sur mon chemin. Ça ne m'étonnerait pas de sa part.

On est restées enlacées toute la nuit.

Amélie est partie quelques jours au bord de la mer avec son papa qui n'a pas hésité à me confier Sandra. Il sait qu'elle a besoin de parler et de se reposer auprès de moi. Il sera joignable vingt-quatre heures sur vingt-quatre et, s'il le faut, il écourtera son week-end avec sa fille. Amélie, avec la lucidité désarmante de l'enfance, a tout compris. Juste avant de partir, elle a dit à sa mère :

– Le bébé ne veut plus sortir de ton ventre parce qu'il est fatigué. Ne sois pas triste, maman. Moi, je t'aimerai encore plus et quand je serai grande comme toi, je ferai un enfant et je te le donnerai.

Les mots sont bien ceux de la petite Amélie, mais ça me fait bondir dans le passé, à l'époque où Sandra était ronde comme un bonbon et où ses cheveux sentaient la fraise. J'aimais enrouler sa tresse autour de mon poignet, comme un bracelet. Je nous vois comme si c'était hier. Sandra ouvre la boîte de pastels avec des gestes délicats, elle dit que c'est un écrin à bijoux et m'explique que les crayons sont beaux si la pointe est bien pointue et qu'il ne faut jamais les ranger sans les avoir taillés. Elle les caresse et les fait rouler du bout des doigts mais sans m'oublier, puisqu'elle me demande :

– Quand tu seras grande, tu seras maman ?

– Non.

– C'est impossible !

– Pourquoi, impossible ?

– Parce que toutes les petites filles seront mamans. Si tu ne l'es pas, c'est que tu ne peux pas.

– Très bien, alors je ne pourrai pas.

– Pas grave. Je te prêterai mon enfant et nous serons deux mamans parce qu'une femme sans bébé, ça va pas.

Je n'ai jamais oublié cet échange et je pense que Sandra non plus, puisqu'elle ne cesse de répéter que perdre cet enfant lui semble moins grave lorsqu'elle songe à celui que je porte.

– André, mon ange de mari, m'a déjà dit qu'il est prêt à recommencer, si je le veux.

– Et tu le veux ?

– Pour le moment, je désire seulement me reposer, j'ai eu très mal, et j'ai ignoré les signaux que mon corps m'avait envoyés. Nos antennes de femme sont très développées, mais lorsque le pressentiment contredit le désir, on est pathétiques. On ne peut pas tout. Heureusement, Amélie est là.

Même souffrante, Sandra me pose plein de questions sur moi, me parle de grossesse et de ce qu'on devra, petit à petit, acheter pour préparer l'arrivée du bébé. Elle est prévoyante, toujours sincère :

– Tu n'es pas obligée de l'élever toute seule. Je ne te dirai jamais rien, pas de chantage affectif entre nous. Mais, sois-en sûre, il y a des pères qui font des mères formidables. André en est la preuve. Mais ça, tu le sais déjà.

Je me lève avant Sandra et attends que les nausées matinales passent. J'ai ma petite routine faite de respirations lentes et maîtrisées – inspirer par la bouche, expirer par le nez –, je bois du jus de citron avec du gingembre. J'en ai toujours un thermos dans mon sac. Ça m'aide beaucoup. Particulièrement aujourd'hui, après la nuit agitée. Allongée près d'elle, j'ai tendu l'oreille aux secousses et frémissements de son corps, tremblé avec lui. Même pendant le sommeil, j'ai cru entendre la lamentation de sa chair blessée à vif.

Ne plus y penser. Je suis là pour lui apporter du réconfort, et c'est du thé ou du café, une grande carafe de jus d'orange, et quoi d'autre ? Descendre, même pas maquillée, avec ma gueule des mauvaises nuits, qu'importe. C'est juste en bas, la boulangerie où on fait d'excellentes viennoiseries.

Avant de sortir de chez moi, de fermer ma porte et de m'aventurer sur mon palier vers l'ascenseur, je colle silencieusement mon œil droit au judas et cesse de respirer. Hier matin, lorsque j'ai ouvert pour partir travailler, j'ai cru piétiner un bouquet de fleurs. Ce n'était que mon paillasson déplacé par la gardienne, certainement pendant le ménage. L'idée qu'Ambroise puisse rôder autour de mon habitation me fait peur. Ce n'est peut-être qu'une hallucination, mais j'ai cru apercevoir sa voiture à deux ou trois reprises, pas très loin de chez moi. C'était bien une Renault Modus, mais peut-être pas la sienne. Toujours est-il que j'ai constamment l'impression d'un regard posé sur moi, où que je sois. Mon cœur accélère à chaque bruit impromptu. Il a essayé de m'appeler plusieurs fois. Je n'ai pas le courage de décrocher, encore moins de lui parler. Veut-il m'étrangler ? m'épier ? m'épouser ? Il faut que je prenne une décision, que ça vienne de moi.

D'habitude, s'ils ne sont pas invités, les hommes s'abstiennent. Ils ont peur du ridicule, fermement cramponnés à leur orgueil de mâle. C'est bien pour cela que je ne peux pas m'empêcher de tressaillir dès que je vois des fleurs. Comme si Ambroise était dans toutes les roses et les pivoines de la terre. La semaine dernière, il y avait une fleur enroulée autour de la poignée du portail de mon immeuble. Avant-hier, j'ai aperçu un ruban blanc ivoire abandonné au sol près des boîtes aux lettres dans le hall de l'immeuble. J'ai immédiatement appelé la gardienne qui, avec son air de louve farouche, a seulement laissé échapper, « Vous vous sentez bien, madame de Guesclin ? ».

Je l'ai annoncé à mon père. C'est un premier pas pour une sorte d'officialisation. Il a acquiescé, comme si j'avais cherché à obtenir son consentement. Il va être à nouveau grand-père, et cette fois-ci grâce à sa fille. Je lui ai donné l'information et, d'un geste sec de la main, lui ai interdit de me poser des questions. Il a fait semblant d'être heureux et m'a proposé de trinquer. Eau gazeuse contre côtes-du-rhône. Ça fait tout de même tchin-tchin. Il a bu une bonne gorgée et il s'est permis de dire, « J'espère au moins que le père est un homme de bonne famille ».

Il est debout, près de ma Golf, le grand échalas aux yeux voilés d'un chagrin profond. Au garde-à-vous, exactement comme la première fois qu'il a surgi devant moi. Je m'approche, inévitablement. Si ce n'était pas ma voiture, je changerais de trottoir, de ville. De vie. Son regard me met à nu, glisse sur mon ventre. Il n'y a rien à voir, mais je me cache derrière mon manteau.

J'ai décidé de le lui dire.

C'est la meilleure façon de me débarrasser de lui.

# DEUXIÈME PARTIE

## *Vingt ans plus tard*

Je l'avais oubliée. Au fond du tiroir, avec le foulard qui m'avait servi à l'étrangler, elle est nue, les yeux crevés. Je la jette contre le mur, le choc lui casse une jambe.

Avec sa gueule de travers, c'est le passé qui revient.

J'avais quatre ans et pas une larme. J'avais tué ma poupée. C'était le cadeau de mon père. Elle allait partir à la déchetterie avec la machine à laver. C'était une idée de ma mère. Ça m'avait plu d'organiser ses funérailles. Parce que tout le monde y a droit, même ceux qu'on n'aime plus. Je l'avais posée dans le tambour comme un cadavre dans son cercueil. Les enterrements, c'est sacré. Je m'étais signée. Amen, ça veut dire adieu. Les souvenirs s'en vont si on n'y pense plus. Je n'y avais plus pensé. C'était très courageux de ma part. C'est ma mère qui l'avait dit. Le courage, c'est quelque chose qu'il faut avoir pour devenir une grande personne. Mais ça m'avait fait mal comme c'était pas permis. Je m'étais demandé si grandir était vraiment une bonne affaire. À ce moment-là, je me contentais de penser au cadeau que ma maman m'avait promis. Un coffret maquillage, puisqu'il faut grandir. Belle, j'aurais été belle, avec les yeux bleus, les lèvres rouges. Plus jolie qu'avant, c'est ma mère qui l'avait dit. Je n'étais plus une petite fille. C'était fini les jeux d'enfant.

Je la ramasse et la remets au fond du tiroir. Je me demande comment elle a pu échapper à la déchetterie et finir dans la commode. L'aurais-je sortie de la machine à laver sans l'avouer à ma mère ? Si je l'ai fait, je n'en garde aucun souvenir. Je sais seulement que je désirais sa mort. Mais une poupée ne meurt pas. Ça ne ressuscite pas non plus. Je ne dois plus y penser, seulement essayer de me rendre utile. Je m'occuperai de ça plus tard.

Je glisse vers le salon. Cette maison est un labyrinthe. Ce n'est pas le moment de lui poser des questions sur la poupée et la machine à laver. Le neurologue a été clair : « les troubles du comportement » de ma mère, associés aux « pertes récurrentes de la mémoire », sont les « symptômes d'un état pathologique dont le diagnostic n'a pas encore été posé. Nous sommes en présence d'un trouble neurocognitif qu'il nous faut analyser ». Il a beaucoup parlé. J'ai compris qu'il n'y avait pas eu d'AVC, qu'il n'y a pas de cancer, qu'il faut faire d'autres tests. « Les troubles de la mémoire immédiate ne sont pas de son âge. » Vieille et démente avant l'heure, si on résume. J'aurais dû me douter qu'il y avait anguille sous roche. Le départ anticipé à la retraite, elle me l'a annoncé comme si c'était une évidence. Ma mère gère bien le secret. Elle a du sang-froid et connaît l'urgence. Je me suis laissé embobiner. Avec légèreté et quelques mots flottants, elle a dit qu'elle en avait marre, que le milieu hospitalier évoluait dans une mauvaise direction, que les nouvelles recrues elle ne les aimait pas, que Paris l'avait fatiguée et qu'il n'y avait rien de mal à battre en retraite prématurément. C'était le privilège de la sagesse. Et puis, la vie, ça passait tellement vite. Du temps libre, elle en avait besoin. Moi, muette, je n'ai eu rien à dire. Elle n'avait pas de comptes à me rendre. Je devais seulement me concentrer sur mes études. Après le bac, les bons élèves ont l'embarras du choix. J'ai pris son bla-bla-bla pour de l'argent comptant. C'est sa vie. Soit.

Pauvre maman. Toujours obligée de mentir pour le bonheur de ta fille.

Pendant ce temps, je me demandais quoi faire de ma vie à moi. Paris est l'endroit idéal pour se noyer dans l'embarras du choix.

– Est-elle bien entourée ?

C'est à moi que le médecin a posé la question ?

– Je ne sais pas si elle est bien entourée. Mes grands-parents ne sont plus de ce monde. Son frère est en Australie. Elle a décidé de revenir à Bordeaux après avoir travaillé à Paris, mais je crois savoir qu'elle a perdu de vue ses amis bordelais. Quant à moi, mes projets sont là-bas. Je n'avais pas du tout prévu de la suivre et de déménager.

– Attendons les résultats des dernières analyses, mais, vu les informations dont je dispose, je suis néanmoins dans l'obligation de vous dire que votre mère présente le tableau clinique d'une maladie neurodégénérative, Alzheimer ou une maladie apparentée. Nous en reparlerons lorsque le diagnostic sera posé. D'ici là, veillez à passer du temps avec elle. Faites des activités, baladez-vous, parlez-lui du passé, écoutez-la, prenez des notes dès que vous vous rendez compte d'un comportement que vous ne lui connaissez pas. Quelles sont ses activités préférées ?

Ses activités ? Tu parles ! Elle était tout d'abord mère. Puis directrice financière d'hôpital. Shopping et soins du corps, mais rien d'autre que je sache. J'ai préféré ne pas répondre. Mon silence lui a suffi puisqu'il m'a tendu sa main à serrer sans rien ajouter.

Il y a des nouvelles qui prennent au dépourvu. La mère, c'est le pilier d'une vie. On ne se le dit jamais assez. C'est elle qu'on appelle dès qu'il y a un souci, ou seulement pour bavarder. « Maman », c'est le premier et tous les mots d'une langue. Le dernier souffle du mourant. Dans l'agonie, même si on a cent ans, on l'appelle encore. Parce qu'une mère ne meurt pas.

Maman, tu as compris ? Il a dit que TU dois être accompagnée. Traduction : JE dois être là. Alors je nage dans placards et tiroirs pour rafistoler ta mémoire détraquée. C'est un plongeon de très haut vol qu'il nous faut. Mais, tu le sais, je n'aime pas me jeter dans le vide et les acrobaties me font peur. Moi, c'est le tremplin ridicule à un mètre, pas de saltos, et je me bouche le nez. C'est vraiment nécessaire tout ça ? Tu ne veux pas plutôt que je te fiche la paix, maman ? C'est bon d'oublier, non ? D'ailleurs, tu exhibes un sourire béat. Une reine en robe de chambre, te voilà dans le salon. Tout compte fait, tu n'as pas l'air d'aller si mal.

– Assieds-toi, maman.

– Si je veux.

Tu t'assois, et sans froncer les sourcils. La ride du lion a disparu, ton visage semble plus jeune mais tes mains commencent à se nouer. Tu t'en moques. Tes doigts se précipitent sur mon crâne. Je cède au massage qui nous ramène à l'époque de notre amour fou. Assises, serrées l'une contre l'autre, tu m'offrais tes mains pour que je les embrasse. Aujourd'hui, le même rituel. Mais sans ma joie et nos rires. Ça me fait de la peine tes mains rugueuses, les ongles au vernis écaillé. Ton œil qui pleure.

– Où tu as mis le dissolvant ? le coton ?

Silence.

Tu ne soignes plus tes ongles. Tes cheveux non plus. Tu as toujours eu une chevelure superbe, on te prenait pour une vraie rousse. À présent, tu ne les vois pas, tes mèches désordonnées. Ni le rouge éclatant sur le gris des racines. C'est honteux. Et ça sent mauvais. Il faut laver. Faire la couleur. On va coiffer. Couper.

– J'ai pris rendez-vous. Demain, on ira chez ta coiffeuse. T'es contente ?

– Je veux du rouge sur ma tête.

Je parie que, sous la robe de chambre, tes jambes sont poilues. Mère, je t'ai toujours connue à la peau douce et parfumée. Ça me donnait envie de toi. Plus maintenant. Je viens d'arriver et je pense déjà à m'en aller. T'aider ? Comment ? Je n'en suis pas capable. Je m'arrache de tes bras et te laisse étreindre du vide avec tes mains de vieille. Non, je ne fuirai pas, malgré mon désir d'être ailleurs et les messages qui font sursauter mon iPhone. J'ai dû me séparer de Stéphane, mon amoureux parisien, et les vingt mètres carrés de nos vies partagées. Je l'ai fait pour être avec toi. Une mère est plus importante que la passion amoureuse, non ? Il faut le croire. Mais surtout, je suis une fille, la tienne, et je suis unique. Près de toi, c'est ma place, et de personne d'autre. Ça s'appelle le devoir. Et l'amour.

Je retourne aux placards, le nez dans ce chaos où tu as peut-être caché des souvenirs. Mouchoirs en tissu. Billets d'entrée pour expositions et concerts (t'en as fait, dis donc). Livres aux pages arrachées. Bouchons de champagne (toi, ivre ?). Coupures de journaux. Pièces de monnaie. Verre de lunettes. Plume (pour quoi faire ?). Des babioles cassées. Une clé (pour quelle porte ?). Un ouvre-boîte, et partout de la poussière. L'odeur est celle du passé. J'ouvre la fenêtre du salon. Inondé de lumière, le jardin s'en fiche de nos malheurs. Le vert des feuilles s'éclate. Le magnolia est en fleur. Somptueux, comme sur les photos de l'enfance.

Tous les printemps, le jeu recommençait. Je sortais dans le jardin cacher mes secrets au pied de l'arbre, je cherchais les racines plus loin que la terre, mais tu criais à cause de mes doigts sales, de mes chaussures boueuses. Il y avait du noir sous mes ongles. Petite fille, j'aimais me salir les mains.

Tu n'as pas bougé. Sagement assise sur le canapé, tu attends. Jambes croisées, dos droit, on dirait à nouveau la même femme. Sauf que je ne te connaissais pas avec charentaises grises et socquettes transparentes. L'élastique serre ta cheville. Je suis sûre que tu n'as pas acheté de bas de contention. Ce n'est pas la honte, tu sais. C'est juste confortable, il ne faut pas en faire un drame. Je dispose sur la table les objets qui t'inviteront à remonter le temps. Pour commencer, un papier qu'on a déchiré pour inscrire un numéro de téléphone et des photos d'identité de jeunes hommes. Au dos, les dates 1980, 1981, 1982. Les premiers amours de l'adolescence, c'est sûr. Suivent des billets de train et des tickets de caisse. Je m'approche un peu plus, tu jettes un regard vague sur les photos. Grimace. Ça ne produit pas l'effet espéré. Pas grave. On continue. Je fouille dans les boîtes de chaussures enveloppées dans du papier cadeau. Ça me touche, tu prenais carrément soin de tes affaires. Je te tends un billet de TGV Bordeaux-Bruxelles. C'était le 18 décembre 2007.

Tu sors de tes rêveries silencieuses :

– C'est le billet pour la Belgique !

– Tu allais souvent en Belgique avant ma naissance ?

Silence.

Je baisse la tête et plonge à nouveau dans le bric-à-brac de ta jeunesse.

– Une bague. Jolie, non ? Elle me va au petit doigt. Elle est encore belle, la perle rouge. Tu ne trouves pas ?

C'est un bijou d'enfant, mais ça ne t'intéresse pas. Dans la boîte, il y a aussi une minuscule matriochka. Peut-être la dernière d'une série de douze poupées russes.

– Donne !

Te voilà revenue de ton vide. Ta main se tend, pressée. À nouveau habile.

– C'est avec ça que j'allais à Bruxelles. Pour tomber enceinte.

– Papa n'a jamais habité en Belgique, que je sache.

Tu serres la matriochka dans ta main et la frotte sur ton cœur. Je m'attends à voir des étincelles.

– Tu n'as pas de père, mon bébé. Tu as oublié que tu n'as pas de père ?

Tu te mets à rire comme une abrutie.

– Qui est cette dame ?
– C'est ta coiffeuse.
– Je ne la connais pas.
– C'est Simone, maman, elle va te faire belle.

Heureusement, tu es docile. Je te regarde la suivre vers les bacs à shampooing comme un chaton sa génitrice. Je tombe dans le fauteuil. C'est ici qu'on attend. Dans le dernier *Elle*, rajeunissement assorti de cardigans tendance. Je préfère *Marie Claire Maison*, une vie paisible avec baignoire Art déco. Ailleurs n'est pas loin mais le bourdonnement des sèche-cheveux empêche l'extase. Et tu es déjà de retour. Quelle désolation, tes cheveux mouillés sur le crâne dégarni. Pourtant, tu étais quasiment jolie ce matin. Je t'ai maquillée, on a pris un bain, mis du parfum. Dans le miroir de Simone, tu n'es qu'une vieille femme fatiguée. Triste. Tu me regardes. Moi qui suis ton bonheur. La seule chose qui ne change pas. Ça me donne de l'espoir, même si ce n'est plus toi celle qui tient la tasse de café que Simone propose. Ton accent, ce n'est pas toi non plus. Tu n'as jamais eu d'accent. Ça vient d'où ces « r » que tu n'avais jamais roulés ? Le mal est arrivé. Tu l'attendais ? Tu étais prête ? Les femmes de la famille de Guesclin sont reliées par le fil brisé de la mémoire. Tu me l'avais dit, je me souviens très bien, « Les filles héritent de leur mère la maladie de l'oubli ». Ça continuait à te tourmenter, le souvenir de ta maman qui, avant de mourir, ne te reconnaissait plus. Ça me prendra, moi aussi, au même âge que toi ? Avant nous, elles ont toutes oublié ? Ta mère, ta grand-mère, ton arrière-grand-mère ? Je lève la main pour calculer, je ne sais compter qu'avec mes doigts. Combien d'années de lucidité ?

Simone sort le nuancier pour le choix de la couleur. Tu lui dis, « Je suis rousse ». C'est bon signe. Là-dessus, tu as toujours menti. Je me lève pour aider à trouver le bon rouge. Nous sommes d'accord. Rouge acajou.

Mon portable se met à vibrer. Je n'ai pas besoin de regarder pour savoir qui m'écrit. Je n'ai pas répondu hier. Je l'ai fait patienter avant-hier. Je n'ai que des mauvaises nouvelles à lui donner. Ça me met en colère. Je sens des larmes monter. Dehors, vite.

Comment ça va ?

Je m'en sors pas.

Si tu veux, je peux venir t'aider.

Tu peux pas m'aider. Son état
s'aggrave, elle se met à tout
oublier, c'est bizarre.
Des fois, je ne la reconnais pas.

C'est horrible.

Oui, horrible.

Je vais chercher une bouteille d'eau à la boulangerie près du salon de coiffure. C'est à cause du nœud dans la gorge qu'il me faut avaler. Je garde mes larmes pour ce soir. Le lit de l'enfance, le noir de la nuit, c'est mieux pour pleurer le présent. Là, ce n'est pas le moment. Je dois agir. Le neurologue a dit, « Contactez ses amis ». Quels amis ? Je ne connais qu'une seule amie de ma mère, ma marraine, mais ça fait longtemps que je n'ai pas eu de ses nouvelles. Je l'avais un peu oubliée. Sandra appartient à l'époque où mes souvenirs ne sont que des instantanés sans lien qui les rassemble, ils ne racontent aucune histoire. J'essaie de me remémorer son nom de famille, sans succès. Dans le répertoire téléphonique de ma mère, pas de Sandra.

Je réserve esthéticienne et masseuse. Épilation sourcils, jambes complètes et aisselles. J'hésite pour le maillot. Demain, nettoyage de peau, pose de vernis et beauté des pieds. Dans trois jours, massage relaxant et gommage exotique. Les apparences qu'il faut sauver.

Ça va un peu mieux.

Dans le salon, tu as les yeux fermés en attendant qu'après la couleur et la coupe Simone revienne s'occuper de toi. Tu auras une tête acceptable. Jolie, peut-être. En tout cas, mieux qu'avant.

Ma main serre la tienne. C'est pour ne pas sombrer.

Mère = Tout. Moi = Rien.

Le neurologue nous parle. Sa voix est douce comme s'il y avait de l'espoir. On dirait l'histoire d'une rencontre. D'un côté, les plaques séniles constituées de la protéine bêta-amyloïde. De l'autre, la dégénérescence neurofibrillaire et la protéine Tau. Les neurones, ça fait longtemps qu'ils déraisonnent. Il nous explique que c'est une maladie neurodégénérative qui détruit les cellules du cerveau de façon lente et progressive. Je n'ai pas le courage de te regarder. Si ça se trouve, tu ne comprends rien de ce qui se passe. Je te le souhaite. L'homme doux dit que l'atrophie du cerveau est révélatrice, qu'avant les symptômes les lésions sont déjà là, que je devrais faire des analyses moi aussi, que le cerveau est un grand mystère. Il dit que c'est bien que je sois là, qu'il faudra trouver une auxiliaire de vie, que ça peut dégénérer vite ou pas. La voix douce tient à ajouter que dorénavant ta mémoire, c'est moi. Les causes de la maladie sont inconnues, les facteurs de risques par contre, on les connaît. Hypertension artérielle, cholestérol, âge et antécédents familiaux.

– Qu'en est-il du côté de votre père ?

Cette dernière question suscite ton agacement. Je serre plus fort ta main. Ce n'est pas le moment, il faut rester calme.

– Je ne sais pas. Nous ne sommes pas en contact.

– Depuis quand ?

– Depuis toujours.

Il poursuit :

– On ne dispose à l'heure actuelle d'aucun traitement capable d'empêcher le développement des lésions cérébrales de la maladie d'Alzheimer, mais il existe des médicaments permettant de freiner l'expression des symptômes. Je vais vous les prescrire. Selon le résultat des tests que votre mère a passés, nous pouvons raisonnablement croire que la maladie a dépassé le stade de l'altération cognitive légère. Malheureusement, les dommages cérébraux ont des répercussions marquées sur les fonctions cognitives. Nous devons nous attendre à des troubles de la mémoire et au moins d'une autre fonction, avec des conséquences sur les activités de la vie quotidienne. Je vous conseille de contacter l'association France Alzheimer. On va vous orienter vers des structures d'aide adéquates. À l'heure actuelle, je serais plutôt enclin à penser qu'un service d'aide à domicile vous aiderait à gérer la situation. Il est essentiel de passer le relais à des professionnels, mais vous êtes néanmoins indispensable à votre mère. Il est très important de partager des activités avec la personne malade. Pas pour l'occuper. Il s'agit de passer du temps avec elle pour être toujours en relation. Vous pouvez aussi l'inscrire à des cours. Il y en a de toutes sortes pour les patients qui souffrent de la même maladie qu'elle. Ça va vous soulager. La maladie d'Alzheimer ne permet plus à la personne de compter sur elle-même au quotidien comme elle pouvait le faire auparavant et réduit progressivement son périmètre d'autonomie. Avec l'apparition de la démence, la relation à l'autre, plus qu'un appui, devient une nécessité pour se sentir exister.

J'en sors avec un tas de feuilles traversées de hiéroglyphes. Le pharmacien sait lire. Il nous sourit, mais on lui fait de la peine. Il a tout compris et nous offre une boîte à pilules colorée. Je ne lâche pas ta main. Qu'est-ce qu'on va faire, maman ?

Tu me serres contre toi et m'embrasses. D'une voix douce, tu me dis, « Arrête de pleurnicher ». La maladie va t'achever tout doucement mais pour l'heure il reste encore beaucoup de toi. Ça me redonne un peu d'espoir. Je m'accroche à tout ce qui, en toi, est encore toi.

Je t'interroge, feignant d'avoir oublié où se trouve le supermarché. Tu me l'expliques, et c'est formidable, ta mémoire me paraît intacte. Nous nous baladons dans les rayons. Tu reconnais le beurre, la chicorée, les glaces, la viande. C'est déjà une raison de vouloir faire la fête. Ce soir, nous mangerons des crêpes. Tu approuves, même si tu allais oublier le sucre. Pas grave.

De retour chez nous, tu veux préparer le dîner.

– Je fais de la viande avec des haricots ? Tu aimes les haricots.

– On a dit que ce soir c'est la fête et qu'on mange des crêpes.

– Des crêpes ?

– Oui, des crêpes. Nous avons acheté tous les ingrédients. Tu veux m'aider, maman ? C'est moi qui fais ! J'ai retrouvé le cahier de recettes. Lis, s'il te plaît.

– Je ne comprends pas. C'est mal écrit.

– Mais c'est ton écriture.

– Non, ce n'est pas mon écriture.

– Si, c'est la tienne. Essaie de te souvenir. Tu as écouté

ce qu'a dit le médecin ? C'est une maladie que nous devons combattre tous les jours.

– Je ne suis pas malade.

– Si, maman.

– C'est toi qui es malade !

Tu éclates de rire.

Ton ordinateur sommeille dans le tiroir. Dissimulé par des boîtes jamais ouvertes de collants. Où tu as mis le chargeur ? Les albums photo sont à leur place dans le meuble au-dessous de la télé. On va pouvoir s'occuper pendant un moment. Je feuillette avec toi qui n'as pas oublié et m'expliques. Tu l'avais déjà fait, mais là je sais que, plus que la maladie, c'est l'amour qui te fait radoter. Je t'écoute et feins l'émerveillement. Après ma naissance, tous les mois pendant un an, tu as découpé dans du papier rose les empreintes de mes pieds minuscules. Tu les as toutes collées sur les pages remplies d'images de moi. Il y a quelques photos de toi enceinte aussi. Tu as l'air tellement heureuse. Cela me frappe comme si je les voyais pour la première fois.

– Qui a pris les photos ?

– Sandra.

– Sandra ! Ma marraine. Pourquoi n'avons-nous plus de ses nouvelles ?

Tu ne dis rien. Ça ne donne pas envie de poursuivre, mais j'ajoute :

– Vous vous êtes perdues de vue. C'est dommage.

Aucune réaction de ta part, tu fais peut-être semblant de ne pas m'entendre. Je me tais et te regarde. Tu arrêtes de tourner les pages. Butée sur la photo où ma bouche est tendue vers le sein offert, tu ne bouges pas. Pendant un court instant, moi non plus. Mais plus forte que ton extase, il y a mon avidité de voir plus loin que les images. Il y a d'autres albums, le passé est là, avec ses couleurs parfois éteintes, figé, mais toujours souriant. Lou en salopette rouge et chapeau de paille. Lou et le gâteau d'anniversaire. Lou à la mer. Lou qui rit. Lou qui joue à la marelle. Lou et sa mère. Lou et Sandra. Lou et Amélie.

Sur les photos, Lou n'a pas de père.

Tu dis que je n'ai pas de père.

Même si je ne suis plus une enfant, je ne peux plus croire en quelqu'un comme j'ai cru en ma mère. Pour l'enfant, la mère est Dieu.

J'ai trois ans.

Tu me serres dans tes bras, caresses mon mollet, l'étreins. Petite fille, mon corps tient dans tes mains. Tes doigts sont la mesure de mes rondeurs. Je sens que ça palpe. Touche. Masse. Tu n'existes que pour soupeser ma cuisse. Enlacer mon poignet. Coiffer mes cheveux. Ça te fait jouir. J'ai un corps parce qu'il y a tes mains qui ne lâchent rien.

Tu pleures, je me souviens.

Sur le pas d'une porte, un homme veut entrer. C'est mon père. Il force, sans rien dire. Puis se couche sous les « Va-t'en » et « Je ne te la donnerai pas ». Tu parles de moi ? Un enfant se donne ? Un enfant se prend ?

Après les sanglots, il n'y a que du silence derrière la porte que tu as claquée. Mon père sait se déplacer sans faire le moindre bruit. Il déploie ses ailes, et vole. Pour que ça marche, il doit être tout seul. Je ne l'ai pas vu le faire, mais je sais qu'il ne ment pas, j'ai entendu le bruit de ses ailes. C'est un bruit sec et rapide, comme un cœur essoufflé. Juste un sifflement, et c'est déjà fini. Une fois, il m'a dit, « Ferme les yeux », et il m'a fait toucher l'endroit où ses ailes poussent. Sous ma main, il y avait la peau rêche et une petite bosse. Je garde ça pour moi. C'est un secret. J'aimerais te le dire. Pour que tu cesses de crier et de pleurer. Ça fait mal aux oreilles. Mais un secret est un secret : il faut le garder pour soi. Tu décides que ma robe est sale, que tes larmes l'ont souillée. Tu cherches d'autres vêtements dans l'armoire. Un mot t'échappe et rebondit partout. C'est peut-être le personnage d'une histoire que je ne connais pas. Il se prénomme Salaud et s'agite dans ma tête. Quelqu'un de coriace. Tu l'appelles, « Salaud, Salaud, Salaud ! ».

Il n'y a plus personne pour te répondre.

Mon corps se désarticule sous tes mains. Il est à ta disposition.

Tu me dis, « Je t'aime, je t'aime, mon amour » et « N'est-ce pas que tu veux rester avec ta maman ? N'est-ce pas qu'on est bien toutes les deux ? ».

Je dis oui, parce qu'une mère dit toujours la vérité.

Parmi les activités proposées aux malades d'Alzheimer, j'ai choisi de préinscrire ma mère aux ateliers d'équilibre et de gymnastique douce. La psychomotricienne qui les anime m'explique l'organisation des cours. Les objectifs sont multiples : socialisation, travail psychocorporel, régulation du stress… ça donne envie. Les groupes sont peu nombreux, moins de dix personnes, mais la composition est variée. Elle me dit qu'il peut y avoir des patients ne parlant plus, mais aussi des patients à un stade très léger de la maladie. L'essentiel est qu'ils se tolèrent les uns les autres. Il ne faut pas les priver du lien social mais les aider à le nourrir.

Dans les vestiaires, ma mère s'est bien débrouillée toute seule. Elle a enfilé le T-shirt à l'envers, mais chaussettes, chaussures, legging, rien à dire. Je veux qu'elle soit bien habillée, impeccable, comme elle l'a toujours été. Un petit coup de blush et de mascara tous les matins, après la douche et le petit déjeuner. Il faut que ça ne change pas, jusqu'au dernier jour. Même décrépite, elle devra être présentable. Jolie, à sa façon. Belle, malgré la maladie qui la dévore. Porter du rouge à lèvres, de la vanité ? Pas du tout. C'est de la résistance. Une manière d'exister et de s'opposer à l'agonie. Et une certaine idée de la dignité aussi. Je sais qu'elle n'en manque pas, parce qu'elle me l'a inculquée.

Je vais assister à son premier cours. Elle doit se sentir en confiance. Je veux être là au cas où ça ne lui plairait pas. C'est ce qu'elle a fait pour moi : être là pour la danse, le piano, le théâtre. Pour tout. Là, pour moi.

Le groupe est composé de huit personnes, cinq femmes et trois hommes. Des chaises sont disposées en cercle. Ça commence comme ça : assis, on tourne la tête, on regarde le plafond, le voisin à droite, le sol, le voisin à gauche. Certains se trompent de côté. Pas elle. Une dizaine de minutes plus tard, on pousse les chaises. Tout le monde est debout, l'exercice sera plus difficile, je le sens. On doit marcher et exécuter les mouvements demandés par l'animatrice : lever les bras, changer de direction, soulever le pied, etc. Je regarde bras, jambes, têtes perdre le rythme, désemparés, aveugles. Leur progression se fait de plus en plus hésitante, les maladresses s'accumulent jusqu'à ce que la voix de l'enseignante et ses nouvelles consignes réintroduisent un équilibre. C'est une mosaïque aux couleurs changeantes, un désordre lent, émouvant comme un enfant lancé dans ses premiers pas. Néanmoins, les regards ne sont pas ceux de l'impatience. Je ne vois aucune joie, pas d'entêtement. Seulement l'abdication des corps, une manière de s'abandonner à plus fort que soi, sans regret. Ma mère s'arrête soudain de bouger. Son immobilité m'effraie. Elle est absente. Je m'approche d'elle, je veux la pousser à aller jusqu'au bout. Ses yeux plongent dans le vide, mais elle m'appelle.

– Je suis là, avec toi. Accroche-toi et bouge le pied, la tête, écoute ce que dit la dame, c'est ta prof de gymnastique douce. C'est comme un jeu, je vais jouer avec toi. Regarde-moi. Je le fais aussi. Après, nous irons au centre-ville, faire du lèche-vitrines, boire un cocktail aux fruits exotiques.

– J'aime les fruits exotiques ?

Après le cours, pendant une ou deux heures, tu as été à nouveau toi-même. Tu m'as demandé de pouvoir continuer cette activité, mais après le dîner, tu avais déjà oublié l'après-midi. Il t'est resté, plus tenace que les autres, le souvenir d'une voix qui disait « à droite, à gauche, devant ». J'ai compris que, dorénavant, chaque journée sera unique et irremplaçable. De la vie qu'il nous faudra oublier, retrouver, oublier à nouveau. Commencer comme si c'était toujours la première fois. Le premier jour.

Dans toutes les pièces, il y a désormais une horloge et un calendrier. J'ai suivi le conseil lu dans une brochure de l'association France Alzheimer. L'espace domestique est une ruse pour te rattacher au présent. Je laisse traîner les albums photo. C'est le rappel du passé. J'ai retrouvé mes cahiers d'école. Écriture incertaine et dessins d'enfance. Les cadeaux pour la Fête des mères, ça aussi tu as gardé. Je verse une petite larme. La maison devient musée. Je me demande si la vie est une œuvre. Ça te plaît, les objets qui parlent de nous. Nous nous regardons dans le même miroir. Je te reconnais. On m'a conseillé de tenir un journal où noter « comment », « quand » et « si » le trouble du comportement survient. Il faut te parler des choses que tu aimes. Te distraire. Je dois être positive et rassurante. Chaleureuse, même dans mon langage corporel. Il faut faire référence à des personnes, des lieux, des événements du passé.

Mes propositions d'activités après les cours de gym ont lamentablement échoué. Tu refuses de faire du maquettisme ou d'aller jouer au Scrabble avec des « vieux gâteux et des déficients mentaux ». Il n'y a pas le choix, je te ferai faire ce que tu as toujours aimé. Tu as le budget pour deux rendez-vous par semaine chez la coiffeuse et l'esthéticienne. Ça consolide tes habitudes et ça me permet de souffler. Le soir, tu te couches tranquillement avec du Circadin. Tes cauchemars ont l'air d'avoir disparu. Moi aussi, je dors mieux. Au réveil, j'ai l'impression d'avoir fait quelques beaux rêves. Impossible de m'en souvenir. Je les invente. Ce n'est pas très différent, somme toute, le rêve éveillé. Dans le noir, il y a aussi mes textes qui défilent, comme des éclairs. Comme au cinéma : « Ô toi, projectionniste / Obscurcis donc la salle / Plonge-nous dans le noir / Afin que nous n'ayons plus / À nous regarder en face / Alors, assis dans le noir / Nous lèverons les yeux / Vers ta lumière / Et y noierons pendant deux heures / La souffrance et la honte / Que nous inspirent nos vies*. »

C'est triste, mais tellement beau que le drame de nos

* Hanokh Levin, *Kroum l'Ectoplasme*, scène 15, in *Théâtre choisi I – comédies*, Éd. Théâtrales, Maison Antoine Vitez, 2001.

existences me paraît acceptable. C'est l'effet que ça m'a toujours fait. Avec Stéphane, nous sommes toujours d'accord là-dessus : jouer nous aide à mieux accepter la vie. Enfant, il voulait déjà être comédien. Fasciné par les films en costumes, il n'a pas coupé ses cheveux depuis l'âge de douze ans, la suite lui a donné raison. L'année dernière, il a fait de la figuration (et un petit rôle) dans la quasi-totalité des films d'époque tournés en France. Dans le groupe de théâtre, c'est avec lui que j'ai fait ma première impro. Je m'étais inscrite sur un coup de tête, attirée par l'affiche. Ça te change une vie, une phrase bien formulée : « La liberté d'être celui/celle que tu veux. Cours de théâtre. » À ce moment-là, il était passé devant moi.

C'est mon prénom que j'entends. Ma mère m'appelle, ou se plaint. Elle répète :

– Je ne trouve pas mon chapeau.

– Tu n'as pas besoin de chapeau, maman.

– Qu'est-ce que t'en sais ?

– Aujourd'hui, tu as ton cours de gym. Et tu es encore en pyjama. Je t'y amène dans moins d'une heure. Regarde, sur la chaise, ton survêtement. Tu te débrouilles ?

– Aide-moi. Je préfère. Je n'aime pas cette couleur.

– C'est toi qui l'as choisie, tu ne te souviens plus. Tu as dit que ça faisait jeune.

Je te laisse parce que ça sonne. Elle est pile à l'heure. Je me suis donné beaucoup de mal pour la trouver, on dirait que personne ne veut plus travailler dans le social. La femme qui me tend la main pour serrer la mienne doit avoir une quarantaine d'années, mais le regard qui pétille est celui d'une jeune fille. Ses cheveux courts lui donnent un air désinvolte. À sa poignée de main, je me dis que c'est une femme forte, cela me ravit. Corinne Corbet est peut-être l'aide-soignante que j'espérais.

Je croyais que c'était à moi de lui poser des questions, mais c'est elle qui m'interroge tambour battant sur l'état de santé de sa future patiente. Pendant ce temps, ma mère ne se manifeste pas. Je m'absente un instant pour m'assurer qu'il ne se passe rien d'inquiétant. Elle est occupée à fouiller dans son armoire. Je fais visiter la maison à Corinne, avant de lui présenter maman. Nous entrons dans sa chambre après avoir frappé à la porte. Un regard féroce se pose aussitôt sur l'aide-soignante, les mots suivent :

– Partez de chez moi, je vous prie.

Elle se lève avec un air menaçant et nous demande de sortir. Je suis incapable d'opposer une quelconque résistance à son comportement brutal. Cette femme-là n'est pas ma mère. Mon mutisme laisse s'exprimer Corinne. Elle se veut rassurante, dit que ça arrive, le malade refuse souvent la présence d'une aide-soignante à la maison. Au début, c'est souvent vécu comme une intrusion. Après, cela change.

– Dans quelques semaines, votre mère ne voudra plus se passer de moi ! Allez la voir, elle a besoin d'être rassurée. Je vous attendrai dans le salon.

Maman est assise sur son lit, elle a ôté ses tennis, finalement elle ne veut plus aller au cours de gym. Elle élève la voix :

– Pourquoi tu l'as fait venir ? Je t'avais dit que je ne voulais pas la voir ! Cette femme m'a fait du mal ! À toi aussi, elle t'a fait du mal !

Elle délire. Paradoxalement, ça me rassure.

– Cette femme s'appelle Corinne, tu ne la connais pas.

Moi non plus d'ailleurs. C'est une aide-soignante qualifiée et très gentille qui va nous aider plusieurs fois par semaine, pour commencer.

– Elle ne s'appelle pas Corinne. Elle t'a menti. C'est Sandra ! Elle a le même foulard. C'est un cadeau que je lui avais offert. C'est elle.

Ses mots insensés me bouleversent. Incapable de poursuivre, je sors de la pièce et rejoins Corinne. J'accepte les conseils qu'elle me donne et je promets de la rappeler. Il n'est pas question qu'elle ne travaille pas pour nous. Elle consent que je la prenne en photo sans le foulard. Je vais raisonner ma mère avant que la folie ne l'abîme plus sévèrement.

Avoir mis sens dessus dessous toute la maison n'a pas suffi pour trouver des documents importants. Banque, livret de famille, assurance, impôts, logement, voiture. Je me suis rappelé que, dans le bureau, caché par la bible et les dictionnaires, il y avait un coffre. J'ai à ma disposition beaucoup de clés, il suffirait d'une. Celle qui, en ce moment même, glisse dans la serrure. Le sésame s'ouvre. C'est rempli de chemises et de sous-chemises. Je reconnais la méthode de rangement de ma mère. Les dossiers sont de couleurs différentes, classés par ordre chronologique, du plus récent au plus ancien. Il y a une quantité de papiers, elle a dû garder tous ces documents au-delà de leur durée conseillée de conservation. Pour l'instant, il me faut surtout retrouver les coordonnées du conseiller bancaire. Dans le tas parfaitement ordonné des chemises, il n'y en a qu'une sans étiquette ni date.

Je l'ouvre pour voir de quoi il s'agit :

**ASSIGNATION EN LA FORME DES RÉFÉRÉS DEVANT LE JUGE AUX AFFAIRES FAMILIALES PRÈS LE TRIBUNAL JUDICIAIRE DE BORDEAUX**

L'AN DEUX MILLE DIX ET LE VINGT-SIX MARS

À LA REQUÊTE DE :

Madame DE GUESCLIN Marie-Louise, Jeanne, Monique, née le...

Ayant pour avocat Maître...

J'ai SCP BLONDEAU, titulaire d'un Office d'Huissiers de Justice dont le siège social est à Bordeaux, 16, avenue Thiers, par l'un des Huissiers de Justice Associés, soussigné

DONNE ASSIGNATION À :

Monsieur AUBERT Ambroise, né le...

D'avoir à comparaître :

Et les audiences suivantes en tant que de besoin,

Par-devant Monsieur ou Madame le JUGE AUX AFFAIRES FAMILIALES près le Tribunal de Grande Instance de BORDEAUX, pour une audience siégeant en la forme des référés sis 30, rue des Frères-Bonie, 33000 Bordeaux, le mercredi 14 avril 2010, à 14 heures.

## OBJET DE LA DEMANDE

## I/ RAPPEL DES FAITS ET DE LA PROCÉDURE

Madame Marie-Louise DE GUESCLIN et Monsieur Ambroise AUBERT ont vécu maritalement pendant...

De cette union une enfant est née :

– Lou née le 15 octobre 2008, laquelle a été reconnue par son père le...

Le couple s'est séparé au mois de mars 2010.

Madame DE GUESCLIN a eu à subir de nombreux accès de colère de la part de Monsieur AUBERT, lequel, de toute évidence, ne maîtrise pas sa violence.

En dernier lieu, le mercredi 17 mars 2010, Monsieur AUBERT, lors d'une nouvelle dispute avec Madame DE GUESCLIN, a violemment pris dans ses bras leur fille Lou, âgée de dix-sept mois, et a saisi l'enfant par le bras gauche, voulant empêcher la mère, Madame DE GUESCLIN, de la bercer et de calmer ses pleurs.

Madame DE GUESCLIN a déposé plainte, le lendemain, auprès du commissariat, plainte à laquelle était annexé un certificat médical constatant les blessures (pièces n^os 1 et 2).

De plus, depuis la séparation, Madame DE GUESCLIN a fait preuve de compréhension et a confié Lou à son père afin de leur permettre d'organiser des sorties au parc ou ailleurs.

Monsieur Aubert ne s'est pas souvent révélé à la hauteur durant ces quelques heures, puisque Lou est tombée malade plusieurs fois à la suite de sorties organisées par son père.

De fortes fièvres ont persuadé Madame DE GUESCLIN que Monsieur AUBERT n'était pas apte à s'occuper correctement de sa fille.

Des certificats médicaux attestent la maladie contractée par l'enfant (pièces n^os 3-5).

En conséquence, l'ensemble de ces éléments conduit Madame DE GUESCLIN à solliciter auprès du Juge aux Affaires Familiales de céans l'autorisation d'assigner en la forme des référés Monsieur AUBERT.

II/ SUR L'URGENCE

L'article 1137, alinéa 2 du Code de procédure civile dispose que : « Le juge est saisi dans les formes prévues pour les référés. »

En l'espèce, Monsieur AUBERT, à plusieurs reprises, a été violent à l'égard de Madame DE GUESCLIN.

Ce dernier nie son problème de violence et n'a jamais fait suite aux demandes de Madame DE GUESCLIN de consulter un spécialiste afin de se faire aider et de pouvoir maîtriser son comportement.

Le mercredi 17 mars 2010, Monsieur AUBERT, lors d'une dispute avec Madame DE GUESCLIN, a saisi violemment, par le bras gauche, l'enfant, alors âgée seulement de dix-sept mois, des bras de sa mère.

Une ecchymose a été constatée par un médecin (pièce n° 1).

C'est la raison pour laquelle Madame DE GUESCLIN a déposé plainte le lendemain pour des faits de violences volontaires sur l'enfant, n'ayant pas entraîné une incapacité supérieure de huit jours (pièce n° 2).

Désormais, Madame DE GUESCLIN craint pour sa sécurité ainsi que pour celle de sa fille.

Madame DE GUESCLIN entend souligner que Monsieur AUBERT présente une personnalité atypique.

En effet, Monsieur AUBERT est un homme très peu loquace, très solitaire, plutôt désocialisé, qui s'adonne corps et âme à son métier de thanatopracteur.

Les agissements de Monsieur AUBERT justifient pleinement la prise de mesures en urgence, conformément à l'article 1137 du Code de procédure civile.

III/ SUR LES DEMANDES FORMULÉES PAR MADAME DE GUESCLIN

1) SUR LA DEMANDE D'EXPERTISE MÉDICO-PSYCHOLOGIQUE :

L'article 373-2-11 du Code civil dispose que :

[...]

En l'espèce...

C'est la raison pour laquelle il semble indispensable d'ordonner une expertise médico-psychologique des parents, et de désigner tel expert qu'il plaira pour donner son avis notamment sur la capacité de Monsieur AUBERT à apporter un équilibre nécessaire au développement de son enfant, en précisant les risques éventuels pour lui, induits par la personnalité et le comportement de son père.

2) SUR L'AUTORITÉ PARENTALE

L'article 373-2-11 du Code civil dispose que :

[...]

L'article 373-2 précise :

[...]

En l'espèce, eu égard à ce qui précède, Madame DE GUESCLIN est bien fondée à solliciter l'exercice exclusif de l'autorité parentale à l'égard de Lou.

3) SUR LE DROIT DE VISITE ET D'HÉBERGEMENT

Compte tenu du contexte de violence, Madame DE GUESCLIN sollicite que les droits de Monsieur AUBERT soient suspendus dans l'attente du dépôt du rapport d'expertise.

4) SUR LA CONTRIBUTION À L'ENTRETIEN ET L'ÉDUCATION DE L'ENFANT

Madame DE GUESCLIN demande à ce que soit fixé le montant de la contribution à l'entretien et l'éducation de l'enfant à hauteur de 200 euros mensuels.

PAR CES MOTIFS
Vu l'urgence,
Vu les articles 371 et suivants du Code civil,
Vu les pièces produites,
Il est demandé au Juge aux Affaires Familiales de céans de :
- **DIRE** que Madame DE GUESCLIN exercera seule l'autorité parentale sur l'enfant ;
- **ORDONNER** une expertise médico-psychologique à l'égard des deux parents ;
- **SUSPENDRE** les droits de visite et d'hébergement de Monsieur AUBERT, dans l'attente du dépôt du rapport d'expertise.

**PROCÈS-VERBAL**
**PV n° 00345/2024/005942**

OBJET : PLAINTE/VIOLENCE SUR MINEUR

L'an deux mil dix
Le dix-huit mars, à treize heures dix
AGENT DE POLICE JUDICIAIRE en résidence à BORDEAUX
Nous trouvant au service
Constatons que se présente à nous Madame MARIE-LOUISE DE GUESCLIN qui nous signale que sa fille LOU AUBERT DE GUESCLIN, âgée de 1 an et 5 mois, a été victime de violence de la part de son père en date du 17/03/2010.
Dès lors,
Vu les articles 75 et suivants du Code de procédure pénale,
Entendons la personne ci-dessous dénommée qui Nous déclare :

SUR LES FAITS :
« Je suis la mère d'une petite fille prénommée Lou, âgée de 17 mois. Le père habite chez moi. Je l'ai forcé à partir hier soir après avoir été violemment poussée par lui. Nous nous sommes disputés, ça arrive souvent depuis la naissance de notre fille. Il se met en colère, il ne supporte pas que je passe

autant de temps avec elle. Il m'accuse d'être une mère abusive et une femme égoïste, en réalité j'essaie seulement de limiter les contacts entre la fille et le père de peur qu'il la maltraite. C'est un homme violent qui secoue l'enfant sous mes yeux et répète « c'est aussi ma moitié ». Je suis effrayée, je ne veux pas que ma fille grandisse dans un climat de violence. Hier soir, elle était dans son berceau, elle a commencé à pleurer et il a voulu aller la voir en m'empêchant physiquement de le faire. C'est à ce moment-là qu'il m'a retenue et poussée. Il sait s'y prendre pour ne pas me blesser ou me laisser des marques. C'est un thanatopracteur qui connaît bien le corps humain. Il m'a tirée par les cheveux, a saisi mon visage, voulait mettre la main sur ma bouche pour m'empêcher de parler, je suis tombée. Il avait notre fille Lou dans ses bras, il l'a serrée comme un forcené contre lui pour que je ne la prenne pas et il lui a tordu le bras gauche. Il était en colère contre moi et ne s'est pas calmé. Il disait que j'étais une « salope » et qu'il ne voulait pas que notre fille ressemble à sa mère. La petite s'est mise à pleurer encore plus. J'ai réussi, après différentes tentatives, à la lui arracher des bras. Je lui ai ordonné de quitter mon appartement en le menaçant d'appeler la police. Je vous apporte le certificat médical qui atteste la violence subie par ma fille.
Ce n'est pas la première fois qu'il a des accès de colère. Je n'osais pas m'adresser à la police, j'espérais qu'il se calmerait, qu'il redeviendrait calme, comme au début, quand je l'ai rencontré.
J'ai peur pour moi et ma fille, je veux me séparer et cesser de vivre avec lui, sous le même toit. Je ne veux pas qu'il revienne, j'ai besoin de votre aide. Je suis chez moi, l'appartement m'appartient. »

SUR L'AUTEUR DES FAITS :
Il s'agit de Monsieur Aubert Ambroise
Il réside au...

Il travaille au...
Il est joignable au...

QUESTION : Souhaitez-vous déposer plainte dans le cadre de la présente procédure ?
RÉPONSE : Oui, je dépose plainte contre Monsieur Aubert Ambroise pour les faits précédemment cités.
QUESTION : Avez-vous autre chose à ajouter ?
RÉPONSE : J'ai très peur, je fais des cauchemars. Je ne veux pas faire grandir ma fille dans un climat de violence.
Je vous remets ultérieurement les photos des blessures, le certificat médical.

Après lecture faite par elle-même, l'intéressée persiste et signe avec Nous le présent procès-verbal ce jour à...
Remettons à la mère de la victime une réquisition à personne, afin que Madame de Guesclin se présente avec sa fille Lou De Guesclin aux UMJ à l'hôpital...
Toutefois, Madame de Guesclin refuse que son enfant soit observée par les UMJ au motif que cela risquerait d'être traumatisant pour la petite fille, qui a déjà été examinée.

L'Agent de Police Judiciaire
Nicolas Dray

*SELARL du docteur…*
*Médecine générale*
*33000 Bordeaux*
*Tél…*

*Je soussigné…, docteur en médecine, certifie avoir examiné le 18/03/2010, à la demande de sa mère,*

*Enfant : Lou Aubert de Guesclin*
*Née le 15 octobre 2008*

*L'examen met en évidence les lésions suivantes : une ecchymose d'environ deux centimètres de diamètre sous l'aisselle gauche, à sa partie intérieure.*

*Ces blessures n'entraînent pas d'incapacité totale de travail (ITT) (sauf complications).*

*Certificat établi à la demande de l'intéressée et remis en main propre le 18/03/2010.*

*Fait à Bordeaux, le 18/03/2010*

Je me souviens de ma honte lorsque je salissais mes habits. Ça ne m'arrivait pas souvent, j'étais une enfant soigneuse. Ma mère m'avait expliqué que la saleté d'un vêtement pouvait aussi être celle de la personne qui le portait. Selon ses dires, la propreté était la ligne de démarcation séparant l'humanité de la barbarie. D'où ma fierté à accomplir le rituel de purification journalière sans y être invitée ou, pire, obligée. Me débarbouiller le visage matin et soir ; me brosser les dents après chaque repas ; me laver les mains le plus souvent possible et toujours avant de me mettre à table ; ne jamais me coucher sans avoir fait ma toilette.

Avant ma dixième année, je connaissais les méthodes pour neutraliser les taches difficiles. Le gras, par exemple, ou le sang. Je savais ce que ma mère utilisait pour faire briller l'argent et le laiton. J'avais intégré qu'il fallait lutter quotidiennement contre le calcaire. Robinets, baignoire, évier. À la cantine de l'école, je surveillais la brillance des verres et des couverts, je préférais les enseignants qui sentaient bon et qui ne portaient pas toujours la même paire de chaussures. Rentrer à la maison la robe souillée ou déchirée par une chute, après les jeux dans la cour et le repas de midi, était douloureux.

Chagriner ma mère, c'était ça la saleté. Maman, aimante, patiente, sévère s'il le fallait, mais seulement pour mon bien. Souillée, j'avais l'impression de la salir. Il fallait que je verse des larmes, pour me purger. Lui donner des baisers, pour demander pardon. Elle allait tout nettoyer, remplissait la baignoire d'eau tiède et de montagnes de mousse. C'était fini. Je sentais enfin l'eau de Cologne et les caresses sucrées.

La mère répare.

La mère protège.

La mère aime.

L'assignation parle de l'amour d'une mère pour son enfant, n'est-ce pas ?

Ma mère m'a réparée.

Ma mère m'a protégée.

Ma mère m'a aimée.

Elle m'a caché la procédure, la violence de mon père.

Mentir par omission, est-ce mentir ?

L'a-t-elle fait pour mon bien ? Ça expliquerait tout.

Sauf que j'ignore tout.

Mais je comprends mieux.

Après, que s'est-il passé, après ?

Mon père a si peu existé pour moi. Ma mère a préféré me faire oublier que j'en avais un. « Tu n'as pas de père, ma chérie » : j'ai failli le mettre en musique. Je-n-ai-pas-de-père-tra-la-la. S'il a existé, il nous a abandonnées. Surtout moi : abandonnée. Un jour, un homme s'en est allé, portant avec lui mon papa, et mon enfance. Je n'ai jamais eu huit ans. Ni neuf, ni dix, ni onze. Adulte, je l'ai été dès mon plus jeune âge. Le vide qu'il a laissé, je l'ai rempli d'obstination, et de colère. Au lycée, à ceux qui me posaient des questions sur mon père, je répondais qu'il était mort quand j'étais petite. C'est à peu près vrai. D'ailleurs, j'ignore s'il est vivant.

De cet homme-là, je connais l'absence, j'ai des souvenirs opaques et des sentiments dont je ne pourrais dire si c'était de l'amour ou de la détestation. Mon père, c'est comme une promesse qui n'a pas été tenue.

J'ai quatre ans.

J'ai un papa par intermittence.

Père qui clignote. Ça s'allume et ça s'éteint comme l'éclairage des parcs d'attractions pour enfants. Papa aussi peut disparaître comme une lumière éteinte.

Mon père ne parle pas beaucoup. Il préfère chanter, ou faire des grimaces, pour me faire rire. Il dit que je suis comme une fleur quand je ris. Il dit aussi qu'à l'intérieur de lui, ça cause. De temps en temps, il me confie de quoi ça parle. C'est quand même merveilleux toutes ses histoires. Il n'a pas besoin d'acheter les livres où tout est déjà écrit et il suffit de lire.

Mon père aime jouer. Avec moi, il adore. Je le sais parce qu'il me l'a dit, « J'adore jouer avec toi ».

Sauf que.

Je ne le crois pas.

Mon père n'est jamais là.

Il part.

Il revient.

Il repart.

Je le supplie de rester et je pleure. Ça ne marche pas.

Rien ne l'empêche de s'en aller.

Rien pour lui briser le cœur.

Voilà ce que je sais, à quatre ans, de mon père.

Je l'ai dit à Stéphane. Impossible de tout garder pour moi. Mais quoi faire avec ça ? J'ai pris des photos des documents et je les lui ai envoyées. Je n'arrive plus à les lire. Mes yeux se ferment, le noir va peut-être m'apporter des images, une sensation, un mot, quelque chose qui ressemble à un souvenir. Que devrais-je savoir de tout ce que j'ignore de mon passé ?

Pluie de textos, il a lu vite.

Tu es sûre qu'il n'y a plus rien ? Ce n'est que le début d'une procédure pour garde d'enfant.
Tu n'en as jamais rien su ? Tu devrais regarder dans l'ordi de ta mère.
Ce sont des pièces qu'on envoie aussi par mail.
À ta place, j'essaierais de connaître le nom de l'autre avocat.
Un procès, c'est deux parties.
Si tu veux y voir clair, il faut chercher du côté de ton père.
Ou tu oublies.
Point.

Facile à dire, « du côté de ton père ».
Pas envie de lui répondre.
Point.

Je suis l'unique et véritable amour de ma mère. J'ai grandi avec ça.

Enfant, je sais que tu penses à moi, mais je veux être sûre que tu ne m'oublies pas. Je ne me lasse pas de l'entendre. Ça brille dans ton regard lorsque tu répètes, « Je pense toujours à toi ».

Ton métier te pompe ton énergie. Tu aimes ce que tu fais à l'hôpital. Mais pas autant que ce que tu fais avec moi. Tu m'aimes plus que ta secrétaire et les malades que tu aides. Tu me donnes tout ton temps. Il m'appartient complètement. Toi aussi, tu m'appartiens. Parfois, tu prends des vacances, ou tu dis que tu es malade, pour passer toute une journée, plusieurs jours, avec moi. C'est un secret. Toutes les deux, on sèche. Pas d'école pour moi. Que c'est bon d'être avec toi, maman d'amour. Tu m'expliques qu'on a le droit de dire un mensonge si c'est pour faire le bien de quelqu'un.

Le pouvoir des mères est celui de faire, avec de l'amour, des enfants solides.

Quand tu es triste, moi aussi. Je veux écrire un sourire sur tes lèvres. Le nouveau coffret maquillage, que tu m'as offert pour mes cinq ans, sert à ça. Le soir, tu m'autorises à l'ouvrir. Après le rouge à lèvres, on s'amuse avec du fard à paupières. Tu préfères du rose pâle pour toi. Du bleu pour moi. Au réveil, tu me démaquilleras avant que j'aille à l'école. Avec des yeux de biche mais sans mascara, j'attends le sommeil et le « meeting avec maman ». C'est le moment de raconter ma journée. J'ai appris à « faire un bilan », comme toi pour ton boulot. J'adore ce mot, « meeting ». Il fond dans ma bouche comme un bonbon sucré. Des fois, je mens parce que les pensées on ne peut pas les expliquer. Il n'y a pas assez de mots pour ça. Je préfère te dire que ma journée était exceptionnelle. Que je n'ai pas pensé à papa. Pour que tu croies qu'il ne me manque pas puisque je suis avec toi.

Tu m'avais dit que le malheur se soigne avec les mots – j'ignorais que c'était une maladie – et que les mots bien choisis chassent les mauvaises pensées. « Un jour tu oublieras tout ça », affirmais-tu. Un jour j'oublierai mon père, me disais-je. À l'époque, il me paraissait difficile d'oublier quelqu'un qui vous a oublié. On part avec un gros désavantage. L'oubli est impossible. Tout le temps, je pensais à mon père absent. La psychologue qui nous a aidées avait le don des mots bien choisis. Je me souviens de ses yeux bleu clair et d'une petite sculpture près de son ordinateur, sur son bureau. Un chat noir assis sur ses pattes arrière, lisse et distant dans son regard de pierre. Elle m'avait dit que si j'allais visiter le musée du Louvre, je verrais l'original dans la section dédiée à l'art égyptien. Le sien était une reproduction. Je fixais le chat d'Égypte lorsque ses yeux à elle risquaient de voir trop loin dans les miens. C'était à lui que je m'adressais le plus souvent lorsqu'elle voulait savoir ce que j'avais fait avec mon papa, les rares fois où je le voyais, avant qu'il s'en aille. Elle était très curieuse. Quand je ne répondais pas, elle me donnait une feuille et des couleurs.

J'ai presque tout oublié. Il ne me reste que des morceaux épars, des débris d'enfance et rien d'autre si ce n'est l'amour de la mère.

Tous les matins, depuis trois générations, le journal fait bonne figure sur la table du salon. À présent, c'est moi qui vais le chercher dans la boîte aux lettres. Mais l'abonnée, c'est toi. J'ai glissé l'assignation en justice entre *Le Figaro* et *Madame Figaro*. Je débarrasse la table. Le beurre est à peine entamé, tu t'es bourrée de biscottes et de confiture d'orange. D'habitude, ça me fait plaisir que tu aies de l'appétit, c'est un signe évident de santé. Aujourd'hui, je me dis qu'il faut réduire le sucre. Tu commences à grossir. Mon café a refroidi dans la tasse. J'ai dû en boire seulement une gorgée.

Entre deux allers-retours dans la cuisine, j'observe furtivement ton visage. Tu feuillettes, mais ne fais que survoler le journal.

– Tu dois lire, maman ! Lis-moi un article d'actualité politique.

Tu démarres la lecture d'une critique théâtrale :

– « Limpidité de la mise en scène… il faut reconnaître la performance collective… le public en sort conquis. Pas nous. »

Tu te lèves.

– Je vais laisser ça sur la table. Il va rentrer de sa balade, il aime lire son journal, tous les jours.

– De qui tu parles, maman ?
– De papa.
– Papa ?
– Oui, mon père. Ça fait un moment que je ne l'ai pas vu. Tu l'as vu, toi ? Il doit passer, n'est-ce pas ? Je pourrais lui apporter le journal chez lui.
– Non, maman, ce n'est pas la peine. Chez lui, c'est ici.
– Comment ça ? Ici, c'est chez moi. On habite où, nous ?
– On habite dans la maison de famille que tu as héritée de tes parents.
– Où sont mes parents ?
– Ils sont partis. Pour toujours.
– Ils ne reviendront pas ? Pourquoi tu ne me l'as pas dit ?
– Tu le savais, maman. C'est toi qui t'es occupée des funérailles et de tout le reste.
– Je n'ai jamais préparé des funérailles, je n'aime pas ça. Ma mère a promis de s'occuper de moi. Heureusement que je l'ai. Tu dis n'importe quoi.
– Assieds-toi, maman. Tu n'as quasiment pas ouvert le journal. Tu te souviens que tu m'avais promis de lire au moins trente minutes par jour ?
– Non.
– Alors tu liras un peu plus tard, avec Corinne peut-être. Elle ne va pas tarder. Tu te souviens de Corinne ? Va t'habiller, j'ai préparé tes habits dans la chambre.
– Viens avec moi.
J'ai choisi une de tes robes préférées, la bleu pétrole avec des manches bouffantes. Tes pieds sont jolis dans les nouvelles sandales. Sans talons hauts, ça ne signifie pas que c'est moins beau. On a acheté des chaussures d'été confortables, mais très élégantes, en cuir, avec des lacets à nouer autour de la cheville. Tu veux du rouge à lèvres.
L'arrivée de Corinne te laisse d'abord insensible. Je lui

ai demandé de ne pas mettre le foulard qu'elle portait la dernière fois. Assez vite, tu la prends pour une invitée, lui proposes de visiter ton jardin. Le jasmin est merveilleux, tu racontes ton enfance.

Nous occuper de notre mère comme elle s'est occupée de nous. Sans répit, avec amour, et impuissance. Comme une couveuse qui protège. Et asphyxie. Je me presse de rentrer après des courses en ville, deux heures de liberté. J'étais bien, sans elle. Corinne ne m'a pas sollicitée, ça signifie que tout se passe correctement. Alphonse, son frère, a appelé. Il est toujours à Sydney et prend de nos nouvelles environ une fois par semaine. D'habitude, je lui passe sa sœur. Aujourd'hui, je lui explique qu'il vaudrait mieux rappeler demain ou plus tard. Il y a des jours comme ça, où tout se confond dans sa tête. À l'autre bout du monde, sa voix n'est pas émue. Mais que penser de ceux qu'on connaît si peu ? Avec ma mère, nous avons fait un seul voyage en Australie pour aller le voir. J'avais douze ans. Il m'avait offert des cours d'anglais pendant la durée de notre séjour et deux ans chez Berlitz, à Paris. Très généreux de sa part.

Avant qu'il raccroche, j'ose :

– As-tu connu mon père, tonton ?

– …

– Tu m'entends ? Allô ?

– Oui, je t'entends très bien. Trop bien, même. C'est une question à laquelle je ne m'attendais plus. Je n'ai pas vraiment de réponse à te donner. Je l'ai croisé une seule fois.

– Il était comment ?

– Je ne sais pas.

– Elle t'a dit de ne rien me dire, c'est ça ?

– C'est elle qui ne m'en a jamais rien dit.

– Et le conflit pour la garde ? Tu en sais quelque chose ?

J'ai retrouvé l'assignation délivrée à mon père, mais je n'ai que ça. Quant à espérer que ma mère me raconte, c'est perdu d'avance.

– Je sais seulement que la procédure a duré des années. Marie-Louise a gardé tout ça pour elle. La seule qui pourrait te dire ce qu'il s'est passé, c'est son amie Sandra.

– Ma marraine... Tu as ses coordonnées, peut-être ?

– Non. Mais je me souviens que son mari était un architecte connu à Bordeaux. Le nom de la société était SAAM Archi. Ça pourrait t'aider.

Le samedi après-midi, le parc déborde de couples qui se tiennent par la main et d'enfants sur des vélos à deux ou à quatre roues. Dans mon passé, il n'y a rien de tout ça. Pas de pique-niques, ni de photos de famille. Aucun repas pour les fêtes de fin d'année. Si, avec mon grand-père, avant qu'il meure.

Après ton cours de gym, bras dessus bras dessous, nous nous dirigeons vers le jardin public. Tu me dis qu'on y venait régulièrement, avec mes jouets et tes recommandations. Je n'allais pas remplir mon seau à la fontaine comme tous les autres enfants. Pas de châteaux de sable salissants. J'étais trop belle dans mes robes Baby Dior. Obéissante, propre, je jouais toute seule.

Assises sur un banc, nous regardons les enfants s'agiter. Certains pleurent après une chute sans gravité, d'autres courent. Une mère pousse sa fille sur la balançoire. Je me tourne vers toi, captivée par le spectacle, et t'écoute :

– Tu étais comme cette petite fille là-bas, celle avec des bouclettes, mais bien plus sage...

Je n'ai pas envie de te contredire. C'est resté, la crainte de te décevoir. La peur de casser quelque chose en toi.

Parce que tu es belle, et fragile, comme une poupée de porcelaine.

Finalement, la petite fille dans l'aire de jeux ne me ressemble pas beaucoup : elle repousse sa mère, lui crie quelque chose au visage. J'espère qu'elle sera punie. Ce doit être un déchirement, la révolte de son enfant.

Je regrette mes rares caprices. Je me souviens tout particulièrement d'une fois où j'avais dit, « Je ne t'aime pas, je ne veux pas manger ». Assise à table, je fais tomber les œufs brouillés avec le fromage fondu, la purée et une tranche de jambon. Il y a des débris d'assiette sur le carrelage. Tout est cassé, sale. Cette image est restée, comme une photo que je regarde, horrifiée. Je mérite une gifle que tu ne me donnes pas. Ça fait très mal, une claque qu'on mérite et qu'on ne reçoit pas. L'humiliation a été aussi celle de te voir accroupie, muette, en train de nettoyer le sol. Ce soir-là, tu refais le dîner. Je pleure en silence, bois mes larmes. Collée à ma chaise, je ne peux plus bouger. Il n'y a que mes mains qui tremblent et que je cache sous la table. L'assiette à nouveau remplie, tu me dis seulement, « On recommence ».

Le souvenir est vif, et vive en est la blessure. Avoir honte, c'est avoir physiquement mal. Je ne sais plus ce qui avait provoqué ma colère. Je sais que ma brève révolte m'avait plongée dans une profonde tristesse. J'avais commis une faute impardonnable. C'est la seule fois où j'ai osé te dire, « Je ne t'aime pas ».

Je serre ta main dans la mienne. Il est temps de rentrer.

Le ciel sans promesses est d'un blanc sale, opaque. Tu cries dans ton sommeil, te réveilles ensuite. J'aimerais que tu me sois rendue. Tous les matins, je me dis qu'un retour serait possible. Mon petit quart d'heure d'espoir. Bien sûr que non. La maladie, cette maladie-là, antichambre de la mort, est irréversible. Le malheur a de l'avance sur tout.

Peu importe.

Ce qui compte, là, tout de suite, c'est : café, confiture, les petits gâteaux achetés hier. Tu te souviens, maman, c'est toi qui les as choisis. Tiens, goûte. Il ne fait pas très beau, non. Mais il fait doux. Nous sortirons. Tu ne veux pas ? Tu le voudras, plus tard, peut-être. Papa ? Ton papa ? Papi ? Non, il n'est pas là. Où est-il ? On ira le voir, cet après-midi, si tu veux. Chez lui ? Non, puisqu'on vit chez lui. Au cimetière, maman. Le tombeau de famille, tu as fait faire des travaux, il y a quelques années, après son décès. Tu voulais changer les pierres tombales, mettre une petite sculpture.

J'aurais pu me taire. Te laisser espérer les impossibles retrouvailles.

De ta main droite tu commences à lisser la serviette de table. Tu la plies, la déplies, recommences. Tes doigts s'acharnent sur l'ourlet effiloché. Ça te déçoit, ce bout de tissu. Tu t'étioles, l'œil vidé de son regard, le corps pétrifié, à l'exception de tes doigts qui s'emballent, frémissent, déchirent et s'effondrent de ne rien tenir. Ton visage est muet. Pas de contrariété, ni de désolation. Et la vie, donc ? Vite, réagir. Je te propose du café. Il est fort et je ne mets pas de sucre. Ça peut aider à te distraire. Je me conduis comme toi, comme toutes les mères lorsqu'elles donnent une rondelle de citron à l'enfant pour faire passer le hoquet. Après l'amer, il n'y aura plus ni père ni pierres tombales. Tu oublieras aussi d'avoir oublié. C'est une bonne base pour démarrer une nouvelle journée.

Départ numéro deux.

Je pose *Le Figaro* près de ta tasse. Invitation à la lecture. L'assignation se trouve entre les pages 8 et 9. Tu commences à feuilleter. Page 1, 2, 3, 4. Ça va vite. Tu lis les titres à haute voix. Page 5, 6, 7. Je prends un autre petit gâteau. Page 8. Tu te tais. Je mâche sans avaler.

Où se trouvent les pièces manquantes ?

Tu les as cachées ? détruites ? Pourquoi ?

C'était quoi, mon enfance ?

Tu tournes les pages et tu fais mine d'ignorer l'assignation. Mais tes lèvres tremblent d'une imperceptible grimace. *Le Figaro* fermé, tu le glisses au milieu de la table. Sans me regarder, tu te lèves et demandes où se trouve ta chambre et pourquoi j'ai tout déplacé dans la maison.

Moi aussi, je suis perdue.

Petite fille, je ne voulais pas d'amoureux. Mes amies, pénétrées par le désir d'en avoir, disaient oui aux garçons. Apprendre à embrasser, apprendre à toucher, apprendre à faire l'amour : pour elles, c'était ça, grandir. Ne pas savoir était déshonorant. Je n'en voulais pas, de cette connaissance-là, pas encore, et les regardais jouer aux jeunes femmes. Peut-être le désir s'hérite-t-il de la mère. Comme la peur. Avec maman, nous ne parlions pas de sexe, d'amour ou du couple. Pas par pudeur. Seulement par manque d'intérêt. Je ne l'ai jamais vue avec un homme. Je ne crois pas qu'elle en ait eu, après mon père. Ou elle les a bien cachés. Par moments, j'oubliais même que dans notre passé il y avait eu un individu de sexe masculin qui était mon géniteur.

Stéphane a été le premier. Je me suis entichée de celui qui n'intéressait aucune autre. Sa maladresse agissait sur les filles comme un épouvantail. Elles préféraient les conquérants, les sans-gêne, les vantards. Les beaux garçons. Avec fringues et coupe à la mode. Elles s'attachaient aux apparences et à l'aura. Stéphane m'avait plu parce qu'il n'avait que faire de paraître. Il cachait de beaux yeux frémissants derrière une mèche de sa chevelure trop longue ou sous la visière d'une casquette. Il ne regardait pas les filles, et les filles ne le voyaient pas.

Il m'appelle tous les soirs. Parfois, j'hésite à décrocher. Ses questions sont des coups de poignard :

– Quels sont les souvenirs que tu as gardés de ton père ? Sont-ils bons ou mauvais ? A-t-il vraiment été violent avec toi ? Ta mère t'a raconté comment ils se sont rencontrés ? Quelle a été leur histoire ?

Stéphane ne se trompe pas : je ne connais pas les réponses – jamais cherché à découvrir quoi que ce soit sur mon père. Face à son inquiétude, mon cœur s'emballe. Mon indifférence a-t-elle été une faute ? Je me tais, honteuse de ne rien savoir. Mes mots sont brisés, parce qu'il poursuit :

– … et tu ne t'es jamais demandé pourquoi il est parti ? Et son silence ? Et le silence de ta mère ? Pourquoi ? Pourquoi ? Pourquoi ?

La nuit, l'écho de sa voix me torture. Cette suite stupide de « pourquoi » – stupide comme moi – révèle ma lâcheté plus que l'offense dont je crois avoir été la victime.

Paresse de ceux qui affirment : c'est comme ça, et puis voilà.

Dans la maison il n'y a pas de signes qui attestent que ma mère et mon père ont formé un couple. Je cherche la trace d'un amour. Je perds mon temps, car il n'y a rien.

Ce rien, c'est moi.

Pourtant, amour ou pas, j'existe.

Je suis le fruit. Je suis le vestige.

J'aimerais tout de même savoir. Tout le monde voudrait savoir si ses parents ont fait l'amour avec amour. Comme si, dans le cas contraire, être conçu était avilissant.

Ce n'était peut-être pas facile pour ma mère. Comment peut-il être, l'homme qui passe ses journées avec des cadavres ? Et si l'envie de cogner de mon père venait de là ? Chagrin exige Refoulement. Violence chasse Impuissance.

Les quelques souvenirs que j'ai de lui ne cognent pas. Maman m'avait dit qu'il n'était pas bien de penser à papa, comme il n'était pas bien de mentir, de ne pas finir son repas, de ne pas dire merci. Mes sentiments pour lui étaient fluctuants, allaient confusément de l'indifférence à la détestation, mais sans exclure le désir de le voir. Parfois, j'espérais sa venue et gardais ça pour moi. C'était mon secret, une pensée inavouable qui occupait mon esprit, comme le jour où nous sommes allées faire des achats.

J'ai cinq ans, j'aime le shopping, les magasins et le goûter dans les salons de thé. Tu as besoin d'une paire d'escarpins élégants, mais confortables, pour aller travailler à l'hôpital. Tu penses que l'esprit de sérieux commence par les pieds bien chaussés. Pendant que tu choisis quelques modèles, je tombe amoureuse d'une paire bleue en vitrine. On me propose de les essayer. Je ne dis rien, en espérant que tu acceptes. Je n'ai pas besoin de demander. Un regard suffit.

Mes pieds sont beaux dans les ballerines bleues avec ruban bleu. Pas tout à fait ma pointure, ça fait un peu mal. Mais plus du tout lorsque je baisse le regard et fais des allers-retours. Du miroir aux pieds. Des pieds au miroir. J'ai comme l'impression que ce n'est pas moi tellement ce que je vois est beau. Je m'imagine les porter la prochaine fois avec papa. Je ne te le dis pas. Je dis seulement merci, parce que tu sors ton porte-monnaie. Deux paires de chaussures pour toi. Une pour moi.

Viendra-t-il me chercher, ou pas ?

Chez SAAM Archi, on a choisi Ravel. Signe que l'attente en ligne ne sera pas longue. L'*ostinato* du *Boléro* a quelque chose de délicieusement insupportable. De l'autre côté, une femme me dit que le *patron* est sorti. J'ai rappelé deux fois, sans succès. La troisième, je me suis présentée : je suis Amélie, sa fille. On ignore comment ouvrir une porte avant de l'avoir forcée.

André, le *patron*, se souvenait de moi. Il s'est demandé s'il serait capable de me reconnaître après tout ce temps. Je lui ai présenté mes excuses, je me suis fait passer pour sa fille. Il ne m'a pas laissée lui dresser la liste des raisons qui me poussaient à chercher Sandra, il avait l'air de tout comprendre. Il m'a souhaité bon courage. Ma gorge s'est nouée.

Sandra m'a rappelée une heure après mon message vocal. Elle a la même voix qu'avant. Cela me surprend de la reconnaître avec évidence. Tout me paraît plus proche, alors que je croyais que rien ne l'était.

Je plonge dans ses bras. Elle m'a dit, « Oui, viens », et le temps a cessé de creuser la distance. Le parfum de Sandra est comme une gifle. Aujourd'hui, le passé sent bon. Je respire, bouche ouverte. Le tremblement dans ma gorge est celui d'une émotion nouvelle. Je ne m'y attendais pas. Comme une gosse, je me laisse prendre par la main. Je reconnais le couloir, le salon, les tableaux. Quelque chose a changé, les rideaux peut-être. Ou le canapé. Mon trouble maîtrisé, je parle, enfin :

– Et Amélie ? Ça fait… ça fait combien d'années que nous ne nous sommes pas vues ? Sans doute depuis l'époque du parc ! C'est peut-être mon dernier souvenir, la fois où j'avais trouvé une pièce de monnaie sur la pelouse. Je l'avais tendue à Amélie. Elle m'avait regardée bizarrement et elle m'avait dit que ça ne se faisait pas d'offrir de l'argent. Je n'avais pas compris. Étonnée, elle m'avait posé cette question : Tu sais, n'est-ce pas, ce qu'est l'argent ?

– J'espère qu'Amélie a su te l'expliquer ! Elle aimait bien jouer avec toi. Vous devriez vous revoir ! Elle est partie à Paris. Tu habites toujours la capitale ?

– Oui. J'y ai fait une première année de Sciences Po, mais je ne crois pas que je vais poursuivre. Ce n'est pas pour moi.

– En es-tu sûre ?

– Je crois que oui. Je préfère tenter le Conservatoire d'art dramatique, je me suis préinscrite.

– Un grand tournant !

– Un beau projet, mais je crains de devoir rester plus de temps que prévu à Bordeaux. Alors, pour ce qui est de la préparation à l'audition et de l'épreuve à passer… je ne sais pas.

– Et pourquoi donc ?

– Ma mère est malade. On vient de lui diagnostiquer la maladie d'Alzheimer.

– …

– Elle n'est pas très âgée… Il faut savoir qu'avant les

symptômes, les lésions au cerveau existent mais se manifestent des années plus tard. Par moments, elle est lucide. J'avais besoin de te le dire. Ça nous est tombé dessus et… je me sens seule.

Sandra garde le silence. Encaisse la nouvelle. Elle sort une bouteille de porto, j'accepte un verre. Elle a toujours la même coupe de cheveux et n'a pas cédé à la vanité. Le gris cendré lui va bien. Je le lui dis. Vieillir n'est pas un déshonneur. Elle est telle que dans mes souvenirs d'enfance. Les longs cils noirs. La bouche rose mat.

Je lui demande de me parler de ma mère.

– J'ai longtemps espéré ta visite. Puis j'ai arrêté de compter les années. Qu'est-ce que tu veux savoir de ta mère ?

– Raconte-moi tes souvenirs.

Elle déguste son porto à petites gorgées.

– Enfants, nous étions inséparables. On faisait tout ensemble. Impossible de voir l'une sans l'autre. Au CP, ça a failli tourner au drame, on n'était pas dans la même classe. Ton grand-père est intervenu. Il connaissait la directrice. Il connaissait tout le monde, d'ailleurs. On nous appelait Recto et Verso. C'est bête, non ? On se débrouillait pour avoir les mêmes notes à l'école, au collège, au lycée. Mais ta mère était meilleure en maths. Moi, c'était le français. Nous avions dix ou onze ans, lorsque nous sommes tombées amoureuses du même garçon. Il s'appelait Benoît, et il était très mignon.

– Elle était comment, ma mère ? Je veux dire, plus tard.

– Elle était sûre d'elle et de ses désirs. Je n'aurais jamais parié sur ta naissance. Avant d'être mère, elle n'a jamais rien cédé à l'instinct maternel. Elle n'en avait pas. Ce n'est pas vrai que toutes les femmes l'ont. Tu l'as, toi ?

– Pour le moment, ça m'indiffère.

– Marie-Louise ne voulait pas d'enfant. Nos désirs

n'étaient pas les mêmes. Moi, c'était enfants et famille, tandis qu'elle fuyait les gosses. Dans le bus, le train ou n'importe où, s'il y en avait, elle s'en éloignait le plus possible. Elle était allergique aux enfants. Toujours aimable et très attachée à Amélie, mais je ne lui ai jamais demandé de la garder. Elle se serait mise en quatre, bien évidemment. Nous nous comprenions, jamais de dispute.

– Vous vous êtes rattrapées.

– Malheureusement.

– À cause de moi ?

– À cause de toi, et de ton père.

– Elle m'a toujours dit que j'étais un enfant désiré.

– Tu as été follement désirée.

– C'est quoi, l'histoire de la poupée russe et de la Belgique ? Elle ne m'en a jamais parlé, mais le jour où j'ai fouillé dans ses boîtes de souvenirs, j'ai trouvé une toute petite matriochka. Ça l'a mise dans un grand état d'agitation, elle disait avoir été en Belgique avec cette poupée pour tomber enceinte.

– Marie-Louise a commencé tardivement à désirer un enfant, il ne lui restait pas beaucoup de temps. À quarante ans passés, il vaut mieux allumer des cierges : la réserve ovarienne se vide, l'ovulation devient irrégulière, ou absente. Et j'en passe. Ta mère avait toujours mis toute son énergie dans sa carrière. Pour elle, c'était du solide. Le couple, elle n'en rêvait pas. Elle avait toujours été une célibataire convaincue, mais le spectre de la ménopause qui approche tous les jours un peu plus, ça fait mal. Son bilan hormonal n'était pas réjouissant. Elle voulait un enfant, plus que tout. Elle s'est adressée à une clinique belge pour une insémination artificielle. C'était l'époque où on avait légalement ouvert la PMA à toutes les femmes. On lui avait bien fait comprendre qu'au bout du protocole il pourrait y avoir des échecs, des fausses couches. Elle pouvait aussi opter pour un don d'ovocytes. Ça avait rebuté Marie-Louise, la perspective d'accoucher d'un enfant qui, génétiquement, ne serait pas le sien. C'est à ce moment-là qu'elle a rencontré Ambroise. Au début, elle a sincèrement été touchée par lui. Tu dois savoir qu'il s'est occupé du corps de ta grand-mère, et de sa mise en bière.

– Non, je ne le savais pas.

– En tout cas, c'est comme ça qu'ils ont fait connaissance. Dans cette rencontre, elle a vu le signe de la providence et a fait ce que beaucoup de femmes font.

– C'est-à-dire ?

– Lorsqu'une femme célibataire désire fortement un enfant, elle veut trouver un père. Il lui est alors facile de voir dans tout nouvel amant un père potentiel. Ce n'est pas très valorisant, et la morale n'a rien à voir là-dedans. C'est le corps qui décide. Marie-Louise voulait être mère, absolument. Tu as été son miracle. Elle parlait de toi sans se projeter dans une vie de couple, comme si tu étais le fruit de l'amour qu'elle avait fait avec elle-même. À l'époque, je ne l'ai pas seulement écoutée. Je l'ai soutenue, même si elle m'étouffait avec ses mots en cascade et la vanité de croire que sa volonté avait boosté ses follicules agonisants. L'enfant, pour toutes les mères, est toujours un miracle.

– Mais mon père dans tout ça ?

– Je pense qu'elle ne savait pas elle-même quoi faire avec Ambroise. Son désir pour lui était intermittent. Un jour, elle me disait qu'Ambroise était un homme délicat, qu'il allait la voir avec des fleurs et qu'il avait rempli son appartement de plantes dont elle ne savait pas s'occuper. Mais elle me disait aussi qu'elle n'avait pas besoin de lui, que le bébé était à elle. Il était inopportun puisqu'il ne t'avait pas voulue, et Marie-Louise n'avait rien envisagé avec lui. Entre elle et toi il n'y avait pas de place pour lui. Elle avait décidé de lui dire qu'elle était tombée enceinte, certaine qu'il disparaîtrait. En réalité, il s'est accroché. Elle voyait quelque chose de sinistre dans son attitude, disait qu'il réclamait sa part. Apparemment, il avait laissé échapper, « C'est aussi ma moitié », lorsqu'il l'avait appris. Marie-Louise avait détesté, elle prétendait qu'il lui faisait peur avec ses yeux plantés dans les siens et ses propos qui lui semblaient des menaces. Elle avait bloqué son numéro de téléphone, mais il ne s'était pas démonté. Il a tout fait pour ne pas disparaître, pour lui signifier qu'il était là et qu'il exigeait sa place. La grossesse ne s'est pas passée comme elle l'avait espéré. Après quarante ans, ça peut être éreintant. Elle souffrait, et elle a eu besoin de quelqu'un qui l'aide à faire ses courses, qui l'accompagne acheter berceau, jouets, layette, landau. Quelqu'un pour préparer la chambre de la petite fille qui allait naître. D'une voix qui la console quand elle pleurait, à bout de nerfs. De bras qui la bercent. Il était là. Marie-Louise ne le savait pas, mais elle était tombée sur un homme qui avait en lui, aussi fort qu'elle, un désir d'enfant. Pendant un certain temps, leur cohabitation a plus ou moins fonctionné, mais un jour elle m'a appelée. Tu avais un an et quelques mois, Louise était hors d'elle, j'entendais tes pleurs, sa voix cassée. Elle voulait chasser Ambroise, il lui avait fait peur en frappant violemment sur une porte comme s'il voulait l'abattre, elle disait qu'il voulait faire la même chose avec elle. Marie-Louise s'en voulait d'avoir accepté qu'il s'immisce entre vous deux. Elle répétait qu'il n'avait rien à voir là-dedans. Que tu n'avais pas de père.

C'est peut-être l'effet de l'alcool – Sandra n'a pas arrêté de me resservir du porto –, je pousse des gémissements discrets à chaque respiration. Je me demande si Sandra les entend. Elle parle de plus en plus vite, veut me raconter encore plus de choses. Mais j'exige une pause. Ne pourrait-on pas poursuivre une autre fois ? Elle me répond qu'elle a tout ça sur le cœur depuis tant d'années. Le cœur ne ment pas, me dis-je, et je sens le mien s'effriter, se briser, comme s'il était ouvert, et vide. Peut-être est-ce aussi l'effet de l'alcool, cette envie soudaine de papa et le besoin de connaître l'histoire du couple dont je suis le fruit. Je me lève et serre fort Sandra, me souvenant soudain d'une balade, d'une glace, de nous deux avec Ambroise. Papa.

Le bruit d'une clé dans la serrure est le rappel du présent. C'est André, le mari de Sandra, qui, après un coup d'œil poli, disparaît aussitôt. Nous restons enlacées, longtemps, pendant qu'elle répète qu'elle doit tout m'expliquer et que je dois rester. Ou revenir, vite.

Au fond du tiroir, elle n'a pas bougé. Avec une jambe cassée et les yeux crevés, ce serait d'ailleurs impossible. Je n'avais pas remarqué les nœuds dans ses cheveux. C'est ce qu'elle avait de plus beau. De longs cheveux soyeux, brillants, que j'aimais caresser, coiffer. Embrasser, aussi. Je repense à la machine à laver et à la mise à mort de la poupée. Un rituel macabre qui, à présent, me laisse dubitative. Les enfants sont cruels. Tiennent-ils leur cruauté des adultes ? Comme par un réflexe de survie, je sors mon portable. Sur le moteur de recherche, je tape : « Restauration poupées Bordeaux ». Dans le centre-ville, il y a la Clinique des poupées, pas loin du jardin public. Je cherche une boîte où la mettre. Il lui faut un lit confortable.

Ma mère s'affaire autour des meubles du salon. La chasse à la poussière est devenue son activité préférée. Avec un chiffon, elle nettoie inlassablement, guette le moindre petit grain, l'invisible proie. Elle se glisse entre les meubles, habillée de sa robe de chambre, les pieds nus. Elle me demande si j'ai lustré l'argenterie.

– Ça a été fait récemment.

– Tu t'obstines à ne pas m'écouter.

– Non, je t'écoute. Viens t'asseoir, maman, il faut que

je te dise, tu te souviens que nous sommes en été ? Enlève ça, tu n'as pas chaud ? Tous les soirs, on choisit ensemble tes vêtements pour le lendemain, je les sors de l'armoire et, malgré ça, tu ne t'habilles pas ! On avait dit que tu allais le faire. Aide-moi, s'il te plaît. Je sais que tu ne vas pas très bien, mais je dois rentrer à Paris, maman. Alors, il faut trouver une solution. Tu comprends ?

Tu te recroquevilles dans ton vieux négligé. Petite chose toute molle, ta tête rétractée de mollusque, tu veux disparaître et me lances, « Je reste chez moi ».

Tu ne peux pas rester chez toi toute seule. Et moi, que dois-je faire ? Partir ou rester ? J'ai déjà jeté un coup d'œil aux maisons spécialisées dans la région parisienne où pouvoir te placer. En Gironde aussi, mais ce serait trop loin pour aller te voir.

On devrait tous pouvoir mourir chez soi.

Les enfants sont cruels. Et pourtant, je sais que j'adore ma mère. Enfant, je l'ai toujours écoutée, je lui obéissais, pénétrée de l'amour maternel. Sans elle, j'avais peur. Peur de tout. Parfois, même si j'étais chez des amies, je sombrais dans une angoisse sans comment ni pourquoi. J'avais envie de pleurer. Et je pleurais. Je voulais rentrer. En pensant à elle, j'étais saisie de violentes attaques de panique. Je sentais monter en moi une authentique frayeur seulement parce que j'étais loin de ma mère. Ça n'arrivait pas tous les jours. Juste quelquefois. Redoutant une imminente tragédie, j'exigeais de rentrer chez moi pour la retrouver. Elle travaillait ? Pas grave, j'irais dans son bureau. Je ne parlerais pas. Invisible, muette. Enfin rassurée, heureuse. J'acquiesçais à tout pour être avec elle.

Encore une galère. Ascenseur en panne. Toujours comme ça avec les HLM. Vingt et un étages à monter pour demander un renseignement que je n'aurai peut-être pas. Si je cours, ça passera vite. Avaler les marches comme on avale un médoc.

Au bout de ma course, un vieil homme, Bernard Odoir, le maître et ami de mon père. C'est lui qui lui a transmis le métier. Sandra avait gardé ses coordonnées, elle pense qu'il pourrait m'en dire plus sur la procédure pour ma garde.

La porte s'ouvre et mes jambes tremblent.

Comme si, à sa place, il y avait mon père.

Serai-je capable de le rencontrer sans trembler ?

Il me propose une chaise, un café ou un thé. Pressée, je suis pressée. Ni l'un ni l'autre. Rien du tout, je voudrais lui dire.

– Merci, c'est gentil. Un café. Sans sucre, par contre.

Je m'assois, obéissante.

– J'ignore la raison de votre présence chez moi. Mais j'en suis ravi.

– C'est moi qui vous remercie pour la confiance. Je pourrais être une voleuse !

– Quand l'ascenseur est en panne, je ne risque pas ce genre de visite. C'est le côté positif.

– Je me suis permis de venir vous voir pour une raison précise, vous vous en doutez. J'ai eu vos coordonnées par une amie, Sandra Villemin, qui a connu mon père, Ambroise Aubert.

– Si vous venez chercher des nouvelles de votre père, ça fait longtemps que je n'en ai pas eu.

– Je suis venue vous demander de l'aide. Enfin, j'ai besoin de renseignements à son sujet.

– C'était mon meilleur élève. Lui, il ne voulait pas entendre ça, et moi, je ne voulais pas qu'il m'appelle maître. Ce métier, c'est l'art de l'imperfection. Je l'ai toujours mis en garde face à la limite de nos compétences.

Le café promis fume dans ma tasse, je l'écoute, moins pressée parce que sa main tremble, ses yeux sont humides. Il voudra tout me raconter, je le vois à sa tête. L'impatience caresse ses rides. C'est un vieux. Il n'a que ça, des souvenirs.

– … il y a des soins pratiquement impossibles, des corps qui partent en sucette – pardonnez-moi. Ça fait partie des expressions qu'on utilise dans le métier. On a besoin de dédramatiser. L'ironie, ça nous sauve un peu.

– Je me demande sincèrement comment on peut choisir ce métier.

– Pour être dans le vrai ! Nous vivons à la surface des choses, vous avez eu le temps de le découvrir, j'espère. Vous vous êtes déjà demandé, vous, quelle est l'expérience essentielle ? Ce n'est ni la joie ni l'amour, mademoiselle. C'est la mort. J'ai voulu m'occuper de ça parce que c'est la mort qui en dit beaucoup sur la vie.

– Je préfère le théâtre. C'est aussi explicite.

– Le réel l'est toujours davantage. C'est du brut. Votre

père l'avait compris, il était heureusement doté d'une charpente psychologique plus solide que celle de mes autres élèves. Il en faut, vous savez ! C'est un métier très dur ! On risque l'alcoolisme. La dépression. Une forme de désespoir et de cynisme qui vous pourrit de l'intérieur. Sans compter que le monde des pompes funèbres pue. Ce ne sont pas les cadavres. Non, ceux-là, on les soigne et on les maquille. Ce sont les vivants qui puent. La mort, mademoiselle, c'est un commerce très juteux. On vend un cercueil, des soins, des pierres tombales comme on vend n'importe quoi d'autre. Je devrais dire, plus que n'importe quoi d'autre, et on veut du chiffre. Je me suis vite senti en porte-à-faux : vendre des soins funéraires ne devrait pas être soumis à la concurrence, c'est un service collectif qui doit être rendu sans esprit de lucre. Sinon, on passe à côté. Malheureusement, il y a beaucoup d'abus. Votre père aussi a toujours détesté s'entendre dire, « Vas-y, vends-lui un soin ». Lorsqu'un être cher s'en va, il est très facile de faire dépenser la famille. Si on aime, on est prêt à acheter de la qualité. Prêt à croire celui qui vous dit que l'enterrement est plus important qu'un mariage et qu'il faut du beau, des sublimes funérailles. Il y a des pompes funèbres qui imposent un soin seulement pour se faire de la marge. Ça m'écœure. Le mot qu'ils affectionnent est celui-là : la marge. Tout le monde rigole, prêt à trinquer aux bénéfices obtenus grâce aux factures gonflées en se disant qu'on a fait du bon travail. C'est devenu un système un peu mafieux. On va voir les préposés à la morgue pour récupérer les premiers les certificats de décès. Il est fréquent de donner des pots-de-vin pour les obtenir, surtout là où il y a une concentration de pompes funèbres. Le souci, c'est que ça a poussé comme les champignons un peu partout. C'est de la corruption, tout simplement. Les morgues, c'est du public, il y en a dans les hôpitaux aussi, mais c'est le service privé qui vient faire du commerce. J'ai découvert un milieu mercantile, minable. Ce qui les intéresse, c'est le pognon.

– Ce que vous me dites est beau et en même temps terriblement décevant… Notre échange est intéressant, et inattendu. En réalité, je suis venue vous voir parce que j'ai un problème et vous pouvez peut-être m'aider à le résoudre. Je n'ai pas beaucoup de souvenirs de mon père et…

– Moi, je me souviens de votre père. Oh oui, je m'en souviens très bien, même. Les souvenirs étaient très importants pour lui aussi. Il tenait un carnet, il y notait les soins, les histoires de famille, ce qui l'émouvait, les moments difficiles ou des détails qui pour lui avaient du sens. Il était toujours attentif au monde autour de lui. Je n'ai jamais connu un professionnel avec autant d'empathie pour les cadavres et les personnes touchées par le deuil. Après avoir fait un soin, il éprouvait un besoin irrépressible de marcher malgré l'épuisement qu'il ressentait à tous les coups. Je ne sais pas comment expliquer ça, mais il avait quelque chose dans ses mains. Quelque chose de rare. J'ai triché, vous savez, pour son stage. Au bout de deux mois, votre père pouvait déjà, à mon avis, travailler en toute autonomie. Mais j'ai voulu le garder. Je lui ai transmis un savoir auquel mes autres stagiaires n'ont pas eu droit, tout simplement parce que Ambroise était bien plus doué que la moyenne. Plus rapide, plus ingénieux. Il a vite appris les gestes. Son intuition m'a sidéré plus d'une fois. Son courage aussi. Il en faut, mademoiselle, il en faut. L'été de la canicule, par exemple. Il fallait faire vite parce que la décomposition, ça arrivait plus vite que l'éclair. Une hécatombe. On allait chercher les morts n'importe où, assis sur les toilettes, ils étaient morts cuits, c'est le cas de le dire : une coagulation qui avait provoqué un arrêt cardiaque et voilà. J'ai vu des choses assez croquignolettes, des décompositions en accéléré, des corps qui naviguaient dans leur jus avec des asticots, on y allait à la nage. C'était très violent. Oh, mais excusez-moi, mademoiselle, je vous parle comme si vous étiez un de mes collègues. J'espère que je ne vous ai pas choquée.

– Ça va. Je vous écoute avec attention. Vous pouvez poursuivre.

– Vous savez quoi, si on veut être honnête, je vous le dis, il faut soit incinérer, soit mettre directement en terre. Tout le reste, c'est de l'enveloppe, du commerce. Je comprends l'importance du rituel, on s'accroche à ça, on en a besoin. Mais quand je pense que les concessions, c'est trente ou cinquante ans, et que souvent, au bout de cette période, il n'y a plus personne pour s'y intéresser, qu'est-ce qu'on fait ? On prend les os, et crac ! On fait de la place pour les autres ! Et le sacré ? Et le respect de la dépouille ? Tout ça est bien triste.

– Oui, je comprends. Mais, je voulais savoir, avez-vous été au courant de la procédure entre mon père et ma mère ?

– Oui, bien sûr. C'est moi qui ai donné les coordonnées d'une avocate à Ambroise.

– Pouvez-vous me dire son nom ? Peut-être avez-vous toujours ses coordonnées.

– Ça fait des lustres, vieille histoire.

– Pas si vieille que ça.

– Je vais voir, attendez.

Il revient avec un répertoire dans une main, une feuille de papier et un stylo dans l'autre. Il pose tout ça sur la table, devant moi. Il y est donc arrivé, malgré la lenteur accablante de chacun de ses mouvements. Il me fait de la peine.

– Je vous laisse recopier. Ça ira plus vite.

Il pointe son index sur Florence Godin. Je note son nom et ses coordonnées dans mon portable. Il tourne les pages et m'indique le numéro d'Ambroise Aubert.

– C'est le dernier que j'ai de lui. C'est ancien, il faudrait vérifier.

J'hésite. Je prends une photo, vite.

Vite, partir.

Sur le seuil de la porte d'entrée, je me souviens de l'ascenseur en panne. Je lui propose mon aide. Acheter à manger, il en a peut-être besoin. Aller et revenir. Payer le service rendu.

– Merci, mademoiselle. Mais j'ai toujours des réserves. Ici, ça arrive souvent. J'évite de faire vingt et un étages à pied. Je me fais livrer aussi. De toute façon, aujourd'hui ma fille doit passer. Allez toujours voir Me Godin. J'espère que ça vous sera utile.

Je reçois un message de Sandra. C'est une photo, le portrait d'une petite fille. Allongée sur l'herbe, ses cheveux sont lâchés, on voit son cou et les premiers boutons d'un chemisier à pois rouges. Il y a un brin d'herbe sur sa joue.

C'est moi.

Aucun souvenir, mais c'est bien moi, ce regard qui fixe l'objectif. Pourtant, mes cheveux ont quelque chose de différent. Je ne me souviens pas de ce chemisier-là. Où était-ce ?

Photo retrouvée, envoyée par ton père.
À l'époque. Jolie, n'est-ce pas ?

Oui, jolie. Tu en as d'autres ?
Quelle époque déjà ?

C'est donc lui que je regardais.

Où étions-nous ? Dans un parc ? un bois ?

« Les fleurs ne nous appartiennent pas, on doit seulement les regarder et être heureux de pouvoir le faire. » C'est une voix qui dit ça, et ce n'est pas la mienne. Si je l'entendais, je ne serais pas capable de reconnaître sa voix à lui, mais je sais, à l'instant, que ce sont ses mots. Ça me revient comme un rêve, ou comme un souvenir. Le passé est peut-être fait des deux à la fois. Quelque chose de mouvant, d'aussi imprécis qu'un reflet.

J'avais appris à ne pas cueillir les fleurs dans les bois ou les jardins. Lorsqu'il y en avait, je préférais ramasser les pétales. Tombés, ils ne sont pas morts. Pour une petite fille, les coquelicots ressemblent à des danseuses évoluant au rythme du vent. Les pétales de géranium posés sur les ongles, c'est du vernis. Le myosotis a la couleur d'une robe de fée. Il suffit d'un peu de rosée pour que ça brille comme dans les contes.

Sandra m'envoie une autre photo qu'elle a prise d'un de mes dessins qu'elle a retrouvé parmi ceux de sa fille. Je l'observe. Maison gracieusement bancale avec porte flottante, deux fenêtres pas tout à fait de la même taille. Trois personnes qui ne se tiennent pas par la main. On reconnaît la mère, souriante, immense. C'est la plus grande des trois. Celle avec le vêtement de la même couleur orange et le visage avec des arabesques à la place des yeux doit être la petite fille. Le troisième, visage écrasé et privé de sourire, pantalon violet, est tout petit. C'est lui le père ? Un homme minuscule s'accrochant à des femmes qui le narguent.

Mère et fille. Père et mère. Fille et père. Liés à en mourir.

C'est une vieille femme, et sa poignée de main me surprend. Doigts broyés, l'accueil annoncerait-il la suite ? Elle me toise. Sans sourire, et avec toutes ses rides, elle m'invite à la suivre. Cheveux gris dans un chignon tressé. Agile sur les hauts talons qui martèlent le parquet. J'ai l'impression de tomber à un mauvais moment.

– Qu'est-ce que je peux faire pour vous ?

– Je sais que vous avez représenté mon père dans une procédure qui a opposé mes parents. Il s'appelle Ambroise Aubert. C'était au sujet de la garde de l'enfant. L'enfant, c'était moi. J'ai trouvé la citation il y a quelques semaines, mais je n'ai que ça. J'ignore ce qui s'est passé. Ma mère ne m'en a jamais parlé. Je suis là parce qu'elle est tombée malade. Ça m'oblige à fouiller, à mettre de l'ordre, au sens propre comme au figuré. Ma mère développe un Alzheimer précoce, elle persiste à dire que je n'ai pas de père, elle ne m'en dira pas plus. Ne veut pas ou ne peut plus. D'ailleurs, elle a toujours tenu avec moi le même discours. J'aimerais connaître la vérité.

Je lui tends l'assignation.

– Ce n'est pas à un avocat qu'il faut vous adresser. Votre demande m'intéresse néanmoins, ça me ramène à l'époque où j'ai commencé mes études de droit. Pendant les cours, on nous disait de ne pas nous intéresser à la vérité. On n'était pas là pour faire de la philosophie. Et pourtant, ce qui se joue devant un tribunal, je suis d'accord avec vous, a beaucoup à voir avec la vérité d'une vie.

– Vous pouvez peut-être me dire quelque chose à propos de mon père ?...

– Non, en réalité, je ne peux pas. C'est un secret professionnel. Sans compter que là, tout de suite, je suis incapable de vous dire quoi que ce soit. Il faudrait que je retrouve les pièces, le dossier. Cela dit, je respecte les contraintes liées à ma profession, donc...

– N'y aurait-il pas prescription ? Enfin, je veux dire, le secret professionnel dure-t-il toute une vie ? Et l'intérêt supérieur de l'enfant ? Je ne connais rien de tout ce qu'il s'est passé parce que j'étais une petite fille. Autrement, j'aurais su. Vous souvenez-vous de mon père ? Il était thanatopracteur.

– On n'oublie pas quelqu'un qui fait ce métier ! Il s'agissait sans doute d'un problème avec la mère. J'ai dû m'occuper de bon nombre de dossiers similaires.

– Un problème avec la mère ?

– Des nombreuses non-représentations d'enfant. J'ai défendu beaucoup d'hommes dans le même cas que votre père.

– Ma mère voulait peut-être me protéger.

– Vous savez, il y a des mères abusives. Il faudrait que j'aie le dossier sous les yeux pour vous en dire plus. Si vous le souhaitez, revenez me voir. Je vais y réfléchir. Le mieux, bien entendu, ce serait que vous voyiez votre père. Il n'y a pas de raison que vous ignoriez une partie si importante de votre vie. L'avez-vous cherché ?

De temps en temps, ça tombait, le jour maudit. Il m'est difficile aujourd'hui d'en déterminer la fréquence. Je me souviens seulement que mon père venait me chercher pour m'emmener chez lui. Ce que je redoutais, c'était le moment de la séparation avec toi, maman. La veille nous avions tremblé côte à côte. Je pensais avec tes mots. Mes larmes ou les tiennes, aucune différence. Tu m'accueillais dans ton grand lit. C'était exceptionnel. Je savais que c'était la veille de son arrivée.

Le matin, tu coiffes longuement mes cheveux, tu dis, « Il ne le fera pas ». Je ne te contredis pas pour te faire plaisir. Je te regarde embrasser mes pieds, mes mains. Ça n'empêche, j'ai un peu peur. Mais de quoi ?

Je sais quand il arrive. Il y a quelque chose dans l'air. Une vibration, c'est invisible mais je n'ai pas de doute. Il est dehors, il m'attend, sans sonner ni appeler. Que je vienne ou pas, ça doit lui être égal. Une pluie de baisers me décoiffe. Tu me serres fort, de plus en plus fort. Je crois que c'est ça qui me donne envie de pleurer. J'entends « mon amour, mon amour ». Tu renifles jusqu'à la voiture. Je déteste le bruit du nez qui coule. Personne ne se regarde dans les yeux. Moi, je ne vois que mes chaussures. Tant que tu es là, le père n'existe pas. Je suis ta fille à toi. Je te l'ai entendu dire tellement de fois, « Tu es ma fille à moi ». Pourquoi y aller si je ne suis que la fille de ma mère ? Les adieux, les « mon amour », ça ne s'arrête pas. Tu ne le regardes pas. Tu lances, « Les vitamines sont dans la boîte rouge – il y a le doudou numéro deux dans le sac à côté du pyjama – le pull bleu, je l'ai mis si jamais il fait froid – fais attention avec les courants d'air, le médecin a dit que… ». J'ai peur parce que tu ne lâches pas ma main et il s'énerve et on doit y aller. Il nous sépare. Je chiale parce que tu t'effondres. Les départs sont tragiques. À quoi ça sert de passer du temps avec l'homme qu'on doit appeler papa ?

La route en silence m'aide à oublier. Passer de l'un à l'autre. Il n'y a que le lit à baldaquin et la chambre rose qu'il dit avoir faits pour moi où me sentir légère, transparente comme un voile. Je n'existe plus. Les mots qui brisent le silence sont les siens et ils me plaisent, finalement : « Une nouvelle histoire a poussé dans le parc à la place des fleurs. Tu veux la connaître ? Je l'ai cueillie pour toi. » C'est mieux qu'une glace, ses histoires.

Sauf qu'avec lui, tout est rapide. Dormir, petit-déjeuner, jouer, s'habiller, manger, ranger, préparer le sac, rentrer à la maison chez maman. Déjà. Pourquoi c'est court, un papa ? Vite, vite, il faut être à l'heure. C'est triste, les enfants, les minutes. Et toi, montre à la main, tu attends. Déjà, je suis déjà de retour. J'ai l'impression que tu n'as pas quitté la porte d'entrée. Depuis que je suis partie, tu es là. Je ne sais pas compter le temps. Je comprends seulement que c'est court. Je pense que tu n'as pas dormi, que tu as préféré m'attendre. Tu m'aimes très, très fort. Tes yeux sont rouges. Je devrais peut-être courir t'embrasser. Mais je ne le fais pas. Pas après pas, je regarde mes chaussures un peu plus sales que la veille, tu ne vas pas aimer. Je quitte mon papa sans me retourner, ça te blesserait, je sens mes larmes monter. Tu attrapes ma capuche et tires, claques la porte. Tu défais déjà ma tresse, je n'ai même pas posé mon sac à dos. Vite, vite, tu me déshabilles et prends tout tout tout ce qu'il y a dans le sac et le mets dans la machine à laver. Tu es énervée. Je regarde mes pieds. Plus de chaussures, sans chaussettes. Tu dis, « J'en ai marre, tu reviens triste, ça pourrit tout, il faut arrêter ». L'eau du bain est très chaude. C'est pour me désinfecter ou quelque chose qui a à voir avec la santé parce que tu regardes ma peau de tout près. Tu cherches des poux, peut-être. Une camarade d'école en a eu, une fois. On a coupé ses cheveux. Je n'aimerais pas qu'on coupe les miens. Tu me poses beaucoup de questions. Je ne sais pas pourquoi, mais je n'ai pas envie de répondre. Je chantonne, tu dis que ça ne va pas.

Je m'en veux.

Papa revient comme une pensée sale.

Il est interdit de pensée. J'ai tout gardé pour moi. Si bien conservé, caché, que peu m'en reste. Introuvable, ou rien que des bribes. Un rêve, peut-être, mais des cauchemars le souvenir est toujours là, indélébile. Tu pleures, tu te lamentes. Parfois ça crie. Tu souffres. De ça, j'ai la haine, jusqu'à ce que tu reviennes à moi, et à la douceur. Accueillante, superbe maman. Inutile de penser à autre chose qu'à cet amour. Inutile de te poser la question, maman pourquoi tu as pleuré ? C'est fini. Demain, nous irons chez le médecin, comme souvent après avoir passé du temps avec papa.

Parfois, sur mon corps il y a des bleus. Ça ne me fait pas très mal. On veut savoir si je les ai faits avec mon papa.

Je dis oui, mais c'était pour jouer.

Toute une journée cloîtrées chez nous. Tu ne veux pas sortir. Ruminer, voilà, je rumine sans rien avaler. Tandis que toi, renfermée dans ton noir, tu sais seulement délirer. Tu me dis que je dois prendre un bain, que tu vas m'aider.

– Je peux le faire toute seule, maman.

– Tu n'y arriveras pas, ma chérie.

Temps aboli. J'aurai toujours cinq ans. L'éternité est le plus puissant des anxiolytiques. Mais il faut savoir ruser. J'accepte de mettre en scène le passé, c'est comme un jeu : je fais semblant d'être la petite fille, je te rappelle qu'aujourd'hui c'est le jour de garde de papa et que je ne suis pas prête. Où est mon sac ? Mes affaires ? Viendra-t-il me chercher ? Tu te précipites dans chaque pièce pour baisser les stores. La pénombre s'installe. Je sors en catimini pour sonner une fois, deux fois, trois fois, et rentre. Tu m'appelles :

– Ne reste pas là. On joue à cache-cache. C'est ton tour.

Tu te mets à tourner autour de la table du salon en faisant claquer tes savates, risques de tomber et fais une grimace. Ça devrait me faire rire. Ça le faisait, c'est sûr, quand j'étais enfant. Jouer le jeu, donc. Petite fille obéissante, je disparais derrière un rideau. 1, 2, 3… 153. Je sors. Tu es assise sur le canapé.

– Mais tu ne devais pas venir me chercher, maman ? Papa, où est-il ?

– Il est parti, ce n'est plus la peine. On peut jouer à un autre jeu. Nous avons le temps, ce n'est pas encore l'heure du déjeuner.

Tuer le père, on en est toujours là. Tu as réussi à l'effacer. Il s'appelait Ambroise Aubert et il n'a jamais existé.

Je te laisse à ton rendez-vous bihebdomadaire chez la coiffeuse. Tu ne t'en lasses pas, d'être toujours bien coiffée. La maladie te va bien. Ongles, cheveux, maquillage, vêtements. On dirait un mannequin troisième âge. Tu seras prête, flamboyante, pour la séance photo que j'ai réservée pour demain. Je tiens à remplir l'album où les images de mes quinze et de tes cinquante-sept ans en maillot de bain sont les dernières. Tu n'as plus imprimé nos photos après ces vacances-là ?

Sandra m'attend chez elle. Je lui ai dit pour Bernard Odoir. Pour l'avocate aussi. Ce n'est qu'une histoire murmurée dont je peine à entendre les mots.

– Tu dois t'en souvenir… non ? Je venais parfois te chercher à la sortie de l'école. Avant de rentrer, en automne et en hiver on allait toutes les trois, avec Amélie, boire un chocolat chaud avec de la chantilly. Le printemps, je vous emmenais au parc si le temps était clément. Je me souviens de la première fois où j'ai cru voir ton père, il cherchait à dissimuler son mètre quatre-vingt-dix derrière un arbre, pas loin de la sortie de l'école. Il n'était qu'une ombre. Je pensais l'avoir seulement imaginé. Mais je l'ai revu quelques semaines plus tard, et à plusieurs reprises, immobile derrière un banc, enveloppé jusqu'aux yeux dans une écharpe, caché par la foule des passants et des parents agglutinés sur le trottoir. Au début, cela m'a un peu inquiétée. Mais assez vite, j'ai compris qu'il venait seulement pour te voir et qu'il ne voulait pas être vu. Je n'avais rien dit à Marie-Louise. Sans pouvoir me l'expliquer, quelque chose m'avait retenue de le faire. Quand tu sortais, ignorante, et que tu sautillais sur le pavé, je lançais un regard furtif vers lui et je le voyais perdre sa qualité d'homme pour être, lui aussi, l'enfant bondissant, brûlant d'impatience, les yeux voilés de larmes. Il restait immobile, comme un soldat. Il te regardait et disparaissait dans ce regard. J'ai alors décidé d'aller à sa rencontre, avec toi qui me racontais déjà ta journée, me montrais tes dessins. À un mouvement rapide de sa main, j'ai cru qu'il voulait s'enfuir. Il s'était seulement accroupi, enfant parmi les enfants, pour accueillir dans ses bras ton corps qui reconnaissait le sien. Ambroise était un homme que l'enfance n'avait pas quitté. Il n'aimait pas parler de lui, je sais seulement qu'il n'avait ni frère ni sœur et que sa mère était décédée quand il était encore un enfant.

Je l'écoute, ça me fait du bien, mais qu'il est cruel ce bonheur-là. Si seulement je l'avais vécue, mon histoire, qu'en penserais-je ? En ce moment même, je sens frapper le désir de connaître mon enfance.

Le cri de mon téléphone brise le récit de Sandra en mille morceaux. Il me faudra le recomposer, encore et encore. Mais ce n'est pas fini. Je le vois à sa bouche qui prend une nouvelle respiration, prête à poursuivre – des mots qu'elle ne peut plus retenir.

Au bout du fil, la voix de l'aide-soignante.

Ma mère est sortie toute seule du salon de coiffure – un

moment de distraction de la part de Corinne qui avait promis d'aller la chercher ? Une ruse de ma mère ? À qui la faute ? À moi, qui ne suis pas avec elle ?

Une voiture l'a percutée.

# TROISIÈME PARTIE

*16/12/2007*

Bénédicte de Guesclin

Femme âgée qui me met dans un état de sérénité et de bien-être. Mon profond apaisement est le sien. C'est fréquentiel. Sur la commode, des photos d'elle, jeune. Allongée sur le lit, quelque chose de la jeunesse persiste dans les traits de son visage, malgré la vieillesse et la mort. Pour l'habiller, sa fille m'a donné une magnifique robe de soirée. La taille n'était plus exactement la même, mais avec un cercueil, on triche. Je me suis arrangé pour lui offrir la dernière danse, puisqu'elle aimait danser.

La fille de Bénédicte m'a invité à rester après le soin. Le respect du deuil peut prendre différentes formes. Le mien est toujours fait de retenue et de silence. Lorsque je travaille au domicile, on me propose parfois un verre ou des mots à échanger. Souvent, je refuse. Aujourd'hui, j'ai accepté. Ma voix a devancé ma pensée et je me suis entendu dire « Oui, merci ». Effet d'une attirance et du désir d'aider cette femme qui venait de perdre sa mère. Peut-être n'ai-je rien fait pour elle, seulement pour moi, flatté d'avoir suscité son intérêt. Elle m'a couvert d'éloges, était émue et secouée, avait l'impression de retrouver sa maman, rendue à la vie grâce à moi. Quand elle a essayé de serrer ma main dans la sienne – « C'est divin ce que vous faites », a-t-elle dit –, j'ai reculé. Tout à fait en deçà de mon œuvre « divine », si proche de la femme aux cheveux couleur acajou et autrement ému, je m'en suis un peu voulu d'avoir accepté de rester. J'ai vidé mon verre d'eau et j'ai pris congé. Elle m'a donné un pourboire de 30 euros. Elle s'appelle Marie-Louise.

J'ai fait trois autres soins avant de rentrer, que des personnes très âgées. Ce soir, pas de violente diatribe, je ne vois pas d'injustice cosmique à signaler. La mort n'est pas toujours un scandale : ce n'est que la limite du vivant, parfois un remède à la vie. Dieu peut dormir paisiblement. Moi aussi.

*20/12/2007*

Il fait froid, et je suis vidé. Mais il fallait que je marche. Peu importe la météo, je m'accommode de toutes les saisons quand il s'agit de digérer les journées difficiles.

J'avais déjà démarré mon premier soin quand, plus loin que le couloir, le mur et deux portes parfaitement fermées, une discussion familiale a éclaté. Le cadavre d'un homme de quatre-vingt-quinze ans encore chaud, ses trois enfants dans le salon, deux frères et une sœur, se disputaient pour l'héritage. Pendant que j'examinais le corps, la femme ânonnait des dates et des sommes d'argent que le père aurait données à l'un ou l'autre de ses fils. Les deux hommes niaient, leurs voix se faisaient de plus en plus menaçantes.

Le métier parfois me procure ce que je ne lui demande

pas : une visibilité sans fard sur les vivants. Ce n'est pas pour ça que j'ai choisi cette voie. Je désirais seulement m'approcher de ce qui fait l'humanité de l'homme, rien que sa fin. Rarement nous sommes à sa hauteur.

Mon épuisement, ce soir, n'est pas le fait de cette famille. Après, il y a eu Arthur.

Arthur Quintard

Enfant de six ans frappé par un cancer du foie. Les obsèques sont prévues dans six ou sept jours, je ne me souviens plus. Il faut une conservation optimale du corps jusqu'à cette date. Je dois, absolument je dois, protéger son visage d'enfant, l'innocence des traits. Je rencontre toute la famille, les mains que je serre sont inanimées, fragiles. Ma voix devient grave : conditions difficiles, corps qui gonfle, jaunisse. J'explique au père que le cadavre subira une transformation, il fait oui de la tête et s'accroche à mon poignet. C'est comme si je lui avais annoncé que son fils était mort une fois de plus.

Tout seul avec Arthur, je me mets à l'écoute, je fais appel à autre chose qu'à mes compétences dans un état de réceptivité et d'abandon. Il faut savoir se livrer et accepter d'être guidé par autre chose.

Mère, je te demande souvent de me soutenir.

Le soin a duré plus de deux heures.

J'ai vacillé en sortant de la pièce. Le père m'a aidé à transporter les malles jusqu'à ma voiture, avec ses yeux baignés de larmes qui, à eux seuls, me disaient merci.

Arthur a gardé son visage.

J'ai beaucoup marché dans le froid.

*22/12/2007*

J'ai reconnu le numéro de téléphone. Une intuition forte comme une certitude. Je ne l'avais pas enregistré dans mon répertoire, seulement noté dans ces pages. Quand j'ai raccroché, je me suis avoué que j'avais secrètement espéré son appel. C'était improbable. Pourtant, Marie-Louise m'a demandé un service : elle voudrait que je fasse la mise en bière aux funérailles de sa mère. Elle dit ne se fier qu'à moi. Cette fois-ci aussi, je lui ai dit oui.

C'est demain.

*29/12/2007*

C'était hier soir.

Elle n'a pas voulu attendre le mois prochain, m'a dit au téléphone, « La vie n'attend pas, ma mère là-haut ne m'en voudra pas ». Marie-Louise m'a invité dans un très bon restaurant du centre-ville pour me remercier du service rendu. Je ne sais pas si c'est un prétexte. Je sais que, de mon côté, l'idée de décliner son invitation ne m'a pas effleuré.

La femme que j'ai vue hier soir m'a troublé par son aisance sans trace de chagrin, par sa posture droite défiant l'abattement. Elle se tenait face à moi comme une reine. Le repas était certainement délicieux mais je l'ai avalé sans y prêter attention, distrait par ses doigts aux ongles rouges qui enveloppaient le verre à vin, son regard fier et toutefois prêt à me sourire, le raffinement de toute sa personne. Marie-Louise est une femme solide, structurée. Rien ne lui fait peur. Pas même ma vie remplie de cadavres et fracturée par le deuil.

Elle a voulu que je lui parle de ma mère. Ce n'était pas le meilleur moment, mais elle ne pouvait pas savoir que je pleure son absence depuis mes onze ans et que ça m'avait poussé à écrire un journal comme des lettres à lui envoyer, pour sentir que je pouvais être en contact avec elle. Elle a donc proposé un dessert pour changer aussitôt de sujet, m'a couvert de mots joyeux comme pour me bercer, alors que c'était à moi de la consoler de sa perte. J'aurais seulement voulu murmurer à son oreille un sincère merci, poser ma joue contre la sienne, sentir l'épaisseur parfumée de sa chevelure entre mes doigts. Je voulais moins que ce qu'elle était peut-être prête à donner. Mais l'était-elle ? On ne sait jamais ce que veut une femme, même lorsqu'elle vous invite à monter pour un dernier verre.

J'ai préféré partir, ignorer ce qui n'était peut-être que l'effet du vin, et que j'ai risqué de prendre pour la réalité.

*30/12/2007*

Je me demande si c'était pour moi cette lumière qui faisait briller ses yeux hier soir. Et sa gaieté, c'était quoi ? Son tailleur, les bijoux, les lèvres et les ongles rouges, pour qui ?

Je ne regrette pas d'être parti, d'avoir seulement serré la main qui ne m'a pas retenu. J'ai horreur des malentendus. Hier, ma vanité m'a fait ressentir, pendant un instant, que j'étais désiré.

A-t-elle perçu mon trouble ?

De bonne heure, je suis passé chez Jeanne. Elle avait déjà rangé dans les pots les arrivages de la journée et elle m'a invité à la suivre derrière le comptoir, dans son petit local à tout faire. J'aime prendre un café avec elle quand la boutique est encore déserte. C'est un bon début de journée, surtout lorsqu'on a le temps de parler. Je ne connais pas son âge, je sais seulement qu'elle a dépassé celui de la retraite, mais ne veut pas vendre ou louer. Faire des bouquets, c'est sa vie. J'aime la charrier, lui dire que les rhumatismes auront raison de toutes ses fleurs. Elle lève sa tasse de café arrosé à l'eau-de-vie et parle d'autre chose. La bistouille aussi, c'est sa vie. Jeanne n'oublie jamais de présélectionner les fleurs que je viens chercher pour la tombe de ma mère. Aujourd'hui, elle m'a conseillé des camélias. Je discute rarement ses choix, elle s'y connaît et on ne contrarie pas une connaisseuse.

En vitrine, il reste un seul de mes jardins miniatures. Les deux derniers sont partis assez vite, m'a-t-elle assuré, notre commerce a l'air de bien marcher. Ça me pousse à voir en plus grand pour mes prochaines réalisations. Mes mains ont besoin de travailler, de s'entraîner à ne jamais trembler, même si façonner du tout petit n'est pas seulement un exercice manuel. Il s'agit de reconsidérer le rapport entre les choses et les êtres. Mais pas seulement. D'entraîner le regard qu'on jette trop distraitement sur la nature.

À ma façon de regarder les roses et de soupeser intérieurement le pour et le contre, Jeanne a tout compris. Elle terminait mon bouquet de camélias et a dit seulement, « Tu sais quelle couleur ? ». Justement, la couleur… J'ai choisi le rose foncé. Elle m'a tendu une petite carte sur laquelle j'ai écrit un mot pour Marie-Louise.

*1/01/2008*

Je ne me fais plus prier pour le réveillon. C'est une fête qui me laisse indifférent mais j'aime beaucoup la passer avec Bernard et sa famille. Il ne renouvelle plus son invitation officielle, m'écrit seulement la veille : « N'achète rien, on t'attend à la même heure. » Sauf que je ne peux pas arriver les mains vides et que je suis toujours en avance. C'est un moment privilégié que je ne veux pas rater : avant le dîner, je peux passer du temps seul avec Bernard. Sans son enseignement et sa présence, je ne serais pas l'homme et le professionnel que je suis devenu.

Avec lui, le 31 décembre est moins le jour où poser un regard optimiste sur la nouvelle année qu'une occasion de réfléchir sur le passé. Je me souviens de l'homme extrêmement calme et sûr de lui, très fort sur le plan psychologique. Il aurait pu être chirurgien, j'en suis sûr. Encore aujourd'hui, lorsque j'exécute un geste techniquement difficile, je me rappelle ses explications et le revois en train de me le montrer. Pourtant, de lui, je retiens bien plus que ça. Il m'a aussi aidé à voir la vie dans tous les corps qu'elle avait quittés. Il n'y a pas de routine dans cette pratique. De l'extérieur, on pourrait le croire. Bien que je comptabilise entre soixante et quatre-vingts soins par mois, la quantité n'a pas d'importance. À chaque fois, j'ai un pincement au cœur, parce qu'il s'agit d'une personne, d'un alter ego.

Marie-Louise m'a envoyé un message pour me remercier du bouquet. Ses mots sont enthousiastes, reconnaissants. Pourquoi ne m'a-t-elle pas écrit plus tôt ? Je me demande avec qui elle a passé le réveillon. Aux funérailles de sa mère, il n'y avait pas de présence masculine à ses côtés. Et d'ailleurs, m'aurait-elle proposé un dîner si elle était en couple ? Je ne le crois pas.

Je n'ai pas pu me retenir de le raconter à Bernard. Il m'a poussé à l'action. Il a raison, maintenant c'est à moi de lui proposer une sortie. J'y avais bien évidemment déjà pensé, mais il a fait semblant de ne pas me croire.

J'ai acheté un nouveau costume que j'ai porté hier soir. La femme de Bernard l'a remarqué. Ça faisait tellement longtemps que je ne m'étais pas occupé de ma garde-robe. Il me faut de nouvelles chaussures. Leur petite Camille a seulement dix ans, mais elle m'a donné les dates des soldes et m'a suggéré des adresses pour mes achats en m'offrant de m'accompagner !

*16/01/2008*

Marie-Louise a accepté de me revoir. J'ai bien fait de faire les magasins, un beau costume procure de l'assurance. J'avais besoin de l'un et de l'autre puisque ma garde-robe n'est pas très fournie et le désir peut me faire trembler si je ne me sens pas à mon aise.

Elle m'a invité une nouvelle fois à monter chez elle après le café-concert où je lui avais proposé de passer la soirée. Mais il m'a semblé que la gaieté qu'elle avait affichée pendant des heures avait disparu au moment de rentrer. Elle était moins pétillante. Une retenue que je ne lui connaissais pas l'a rendue silencieuse, son air parfois distrait m'a heurté. Blessure narcissique, la mienne, somme toute banale. Je voyais bien que quelque chose de plus important que moi occupait ses pensées. Je me suis mis à l'écoute et j'ai pris chaque mot prononcé par elle comme un tremplin sur lequel rebondir, avant de plonger. L'attirer contre moi, je le voulais. Je l'ai suivie chez elle, j'ai pris sa main lorsqu'elle a commencé à me détailler les découvertes émouvantes dans les affaires, armoires, tiroirs de sa mère. Le passé revient comme un cadeau, ou une punition – je crois bien lui avoir dit cela. Mes mots, par ailleurs sincères, l'ont parcourue comme un frisson. Sa main a serré la mienne et m'a attiré vers elle. J'ai posé un baiser sur son front, avant d'embrasser ses lèvres.

Je lui envoie des fleurs. Encore des fleurs. Jeanne met de côté pour nous ses plus belles roses. Elles sont désormais rouges. Elle m'écoute quand je parle de mon métier, mais préfère regarder les photos des phases de construction de mon nouveau jardin miniature, même si elle se moque de moi qui passe de nombreuses heures, des soirées, à faire du faux avec de vraies boutures. Elle me dit, « Tu es une fille ». Elle se trompe terriblement. Je ne joue pas à la poupée, je me mets à l'abri du monde. Elle dit aussi, « Je veux être ton jardin, reste chez moi cette nuit ». La femme est puissante. Une main, la chevelure, la rondeur d'un sein suffisent pour abattre un homme. Je rampe jusqu'à elle qui m'écrase avec volupté. Souveraine, elle l'est pour moi. Une femme qui se donne avec tant de générosité, ça paralyse.

Je ne veux que ça, la voir, l'aimer, qu'elle m'aime, mais j'ai déjà réussi à la fâcher. Marie-Louise est une femme autoritaire, je dois apprendre à lui parler. Je lui ai refusé ma présence, un soir, sans réfléchir, j'ai tout de même un travail, et des obligations. L'amour n'empêche pas la réalité de nous gouverner, hélas. Je croyais qu'elle le comprendrait bien mieux que moi. Ce n'était peut-être que l'égoïsme de l'amoureuse, ou son impatience. Je l'espère, ça me ferait définitivement tomber à ses pieds, elle me laisserait enfin les lui lécher. Il n'est pas facile de se faire pardonner par une femme blessée lorsqu'on n'est l'auteur d'aucun affront. Marie-Louise est fière, j'ai dû me coucher et plaider coupable. J'ai eu l'impression de jouer, mais je crois que pour elle c'était très sérieux. Après, j'ai aimé la regarder lorsqu'elle croyait ne pas être vue. Comme un voyeur, je me suis tapi derrière une porte, j'ai glissé un œil dans l'interstice pour voler une image : elle scrutait son visage, a remis du mascara et relâché son ventre, s'est avachie sur une chaise, indolente.

*20/01/2008*

Je ne doute pas de ce qu'elle ressent pour moi. Son désir est visible, il est palpable, sa présence grisante. Je suis charmé et m'abandonne à ses charmes. Elle a la grâce de m'attendre dans la pièce emplie de son parfum, enveloppée dans de la soie ou de la dentelle, et l'impudeur de me jeter à la figure des mots crus, son désir brutal. Elle parle avec ses tripes, me prend comme un affamé dévore de la viande.

Elle est enveloppante, magique, jamais fragile, bandante. La vulgarité ne l'effraie pas, ça glisse sur elle qui a le don de savoir s'en servir et d'aussitôt s'en libérer.

Trois jours, j'ai envie de trois jours avec elle, un week-end qui me séduit comme un voyage autour du monde, ce genre de chose qu'on devrait toujours faire sans attendre. La proposition vient de Marie-Louise, cela me fait entrevoir du beau. J'ai posé un jour de congé le 14 février. Ça ne se refuse pas, la vie.

Je vais acheter des pulls à col roulé, il fait froid dans le

Finistère – c'est là qu'elle suggère d'aller –, et un nouveau parfum avec Camille, ma précieuse petite conseillère.

*27/01/2008*

J'avais pourtant été clair avec mon patron : je ne voulais plus être sollicité pour des rapatriements où le respect d'une confession religieuse interdit d'intervenir sur le corps du défunt. Il m'a trompé. Ni vu ni connu, je t'embrouille, la voilà sa philosophie que je ne partage pas. La nuit dernière, il m'a appelé. Bien que je passe souvent mes nuits chez Marie-Louise, je n'éteins jamais mon téléphone, toujours aussi rapide pour sauter dans mes vêtements et sortir, prêt à travailler. Sauf qu'une fois arrivé à la morgue de l'hôpital, j'ai vite compris. Il me suffit de voir les gestes rapides du personnel, leurs têtes baissées, et je sais qu'il faut agir rapidement, en catimini. Avant même d'avoir pris connaissance de son identité, je savais qu'il s'agissait d'une personne de religion juive. Un de ces corps qu'on ne peut pas toucher et pour lesquels on nous oblige à faire des soins factices. C'est pour ça qu'on nous appelle de préférence à 3 heures du matin, toujours tard dans la nuit, lorsqu'il est plus facile de passer inaperçu. On se limite à pratiquer une petite incision, sans plus, et une mise en bière rapide. L'affaire est close. Sans le soin, le fret aérien est interdit, le corps ne pourrait pas être rapatrié. Il n'y a que cette pratique qui permet d'être en règle avec la législation française, sauf que moi, je ne me sens pas du tout en règle avec ma conscience. J'ai honte. Apposer ma signature sur un faux document, ça me fait vomir de rage.

Je ne pouvais pas aller chez Marie-Louise après ça. Elle comprendra. Je n'ai pas pu dormir.

*3/02/2008*

J'ai attendu trois quarts d'heure devant l'hôpital.

Elle est sortie, tête baissée, pas rapide, et ne m'aurait pas vu si je ne l'avais pas appelée. Figée sur place, elle m'a regardé en prenant un air hébété. Serait-ce la surprise, le bonheur de me voir ? « Je voudrais te raccompagner chez toi », lui ai-je dit lorsqu'elle m'a rejoint. Je savais que sa voiture était en réparation. Elle m'a remercié, et sans m'embrasser elle est vite montée dans la voiture. Le silence s'est installé et j'ai plongé dans un gouffre d'inquiétude et d'incompréhension. La femme assise à mes côtés demeurait droite, immobile. Je ne voyais plus la route, seulement ma légèreté naïve, une maladresse certaine aux yeux d'une femme solidement ancrée dans le réel et forte de son autonomie. Lorsqu'elle m'a demandé d'une voix posée, douce, de ne pas l'accompagner chez elle puisqu'elle était attendue chez son amie Sandra, j'ai retrouvé mon calme et un peu de lucidité, « Pardon. J'aurais dû te prévenir ».

Il y a des élans du cœur tout à fait dangereux. Je me suis senti niais et prétentieux. Pour détendre l'atmosphère, elle a commencé à me parler de son amie, comme pour se justifier, en déclarant qu'il fallait l'accompagner parce qu'elle était enceinte après avoir tenté plusieurs fécondations in vitro, et qu'il était important qu'elle se sente entourée, câlinée, aimée. Elle connaît Sandra depuis l'école, l'enfance, l'adolescence. Depuis toujours. Elle s'est arrêtée de parler lorsque je me suis garé tout près de chez son amie. Je l'ai embrassée et lui ai dit, « Je crois vraiment que je t'aime ». Marie-Louise a ri des yeux et, avant de claquer la portière, m'a lancé, « Je préférerais que tu en sois certain ». Son sourire espiègle de femme retombée en enfance m'a laissé songeur.

*6/02/2008*

Le dernier bouquet que je lui ai offert souffre le martyre. Pas d'eau dans le vase en cristal. Quelques pétales sont déjà secs. Je le porte dans la cuisine et ouvre le robinet. Marie-Louise me suit d'un pas rapide, me pousse en voulant me l'arracher des mains.

– Je ne t'ai pas demandé de le faire !

Elle est peut-être fatiguée. Ça peut bien arriver de ne pas être aimable. Je m'en vais, tout simplement, pendant qu'elle remplit d'eau le vase.

Il y a des jours sans lumière.

*8/02/2008*

Au téléphone, elle m'a dit qu'elle ne pouvait plus partir en week-end, que son père était quand même plus important, qu'elle devait rester avec lui, qu'il n'était pas bien depuis le décès de sa mère, qu'il fallait que je le comprenne et que c'était comme ça.

Je comprends.

« Moi aussi, lui ai-je dit, je vais régulièrement voir mon père à la campagne. » Ce que je ne comprends pas, c'est le ton de reproche et son agacement lorsque je lui ai demandé quand nous pourrions nous retrouver.

« Je ne sais pas », a-t-elle aboyé.

Jenesaispas-jenesaispas-jenesaispas-jenesaispas.

Je ne sais pas où je me suis arrêté avec ma voiture après le travail, je ne connais pas les bars. Un homme bedonnant au crâne chauve et à la barbe fournie m'a servi plusieurs bières. Je comptais les petits grains de sucre blanc épars sur le comptoir. Je recommençais. Une larme venait de temps à autre troubler ma vue. Il m'a demandé si j'avais perdu quelqu'un. J'ai fait non de la tête. « Alors il s'agit d'une femme », a-t-il avancé, sûr de lui, pendant qu'il essuyait des verres. Il a décidé à ma place que je devais arrêter de boire. Il m'a dit, « C'est ta dernière et c'est pour moi ».

J'ai oublié où se trouve ce bar dans lequel j'avais échoué. J'espère le retrouver un jour, en toute sobriété, pour aller remercier cet homme qui m'a servi.

*15/02/2008*

Le dernier soin d'aujourd'hui – celui de trop ? – était dans une maison de retraite. Je me souviens à peine du défunt, cela ne m'arrive jamais d'oublier aussi vite. Je n'en garde qu'une image, celle de ses mains aux ongles soignés, de ses doigts effilés et de sa peau claire, presque pas de taches. Ces mains que la vieillesse n'avait pas saccagées, je les ai serrées dans les miennes. Je réagis toujours instinctivement et me laisse guider par ce que je ressens. Je regrette mon trouble, et ma fatigue. Les accidents, cela peut toujours arriver. Il suffit d'un rien pour faire un faux mouvement, sans compter que quelques personnes étaient rentrées et sorties de la chambre froide. Parfois, cela me perturbe. Le tuyau de transfusion s'est déconnecté au moment précis où mon téléphone a vibré dans ma poche. Il y a eu des projections un peu partout, notamment une goutte de formol dans mon œil droit. J'ai cru devenir fou. Je me suis précipité dans le couloir à la recherche d'un robinet et je suis resté un bon moment sous le jet. La douleur a été forte, ma peur aussi. Heureusement, la cornée n'est pas atteinte.

Les vibrations du téléphone, ce n'était pas Marie-Louise. J'attends toujours une réponse à mes messages de ces derniers jours. Aurais-je risqué un œil pour quelques mots d'elle ?

Mon dernier jardin miniature attend sous le lit. Il me paraît soudain important de penser au puits ancien que j'ai dessiné dans les moindres détails, au plâtre pour le réaliser et au banc, vieilli et légèrement bancal, que je veux poser dans le jardin. Dehors, il pleut à verse. Tant mieux, j'ai envie de courir.

Je voulais seulement savoir si elle désire encore partager avec moi le quotidien, une crêpe, un cinéma, une balade, du shopping, des jeux de société, les amis, la famille, nos goûts, des souvenirs d'enfance, des photos, plus de mots, toujours plus, des pique-niques, des loisirs, des repas. Un karaoké ?

*27/02/2008*

Depuis dix jours, je rôde, invisible.

Toujours pas de réponse de sa part. Je ne comprends pas.

*10/03/2008*

Cette nuit j'ai été appelé d'urgence. Disponible à tout moment pour ceux qui nous quittent, je m'accroche à ceux qui restent. À 7 heures du matin j'étais posté à une cinquantaine de mètres de son domicile, dissimulé derrière les poubelles en attente du camion des éboueurs. Je l'ai regardée partir. Elle a vu les pétales bleus disséminés au sol, près de sa Golf, les a piétinés. C'étaient des faux, pris dans ma réserve pour la création des maquettes. Elle portait un manteau beige que je ne lui avais jamais vu, des escarpins couleur chair. L'humeur est printanière. Serait-elle heureuse ?

*2/04/2008*

Elle ne m'a pas dit « c'est toi », ou « ce n'est pas toi ». Sauf que je sais.

C'est moi.

Marie-Louise ne peut plus se comporter comme si je n'existais pas. Elle a beau me dire qu'il est trop tôt, qu'à son âge les fausses couches sont plus nombreuses que les grossesses menées à terme, qu'elle n'est pas sûre de le garder, qu'elle est la seule responsable et qu'elle n'a pas besoin d'un homme dans sa vie.

Je ne suis pas tout simplement « un homme ». Je suis le père. Je veux cet enfant, et je veux sa mère aussi.

Je n'en démordrai pas. Je vois bien qu'elle sécrète du bonheur. Regard liquide, traits lissés, peau éclatante. Ce n'est pas le travail d'une esthéticienne. Ce n'est pas non plus l'effet d'un élixir de jouvence. Pas de diablerie. Rien que le miracle de la vie.

*29/04/2008*

Je me suis remis à travailler pendant mes heures creuses et mon temps libre. Jeanne m'y pousse. Elle réclame mes œuvres. Cela me flatte, et m'aide à penser… à rien.

J'ai arrêté d'envoyer des messages à Marie-Louise. Elle a décidé de ne pas me parler. Son comportement est affligeant. Néanmoins, le fait de savoir qu'elle porte dans son ventre un futur enfant qui serait aussi le mien me bourre d'énergie. C'est l'événement le plus joyeusement puissant de toute ma vie. Jeanne m'a conseillé de rester en retrait quelque temps, « Le moment viendra où elle aura besoin de toi ! ». Elle est sûre de ce qu'elle dit. J'ai envie de la croire.

*5/05/2008*

J'étais arrivé à l'hôpital avec tout mon matériel. Je connais par cœur les couloirs conduisant à la chambre mortuaire, mon regard n'a pas besoin de chercher, il est souvent rivé à mes pieds. J'ai toutefois levé la tête en direction de quelques bruits devant moi. D'habitude, personne n'attend le thanatopracteur près de l'entrée interdite aux visiteurs. Pourtant, j'étais sûr que le vieillard accroché à sa canne voulait me voir. Il me fixait de ses yeux tristes. Le pull vert à col rond et rayures bleues m'a rappelé ceux de mon père. J'ai remarqué les poignets usés de sa chemise lorsqu'il m'a tendu la main pour serrer la mienne. Il m'a dit être le mari de Jacqueline. Son regard s'est ranimé dans un sourire rêveur. D'une main timide, il m'a donné un rouge à lèvres. « C'était son préféré, m'a-t-il dit, Jacqueline ne sortait pas sans maquillage, elle aimait beaucoup sa bouche. » Je lui ai promis de le lui mettre. Il m'a retenu par le poignet, m'a proposé des boucles d'oreilles. Pour les bijoux, je conseille toujours d'attendre la mise en bière. Les voleurs n'ont pas peur des morts. Je l'ai quitté en lui faisant la promesse de dire à son épouse qu'il l'aimait.

Les obsèques sont prévues dans deux jours. J'ai déshabillé la dame de quatre-vingt-dix ans et constaté que le corps n'avait pas besoin d'un soin de conservation. La maudite marge ! Pour ça, on est capable de tout vendre, surtout du travail inutile. Je me demande souvent combien de temps encore je serai capable de faire ce métier. La mort n'est pas un produit. J'ai rhabillé la dame. Avant de la quitter, je l'ai maquillée, surtout ses lèvres.

Dans le couloir, son mari était toujours là. Il m'avait attendu. À sa voix tremblotante qui demandait, « Comment va-t-elle ? », j'ai répondu que Jacqueline se portait bien et que ses lèvres étaient rouges. Je lui ai rendu le rouge à lèvres et l'ai prévenu qu'il n'allait pas être facturé pour le soin, en lui recommandant de faire bien attention à la note.

J'ai cessé d'obéir lorsqu'on m'impose d'arnaquer. Et tant pis si un jour on ne veut plus de moi.

*15/06/2008*

Sandra m'a appelé au secours. Marie-Louise est alitée, elle doit absolument suivre les conseils de son médecin et ne rien faire d'autre que se reposer. Nous sommes au cinquième mois de grossesse, elle a dû arrêter de travailler. Devant moi, il n'y a plus une forteresse imprenable, mais une femme fragile, fatiguée, qui supplie le ciel, Dieu, le destin, sa mère, de protéger son enfant. Le mur s'est fissuré, je me suis glissé dans la faille. Je suis là, prêt à tout. Désireux d'être papa et d'aider la maman.

On ne dort pas trop mal sur le canapé de Marie-Louise. De temps en temps, j'ai la permission de la serrer contre moi dans le lit, sous la couette.

Hier, j'ai su que c'était une fille et qu'elle s'appellerait Lou.

Ça me plaît, Lou.

*3/07/2008*

On avait d'abord regardé sur internet, je lui avais aussi fait voir les photos que j'avais prises dans le magasin. J'ai enfin acheté le berceau, la baignoire, la table à langer, la poussette, une armoire, la veilleuse, les draps, des gigoteuses. Un bouquet de roses rouges pour Marie-Louise. Elle a dit oui pour vivre ensemble. De toute manière, je ne conçois pas de ne pas habiter sous le même toit que ma fille. J'ai résilié le bail de mon appartement deux pièces. Pour le moment, je peux confier mes outils et mon matériel à Jeanne. Elle saura en prendre soin.

*18/08/2008*

Le bureau de Marie-Louise a été transformé en chambre pour bébé. Je m'en occupe avec trop d'enthousiasme. Elle veut du calme, et du silence. Elle lit des livres pour future maman, et dort. Elle a beaucoup grossi, son ventre est énorme et les quelques fois où elle est obligée de se lever et de marcher, j'ai l'impression de voir une barque onduler paresseuse sur de l'eau parfaitement plate. Elle bouge au ralenti, soutient son ventre d'une main comme s'il allait tomber, souffle comme après une course. Marie-Louise ne veut pas que je la regarde. Je la trouve si belle, si émouvante. Apparemment, je l'énerve. Mais lorsqu'elle est de meilleure humeur, elle me laisse toucher son ventre et y plaquer l'oreille pour échanger avec Lou. Parfois le bébé bouge. Impossible de retenir mes larmes.

*2/09/2008*

La chambre de ma fille doit être une fenêtre ouverte sur l'univers. Pendant plus de trois semaines, j'ai travaillé les murs.

Aujourd'hui, j'ai fini son ciel.

Quand il fait nuit et que j'éteins la lumière, la pièce se transforme en un microcosme à la voûte céleste parsemée de petits grains étincelants. Il y a cent cinquante et une étoiles accrochées au plafond, plus sept étoiles filantes. Des vœux, et des désirs à réaliser, elle en aura pour toute sa vie.

*15/10/2008*

La dernière nuit n'avait rien d'une nuit. Le soleil s'est refusé à partir et, pour une fois, j'étais d'accord avec lui. Je l'ai regardé s'étirer paresseux dans un ciel rose vif et rouge pourpre avec çà et là quelques éclaboussures de bleu. Le monde voulait se montrer sous sa plus belle lumière. C'est ce que je te dirai lorsque tu me demanderas de te parler de ta première nuit et de ton premier jour.

J'ai sorti le rasoir ancien pour les occasions exceptionnelles mais, dans le miroir, ce n'était pas moi. Je ne l'avais jamais vu, cet homme au sourire bancal, vaincu par le bonheur. On me l'avait pourtant dit, c'est terrassant, le bonheur d'être père.

Dans le sac, j'ai mis des pantoufles et du linge propre. Il se pourrait qu'on passe du temps ensemble, toutefois je n'oublie pas la règle numéro un : « Ne pas s'imposer, la mère est fatiguée. » On s'est quittés il y a seulement quelques heures mais j'ai l'impression que l'éternité s'est immiscée entre nous. Toute petite Lou, et déjà si grande, importante, immense.

Ta peau plissée de bébé. Ton cri. Le sang et les humeurs. Ton regard qui inspecte la pièce comme pour s'assurer que tout est à sa place, et que la tienne est avec nous.

Naître est toujours une victoire.

*16/10/2008*

Attendre la naissance d'un enfant, c'est espérer la venue du Messie. Moi qui côtoie la fin de vie, je me suis mis sérieusement à réfléchir au commencement, à l'instant précis des premières fois, comme si je pouvais revenir au monde avec toi. J'ai commencé à jeûner une dizaine de jours avant la date prévue de l'accouchement, j'ai porté des lunettes de soleil et des boules Quies pour inhiber mes sens : j'espérais que le monde redevienne une découverte et j'imaginais la partager avec toi. À commencer par le petit déjeuner pris à la cafétéria de l'hôpital, la couleur bleue du T-shirt de la serveuse et le tintement des verres. J'ai eu l'impression d'aller au bout des sensations et de me laisser émouvoir par un rien qui était déjà tout : une vieille dame dans le hall qui pousse une chaise roulante, une main tendue, le premier café de la journée. Après une naissance, le monde nous comble de ses perfections. Pendant un jour, ou plusieurs années.

Dans la chambre 22, Marie-Louise est totalement absorbée par le bébé. Contemplative, absente. Elle admire l'œuvre parfaite sortie de son ventre. À vous regarder, j'ai l'impression que vous vous connaissez et que vous vous comprenez à la perfection, je ne suis que le témoin de votre fusion. Pendant et après l'accouchement, Marie-Louise a beaucoup pleuré. Moi aussi, mais ce ne sont pas les mêmes larmes. Ma peau ne s'est pas déchirée, ton cœur n'a pas battu dans mon ventre. De temps à autre, la mère répète, extatique, « Elle est sortie de moi ». Je vous regarde, mais sans parler. Marie-Louise me l'a demandé : elle veut entendre ta respiration, pas ma voix. Mon mutisme est béat, hébété face à la mère et à son enfant. Plongé dans son ignorance, un homme ne peut que tourner autour de ce couple. L'enfant est à la mère : elle le dit, ou elle le pense. Cela fait sans doute partie de la démesure de son amour.

Une infirmière est arrivée au moment où tu étais en train de te réveiller. Nous étions trois, penchés sur le berceau. Tu n'as qu'un jour. Une douzaine d'heures de vie, pour être exact. J'ai eu la chair de poule pendant que je te regardais nous regarder. Tes yeux étaient tout à fait ouverts, ils nous questionnaient, mais ta bouche tétait dans le vide. Ta mère t'a prise dans ses bras, tu t'es accrochée à son sein comme une ventouse. J'aurais voulu prendre une photo, mais elle m'a dit, « Non, je suis trop fatiguée ». Il n'y aurait eu que ton visage sur ma photo, pas le sien. Je voulais garder l'image de ta succion appliquée, et de ton extase. Ce sera vite oublié, cette façon primitive d'exister. Voilà ce que je voulais photographier.

L'infirmière, qui parlait d'allaitement et exhortait Marie-Louise à continuer le plus longtemps possible, a dit que tu ressemblais beaucoup à ton papa. Marie-Louise n'était pas d'accord.

Moi, je pense que tu ressembles à toi-même et à personne d'autre.

*18/10/2008*

Je suis atterré. J'ai raté ta sortie d'hôpital !

Mais était-ce bien ma faute ?

Je suis arrivé à 13 heures pétantes. C'est ce que Marie-Louise m'avait demandé, j'en suis sûr, mais l'infirmière m'a annoncé que Mme de Guesclin était déjà partie. Déjà partie ? J'étais tellement impatient de t'emmener chez toi.

La mère m'a ouvert, triomphante, enfin chez elle, avec toi dans ses bras. Elle m'a dit que, puisque je n'étais pas là, elle avait appelé Sandra et qu'importe si j'avais mal compris, l'essentiel était qu'elles soient bien rentrées. Je voulais te prendre dans mes bras, la mère a dit non. Tu venais de manger, elle attendait le petit rot avant la sieste. Je t'ai regardée dormir, assis près du berceau, convaincu d'être à ma place.

Ton odeur volette déjà partout. Mes narines demandent seulement de te respirer un peu, tous les jours, là où la peau exhale un parfum d'enfance.

*9/11/2008*

Marie-Louise se cache. Elle m'interdit d'entrer dans la salle de bains lorsqu'elle prend une douche – toujours pendant une de tes siestes –, elle me dit, « Ne me regarde pas ».

Le corps d'une femme qui a accouché est un corps à la fois glorifié et supplicié. Son allure est parfois incertaine, je l'ai vue hésiter avant de s'asseoir, je lui ai offert le bras pour se relever. Je sais pour l'épisiotomie, j'ai deviné l'incontinence post-partum, je comprends son mal-être. Elle hésite à s'inscrire à la rééducation périnéale. Je vais la pousser à le faire. Cela me fait de la peine de voir qu'elle déteste son ventre serré dans les culottes de contention, strié peut-être de vergetures, et qu'elle cache ses cuisses imposantes avec un fuseau noir et un T-shirt XL. Je fais semblant de tout ignorer. La vérité est que j'ai souvent envie de lui dire qu'elle est rayonnante. Marie-Louise penserait que je me moque. Pourtant, c'est vrai : la mère en elle rayonne.

*5/12/2008*

Aujourd'hui, tu as souri pour la première fois.

Je te berçais dans mes bras pendant un court moment d'absence de Marie-Louise. Sortie de la salle de bains, elle se dirige vers nous, son corps déjà en demande de toi. Sans son bébé, elle est amputée de l'essentiel. La mère récupère sa fille, ronronne, s'extasie. Tu souris, à nouveau, et la mère s'esclaffe, sautille, danse avec toi, crie, « Tu as vu, tu as vu ? C'est à moi qu'elle a fait son premier sourire, c'est à moi ».

*20/01/2009*

Ta maman vit dans l'angoisse permanente que tu n'aies pas assez mangé. Pourtant, il me semble que tu es attachée à son sein aussi puissamment qu'elle est attachée à toi. Des deux, je me demande qui est la plus avide. La petite fille aux lèvres en ventouse ou la mère s'offrant à tout moment. J'aime te voir, appliquée, tenir fermement le mamelon, pendant que ton front se plisse jusqu'à ce que tu desserres les lèvres et fermes les yeux. C'est cela, pour le moment, ta vie. Les mains de Marie-Louise exultent au contact de ta peau douce, elles en semblent le prolongement. Je ne peux que regarder la danse de ses mains et de ta bouche, cette affaire de corps qui ont grandi ensemble. Je n'ai jamais vu une femme offrir son sein avec autant d'empressement. Elle est plus impatiente que toi, rapide, un seul geste et slash, la mamelle jaillit comme une fleur épanouie. Le spectacle est fascinant. Marie-Louise vit une véritable extase. J'aimerais qu'elle m'en parle, j'aurais au moins l'impression de pouvoir y participer, mais elle n'en dit jamais rien.

Je ne suis qu'un homme.

Je suis le père.

Peu de chose face au vertige : la mère et son bébé.

Tout près de vous deux, j'ose prononcer des mots d'amour, lancer un sourire, ou des fleurs. Je suis le pachyderme rigolo mais importun. Un corps d'homme n'aura jamais votre grâce, la sensualité asexuée de vos corps. Parfois, quand je m'approche, j'ai l'impression que quelque chose en Marie-Louise se crispe, comme si elle ne tolérait plus ma présence. J'ai compris, mais c'est dur de l'entendre, « Tu ne vois pas que tu la déranges ? Tu bouges trop, tu vas attirer son attention et elle ne pourra pas se concentrer. Sors de la pièce, s'il te plaît, attends que je termine de l'allaiter ». Suis-je donc l'intrus qui vient troubler l'harmonie ? Je recule et disparais derrière une porte, l'oreille tendue pour tisser tout de même le fil.

La mère, jouisseuse, propose ses beaux seins, gonflés et chauds, toutes les deux heures. Elle est éternellement assise, comme aspirée par le canapé, ne faisant qu'un avec le coussin d'allaitement qui est son complice. Cela se passe sous mes yeux lorsque je pars travailler, et lorsque je rentre, comme si vous n'aviez jamais arrêté, toujours enlacées l'une à l'autre. Elle est envoûtante, votre relation. Marie-Louise ne veut pas te lâcher un seul instant. Hier, je l'ai surprise assise sur le water avec toi dans ses bras. Cette nuit, je sais quel sera le combat. Le même que toutes les nuits : elle t'endormira au sein, elle essaiera de te mettre dans le berceau, tu ouvriras l'œil pour pleurer, elle te donnera à nouveau le sein et ainsi toute la nuit.

*8/02/2009*

Cela arrive rarement que Marie-Louise m'accorde le temps d'une balade. Seulement toi et moi. C'est exceptionnel, comme la migraine carabinée qui l'a obligée à s'isoler dans l'obscurité de sa chambre, cet après-midi. Ça tombait bien, j'avais ma journée libre après avoir été appelé pour un soin urgent vers 3 heures du matin. Le temps était clément, le ciel sans nuages, nous avons opté pour le parc.

Un homme avec un bébé appelle des gentils regards, des sourires complices. Les femmes nous voient et nous font savoir qu'elles aiment ce qu'elles voient. Cela me remplit d'orgueil et d'une joie paisible qui dure des heures. Un goût de bonheur. Dans ta poussette, ton regard s'élève toujours plus haut que les branches sans feuilles. Tu veux du ciel. Ce n'est pas parce que tu ne sais pas encore parler que tu ne dis rien. J'ai compris que tu es attirée par l'immensité. Jeune femme, tu partiras à sa conquête. Pour l'instant, dans ta combi-pilote, tu n'es qu'une magnifique petite fille.

*5/03/2009*

Marie-Louise a obtenu une autre prolongation de son congé maternité. C'est ce qu'elle dit. Je me demande si elle n'est pas en arrêt maladie ou si elle n'a pas demandé une disponibilité. Elle n'arrive pas à envisager la possibilité d'une crèche, d'une nounou – et moi, donc ? –, pour s'occuper de Lou lorsqu'elle ne pourra plus le faire 24 h/24. Elle refuse d'en parler, de se justifier. Marie-Louise est souveraine. Ça me choque, je voudrais la raisonner. Aujourd'hui, elle m'a toutefois ému. De sa voix tremblotante, elle m'a susurré à l'oreille qu'elle se sentait vidée, qu'elle était folle de Lou, que tout lui paraissait si beau, si difficile. J'ai voulu parler, mais elle m'a serré dans ses bras, m'a embrassé sur la joue. C'est la première fois qu'elle vient chercher un contact, ma peau peut-être, depuis les mois qui ont précédé l'accouchement. Elle a peur, m'a avoué penser au jour où elle devra se séparer de Lou. Que pouvais-je lui dire d'autre sinon qu'elle ne se séparerait jamais d'elle ? La vie est constellée de séparations, m'a-t-elle rappelé, persuadée que je ne peux pas comprendre, car je ne suis pas la mère, et que Lou a tellement besoin de sa maman.

*24/03/2009*

Élodie Hamel

Jeune femme de trente-cinq ans décédée des conséquences liées à son obésité. Cas techniquement difficile. Très grande quantité de liquide injecté, manipulations à hauts risques, habillage presque impossible. Son corps de cent quarante kilos prenait toute la largeur du lit.

À califourchon sur elle pour essayer de lui mettre une chemise et une jupe (il ne fallait surtout pas qu'on me voie faire), j'ai éclaté de rire. Ce n'était pas seulement nerveux. C'était réellement, tragiquement comique.

Le soin a duré plus de trois heures. Je n'ai jamais mis autant de temps, mais je suis parti soulagé. Il est fréquent, dans ce genre de cas, que ce soit un échec et qu'on n'arrive pas au bout du travail. J'en ai entendu des vertes et des pas mûres…

*19/04/2009*

Depuis que la pédiatre nous a conseillé de démarrer la diversification alimentaire, je me suis remis aux fourneaux. J'achète des brocolis et des fruits bio. Je prépare des compotes de pommes qui me ramènent à l'époque où ma mère sentait la vanille et où ma vie avait la saveur du miel. Marie-Louise me regarde consternée, elle est persuadée qu'il est trop tôt pour les légumes et la viande. Elle trouve toujours un prétexte pour que tu ne goûtes pas à autre chose qu'à son lait. Pourtant, tu aimes ce que je prépare pour toi. Les premiers essais étaient tout à fait encourageants. Je dois néanmoins être vigilant. J'ai compris que, lorsque je suis absent, Marie-Louise met à la poubelle mes légumes et les purées combinant pommes de terre et viande maigre.

J'ai insisté pour être présent lors du rendez-vous avec la psychologue. Marie-Louise a choisi d'aller consulter celle de sa meilleure amie Sandra, elle est inquiète, elle pense que tu as des problèmes. Tu te réveilles cinq ou six fois par nuit. Lorsque la psychologue nous a exhortés à poursuivre la diversification et nous a demandé d'arrêter l'allaitement, car ce sont des signaux contradictoires, j'ai eu la hardiesse de mettre les pieds dans le plat. Marie-Louise n'arrive pas à refuser le sein et ne veut pas croire que les purées avec de la viande maigre sont de la nourriture pour enfants. Trois quarts d'heure de séance pendant lesquels j'ai religieusement écouté sans pouvoir prendre la parole, jusqu'à réussir à m'imposer quelques minutes avant la fin, « Lou n'a pas de problème, je pense qu'il faut arrêter de lui donner le sein, c'est tout ». La psychologue a acquiescé. Marie-Louise n'a pas parlé. En sortant, elle a dit seulement, « Tu ne comprends rien, tu n'es pas sa mère ». C'est devenu son leitmotiv.

*25/05/2009*

À 3 h 16, j'ai ouvert les yeux et bougé mon bras gauche ankylosé. Depuis le canapé, j'ai entendu tes gazouillements se transformer en larmes. J'ai galopé vers toi dans l'effort pathétique de devancer la mère. Je t'avais dans mes bras, voulais te rendormir, mais Marie-Louise est arrivée, les cheveux en bataille et le regard qui me fusillait. Elle s'est mise à tirailler ton body, ta jambe. Elle me foutait des coups de pied et a crié, « Lâche ma fille ». Je l'ai repoussée et suis sorti de la chambre en essayant de fermer la porte.

J'ai honte, cette scène est honteuse.

Marie-Louise a d'abord fait glisser son pied, puis un bras dans l'entrebâillement, sa voix est montée dans un cri féroce. J'ai baissé les bras, impuissant. Je t'ai rendue à ta mère.

Je n'ai jamais frappé une femme. Jamais je n'oserais.

Pourtant, je me suis vu le faire. Pendant qu'elle se dirigeait vers le salon, soulagée avec toi qu'elle cajolait, j'ai imaginé mon poing dans sa figure. Mais je l'ai simplement aidée à s'installer avec le coussin d'allaitement sur le canapé où je passe mes nuits. Qu'est-ce que je pouvais faire d'autre ? Je me suis éclipsé dans la cuisine et j'ai attendu le signal pour retourner dans la pièce où elle trônait avec toi. Je me suis résigné à retrouver le sommeil après avoir sacrifié tant de rêves. Mais je n'y suis pas arrivé, mon corps tremblait de colère et d'inquiétude. Je suis un homme désarmé par amour.

Je me suis levé et suis sorti en veillant à ne pas faire de bruit. J'avais l'impression de suffoquer, ratatiné sur le canapé, où mon mètre quatre-vingt-dix de membres ankylosés est obligé de dormir à l'écart du couple formé par la mère et son enfant. Je pourrais tout accepter par amour pour toi. Mais faut-il accepter de disparaître ? Fiévreux, au volant, mes yeux étaient rivés sur la chaussée, ma colère toujours là. J'ai roulé les vitres baissées, sans autre destination que celle d'une décision à prendre. Faut-il foncer tout droit devant ?

*10/06/2009*

Marie-Louise a réagi à ma protestation en me faisant remarquer qu'elle était chez elle et qu'elle seule pouvait prendre des décisions concernant son appartement. Elle veut que je m'en aille vivre ailleurs pendant l'été. Son père ne supporte plus la solitude, et la maison familiale sera trop chaude en cette période de l'année. Il emménagera donc chez sa fille quelques mois. « Ce n'est quand même pas la mer à boire, m'a-t-elle dit, et ça va peut-être durer moins longtemps que prévu. » Elle a essayé de me rassurer en me disant qu'elle s'est organisée pour démarrer des petits travaux et installer la climatisation, qu'elle trouvera une aide-soignante, une femme ou un homme à tout faire, et qu'elle sait bien que pour moi il est très important de te voir mais qu'il suffira de s'entendre sur des créneaux horaires pour que je puisse venir te chercher.

Comme d'habitude, Marie-Louise a tout prévu et a eu l'audace de me suggérer d'aller chez Bernard en attendant, « De toute manière, tu n'as pas beaucoup d'affaires, je ne te demande pas de faire un déménagement ! ».

Bernard a une femme et une enfant. Un canapé aussi. Il m'a proposé de venir, c'est un ami. Toutefois, si ça devait durer, je ne m'imposerais pas.

*17 juin* – Marie-Louise m'écrit : « Ne viens pas. Lou est malade, mon père déprimé. Merci de ta compréhension. »

*23 juin* – Marie-Louise m'écrit : « Je t'attendais hier, visiblement tu n'as pas compris. Je ne suis pas à ta disposition. Je te ferai signe pour le prochain rdv. »

*30 juin* – Marie-Louise m'écrit : « Je ne veux pas que tu gardes Lou pour le week-end. Tu n'as pas de logement et puis comment tu vas faire pour la nourrir ? Elle tète toujours. Une balade comme la dernière fois, c'est très bien. »

*2 juillet* – Marie-Louise m'écrit : « Je pars avec mon père qui a besoin de bains de mer. Juste quelques jours. Je te tiens au courant. »

*8/07/2009*

Un mur est en train de pousser comme de l'herbe folle. Tu te caches derrière et disparais tous les jours un peu plus. Je rêve de toi, je parle avec toi, mais tu n'es pas là.

J'ai eu besoin d'aller chercher à l'appartement la paire de chaussures que je porte l'été. Marie-Louise n'a pas répondu à mon appel.

Elle a changé la serrure.

Moi, muet, pétrifié devant la porte, une statue en marbre aux yeux vides. Pendant des minutes, ou des heures ? Après ce laps de temps incalculable, j'ai appelé la femme de ménage et je lui ai dit que j'avais égaré la clé. Dans l'appartement, il n'y a nulle trace de la présence de M. de Guesclin. Le lendemain, j'ai rôdé autour de chez lui et je l'ai vu sortir tout seul, avec sa canne.

*25/07/2009*

Ses cheveux étaient épais. J'aimais les renifler, ils avaient l'odeur de l'écorce des arbres. Ma mère adorait se coiffer, elle possédait différentes brosses. Je me souviens lui en avoir offert une pour son anniversaire.

Elle venait me chercher à la sortie de l'école. L'hiver, elle portait un manteau de fourrure noir. Ça brillait comme de la soie. Comme ses cheveux. De retour chez nous, elle le posait sur le dossier du fauteuil et disparaissait dans la cuisine. Je m'approchais à pas feutrés de la tache sombre et je m'enveloppais, couché en boule, dans sa chaleur, noyé dans son parfum. À 19 heures, elle revenait dans le salon, je me levais et lui rendais sa fourrure. Mon père n'allait pas tarder à rentrer et moi, j'allais prendre mon bain.

J'aime les femmes qui soignent leur chevelure. Je l'avais tout de suite remarquée, la brillance sur le rouge auburn des cheveux de Marie-Louise, et la mise en plis qu'elle ne pouvait pas faire toute seule.

*1/08/2009*

Au bout du fil, Marie-Louise dit qu'il n'est pas important de savoir où vous êtes. « On va bientôt rentrer, j'avais juste besoin d'être seule », se justifie-t-elle. Elle s'excuse pour la clé, un problème avec la serrure, elle n'avait pas l'intention de m'empêcher d'entrer. D'ailleurs, j'ai repris ma place dans l'appartement après trois semaines passées chez Bernard. J'attends leur retour. Chaque jour me serre à la gorge comme une menace. Faut-il comprendre ou condamner ? Je préfère comprendre – elle avait besoin de faire le vide autour d'elle –, me rappeler que cette femme est la mère et que je suis tombé, heureux, entre ses cuisses blanches comme un gamin se précipite vers l'âge adulte, en espérant joie et amour.

Je suis retourné voir Jeanne. Elle voulait savoir si je suis heureux.

*18/08/2009*

Dans ton lit, tu somnoles.

Tu es revenue la peau légèrement dorée, habillée d'une robe blanche et de sandales en cuir, blanches aussi, avec une fleur fixée aux lanières laissant apparaître les petits orteils, gracieux comme des pétales. Je les ai effleurés d'un seul doigt. Ça t'a fait rire. La mère a cédé à tes bras tendus et elle t'a confiée à moi pendant qu'elle s'occupait des valises et des sacs. Tes cheveux ont poussé, la mèche disciplinée par une barrette te donne un air de petite fille. Tu as franchi une première étape de ta vie, tu n'es plus un bébé. Un mois et demi est passé depuis votre départ.

Six semaines qui ont sensiblement redessiné les traits de ton visage ; mis dans tes yeux une petite lueur intense, une flamme vive d'où tu verras se déployer un monde de plus en plus grand, captivant, complexe. Bientôt, les premiers pas. Les mots. L'avalanche des émotions.

Je te regarde dormir. Tu m'as manqué.

J'ai reproché à Marie-Louise de ne pas m'avoir envoyé de photos de toi, d'être partie comme une voleuse et d'avoir agi comme si je n'existais pas. Elle s'est enfermée dans la salle de bains.

*20/08/2009*

Rentré du travail après une nuit où j'ai été appelé d'urgence, l'appartement était plongé dans la pénombre, rempli de silence. Dans ta chambre, tu étais avec ta maman, toutes les deux allongées à même le sol, sur un lit que Marie-Louise avait improvisé avec coussins et couvertures. Comme un jeu. Je me suis approché, tu t'es glissée loin de l'étreinte maternelle pour marcher à quatre pattes. Marie-Louise s'est tournée vers moi pour me dire qu'elle était vidée, folle d'amour pour sa fille. Et qu'elle ne pouvait plus repousser la reprise de son travail. J'ai exulté intérieurement. Les absences de la mère seront une aubaine pour moi, désireux de passer plus de temps avec toi.

*17/09/2009*

Depuis hier tu es malade, je m'occupe de toi. Marie-Louise a trouvé une crèche, c'est le lieu parfait pour attraper des maladies. Tu as une rhinopharyngite, je t'explique

que c'est banal et plutôt récurrent chez les petits enfants de ton âge. J'ai remarqué que tu es attirée par les voix.

*29/10/2009*

J'ai dû m'occuper d'obsèques parce que le maître de cérémonie était malade. C'est exceptionnel. Tout est à peu près exceptionnel depuis quelque temps. Il a suffi d'un départ à la retraite et d'un arrêt maladie longue durée pour bouleverser les emplois du temps des employés. On travaille d'arrache-pied pour remplacer l'un, aider l'autre, sans pouvoir prolonger de quelques minutes le rituel et l'adieu. Dans un métier où on a plus affaire à l'éternité qu'au temps, on est parfois obligé de courir. Il arrive toutefois qu'on ne puisse pas imposer un tempo aux rythmes désaccordés du deuil.

Hier était ce jour-là.

Je n'aime pas les funérailles, être obligé de me confronter à la foule. Je préfère l'antichambre, me retrouver seul face à l'abîme. La cérémonie dont j'ai accepté d'être le maître était pour un jeune homme décédé sur la route. Marc avait seulement vingt-trois ans et il chevauchait une Yamaha MT-125. Le nom de la moto m'est resté, et pour tromper l'attente j'ai pris mon smartphone. Associé à ce modèle, le slogan de la publicité est tristement visionnaire : « L'obscurité comme but ultime. »

Au moment de partir, un murmure a traversé le groupe formé par les amis et la famille. Ils étaient tous immobiles, agglutinés à quelques mètres de la sortie, soudés les uns aux autres, certains dressés, d'autres affalés, ils formaient un bloc, on aurait dit une sculpture en marbre. Il y a des souffrances qui paralysent. Dans la profession, on en parle mais peu en font l'expérience : c'était donc ça, l'état de sidération. La douleur se concrétise et on ne bouge plus. J'ai appelé le crématorium pour les prévenir de notre retard. Ça a duré trois quarts d'heure.

*12/02/2010*

J'ai préparé ton dîner, tendu la petite cuillère remplie de purée de carotte que tu as fait semblant de bouder. L'enfant est un guide vers les territoires perdus de la mémoire. J'apprends ce que j'avais oublié. Te regarder manipuler un bout de carotte et essayer d'en faire connaissance par la bouche me ramène aux étonnements perdus. Tu mangeais et tes joues rebondies dansaient, tes mains aussi. J'aime observer tes doigts, les mouvements de tes pieds, tout le travail du corps pour trouver ton geste. Avec la musique – j'ai allumé la radio –, ça criait, tanguait, de la purée un peu partout. Vivre manger chanter ! Jusqu'à ce que la belle bouche rouge avec ses jolies lèvres bien dessinées revienne et nous lance des mots et des mots. Marie-Louise s'est cabrée, aurait voulu qu'on attende son retour, et surtout pas de carottes. J'ai appris à ne plus relever, seulement sourire, hébété, et aller quémander un bisou qu'elle m'accorde parfois du bout des lèvres.

Marie-Louise a retrouvé ses bonnes habitudes. Du rouge à lèvres, une jupe. La femme revient avec son corps d'avant la grossesse, j'espère que bientôt elle désirera mon corps aussi. La mère est là pour sortir son sein, moins gros, mais toujours frémissant de plaisir. J'ai fait la vaisselle, certain que tu as fait semblant de téter. Aux commissures de tes lèvres, il restait de la purée. Tu étais parfaitement rassasiée.

*17/03/2010*

Elle t'avait couchée, tu étais donc inapprochable. Mais pas elle, qui était face à moi, habillée de transparences noires si fines que je ne voyais que sa peau, blanche, nue à en avoir le vertige. Son corps me rappelait l'autre, celui d'avant la grossesse. Elle ne m'avait encore rien dit, mais le balbutiement de ses doigts m'attirait vers elle. J'ai eu un long instant d'hésitation. Surpris, et embarrassé de ne pas savoir quoi lui dire tout en sachant que les mots seraient inutiles. Une femme avait envie de m'enlacer, d'ôter mes vêtements et de se donner. J'avais oublié Marie-Louise aimante.

Si cela avait été un retour, il aurait été exquis. J'ai tout de même eu le temps de me sentir à nouveau flatté, séduit, conquis. Le temps aussi de désirer prolonger les retrouvailles, et le plaisir. Mais elle était pressée, je ne savais plus si elle voulait vite expédier l'acte après l'avoir provoqué, ou si elle était incapable d'attendre. Elle murmurait à mon oreille, « C'est aujourd'hui, s'il te plaît, c'est aujourd'hui ». Elle le répétait comme une prière. Ses mains ne me caressaient pas, ses yeux ne me regardaient pas, mais sa voix répétait, « C'est aujourd'hui, s'il te plaît, c'est aujourd'hui ». Je me suis détaché d'elle. Vexée, elle s'est tout de même prostrée à mes pieds. J'ai soudain éprouvé du dégoût, et de la peine, pour cette femme qui faisait semblant de se donner seulement pour tout prendre, parce que *c'est aujourd'hui*.

Je me suis senti pris au piège, j'avais honte pour elle et pour moi aussi. Je ne pouvais pas continuer, même si j'avais voulu, je ne pouvais pas, je lui ai dit qu'un enfant ne peut pas se faire comme ça, que je n'étais pas un géniteur, qu'il fallait d'abord qu'on en parle. Alors elle s'est mise en colère, une bête enragée m'a insulté, frappé, a craché sur moi, m'a poussé et je suis tombé... Ma joue blessée sur le bord de la table basse, heureusement ce n'était pas mon œil, chute accidentelle, voilà ce que je pourrai dire à mon employeur...

Après, j'ai essayé de la calmer mais impossible, j'ai le souvenir de toi qui pleures, de moi qui me précipite vers ton lit, voulant te dire que les cris, ce n'était pas nous, les disputes des parents décrètent la fin de l'enfance, et tu es encore si petite. J'ai cru que Marie-Louise voulait me tuer lorsqu'elle t'a arrachée de mes bras.

J'ai pris la porte, mon sac et quelques affaires. Je suis allé dans ma voiture pour y passer la nuit sans fermer l'œil.

Je me souviens qu'une fois, à table, l'air de rien, elle m'avait dit qu'elle voudrait une autre Lou, mille Lou, toutes plus belles les unes que les autres, mais sans demander mon avis.

*29/03/2010*

Bernard et sa femme sont extrêmement accueillants, de vrais amis. Sans eux, je m'effondrerais. Tout est noir. Avilissant. Pour le moment, je n'ai que les mots de Bernard à quoi m'accrocher pour faire face. Ne pas sombrer. Ne pas sombrer. « Agir, me répète-t-il, tu dois agir. »

Il est tellement difficile de me dire que les policiers venus aux pompes funèbres chercher un homme soupçonné de violence familiale étaient là pour moi. L'humiliation est une blessure profonde, et la torture vient de l'image obsédante d'un individu, moi, fouillé, privé de ses effets personnels, des lacets de ses chaussures, de ceinture, traité comme une banale ordure et placé en garde à vue dans un espace exigu aux murs suintant l'humidité, puant la pisse et la merde, avec d'autres humains eux aussi déshumanisés.

Dans le bureau des policiers, ce n'est pas non plus le luxe. Mais peu importe les locaux rudimentaires, les meubles pourris, l'air irrespirable de tabac froid et de sueur. Le drame, c'est qu'on attend des aveux, l'État exige que vous parliez et il aimerait bien vous frapper pour que ça aille plus vite, car vous avez sûrement quelque chose à avouer. J'ai refusé d'être assisté par un avocat. Je n'ai rien à me reprocher. Pourtant, ma culpabilité semblant être chose acquise pour tout le monde, j'ai été, moi aussi, tenté d'y croire. Avais-je levé la main pour frapper ? Mais je ne sais pas faire ça ! Ce n'est pas parce que je suis un homme que je suis agressif ! Pensait-on ça de moi, que j'étais violent ? Le policier qui m'a interrogé n'arrêtait pas de dire qu'une femme qui accuse un homme de violence est prise très au sérieux. Il a tout de même ajouté que les fausses accusations, cela arrive aussi. Si c'était mon cas, j'allais quand même en baver, a-t-il poursuivi, parce que l'innocence est difficile à établir. Je lui ai fait remarquer que j'avais risqué de perdre un œil en tombant sur la table basse, poussé par Marie-Louise. Il a répliqué que cela montrait seulement que je m'étais cogné et que je pouvais moi aussi déposer plainte, si je le souhaitais.

J'ai fait un effort considérable pour travailler. Très difficile d'être présent à soi-même lorsque le corps est réfractaire à tout mouvement mais que le cerveau galope à toute allure. La scène qui a causé la dispute se répète dans ma tête sans que je trouve le lien avec la suite : les policiers, les accusations, l'absence de Lou, mon désarroi…

Bernard connaît une avocate qui fait du droit de la famille et qui, semble-t-il, est très appréciée dans le milieu, très compétente. Il croit que, pour ce genre d'affaire, être défendu par une femme, c'est mieux. Il croit aussi qu'un arrêt de travail me permettrait de mieux préparer ma défense et de reprendre du poil de la bête.

*31/03/2010*

Bernard pense que je pourrais perdre ma fille.

*Perdre*… C'est impensable.

Marie-Louise va changer d'avis.

Elle a besoin de moi.

Lou a besoin d'un père.

Ce n'était qu'une dispute.

Elle est peut-être nerveusement épuisée. Ça arrive aux jeunes mamans…

C'est à peu près les mots que j'ai réussi à dire au début de l'entretien avec l'avocate, Me Florence Godin. Elle avait eu le temps de parcourir la requête, la plainte et le certificat médical concernant l'ecchymose sur le bras de Lou. Avec beaucoup de rigueur, sûre de ce qu'elle avançait, elle s'arrêtait parfois de parler pour m'offrir un regard confiant. Elle débitait néanmoins ses déductions et arguments avec une conviction froide et distante. J'ai dû prendre un air complètement désemparé, parce qu'elle m'a tendu un stylo et du papier, au cas où j'aurais voulu prendre des notes pour y réfléchir plus tard. Il était important de comprendre ce qui se passait et à quoi j'allais m'exposer.

– Dans l'assignation, Mme de Guesclin demande l'exercice exclusif de l'autorité parentale. En d'autres mots, elle a décidé de vous exclure de la vie de votre fille...

» Monsieur Aubert, je veux tout simplement vous mettre en garde et pour ce faire il serait malhonnête de vous rassurer. Ce n'est pas du cynisme, rien que l'expérience d'un métier que je pratique depuis plus de dix ans. Un parent qui réclame l'exercice exclusif de l'autorité parentale en cas de séparation veut éliminer l'autre parent...

» Si nous nous fions aux éléments que nous avons à notre disposition, à commencer par la plainte déposée contre vous, il apparaît clairement que votre compagne a refusé de faire examiner Lou par un médecin de l'unité médico-judiciaire de Bordeaux en prétextant le risque que cela serait traumatisant pour Lou. C'est un premier élément qui mérite d'être pris en compte : il est toujours suspect que les plaignants refusent l'examen par l'UMJ...

» Pour ce qui concerne le certificat médical, il faut savoir qu'un médecin généraliste n'est pas habilité à fixer des ITT. Pourquoi l'a-t-il fait ? Ce n'est pas tout : entre plainte et assignation, il n'y a que neuf jours d'intervalle ; d'habitude, il en faut davantage pour réunir les pièces nécessaires afin d'obtenir une date d'audience. Ces informations me font croire que Marie-Louise de Guesclin a probablement vu son avocat avant votre dispute.

» De plus, dans la requête, votre compagne ne propose rien pour votre droit de visite et d'hébergement. Elle ment peut-être, mais elle est décidée et sûre de ce qu'elle veut obtenir.

Elle a fini en m'exhortant à trouver rapidement un appartement. Il est nécessaire d'avoir un lieu où accueillir son enfant pour obtenir un droit d'hébergement.

Bordeaux, le 3/04/2010

*LETTRE OFFICIELLE*

**AFF : *DE GUESCLIN/AUBERT***

*Ma chère consœur,*

*Je reviens vers vous dans le cadre de ce dossier cité en référence.*

*Ma cliente, Mme Marie-Louise de Guesclin, souhaite exprimer toute son inquiétude quant au droit de visite que votre client, M. Ambroise Aubert, exige d'exercer avant l'audience prévue le 14 avril prochain.*

*En effet, malgré le climat de tension et de violence que M. Aubert a instauré par son comportement, Mme de Guesclin a fait preuve de compréhension et de patience en acceptant de laisser Lou à son père le temps d'une balade au parc.*

*Or, force est de constater que les deux fois où elle lui a confié sa fille, celle-ci est tombée malade. (Cf. certificat médical attestant une bronchiolite et une forte fièvre.)*

*En conséquence, ma cliente craint pour la sécurité de l'enfant.*

*C'est la raison pour laquelle Mme de Guesclin, dans l'intérêt de l'enfant, aux termes de sa requête, sollicite l'exercice exclusif de l'autorité parentale et, de facto, refuse de confier Lou à son père avant l'audience.*

*Votre bien dévouée consœur,*

*M^e^ Jeanne MAJESTÉ-LHENS*
*Avocate à la Cour*

*P.J. Certificat médical*

*Bordeaux, le 4/04/2010*

*LETTRE OFFICIELLE*

**AFF : *AUBERT/DE GUESCLIN***

*Ma chère consœur,*

*J'accuse réception de votre courrier en date du 3 avril m'informant de la position, fort regrettable, de votre cliente.*

*Je me permets de vous rappeler qu'en l'état, l'exercice de l'autorité parentale est conjoint.*

*En attendant, il n'appartient, par conséquent, à personne, fût-elle la mère, de priver Lou de son père.*

*Votre bien dévouée consœur,*

*M^e Florence GODIN*
*Avocate à la Cour*

Ambroise Aubert – 5 avril 2010
À : fgodin@avocats.fr – 02:30

Cher maître,

J'espère que vous éteignez votre portable la nuit pour ne pas entendre vos notifications. Je m'excuse pour l'heure, mais c'est le seul moment que j'ai trouvé pour écrire. Il est 2 heures passées. Une nuit qui s'annonce longue.
Hier, j'ai envoyé un message à Marie-Louise, j'avais besoin de récupérer des affaires restées chez elle. Je voulais passer, dans l'espoir aussi de voir Lou. C'est ce que j'ai fait, malgré le veto exprimé par Me Majesté-Lhens et voulu par Marie-Louise. Entre-temps, elle m'avait intimé de ne pas venir. À mon arrivée, j'ai vu mes affaires pêle-mêle en bas de l'immeuble. Je me suis senti piétiné, exactement comme mes affaires salies par la rue et par les passants. J'ai frappé de toutes mes forces à la porte blindée. J'ai sonné. Plusieurs fois. Elle a menacé d'appeler la police, m'a lancé, « Tu ne verras pas Lou ! La loi est de mon côté, je suis sa mère ! ».
Je suis allé au commissariat pour porter plainte, et vous savez ce qu'on m'a dit ? « Attendez le jugement. » Attendre ? Pour-

quoi suis-je obligé d'attendre ? Cela signifie ne pas tourner les pages des livres musicaux avec Lou. Ne pas la regarder danser. Ne pas écouter les cris des animaux avec elle. Attendre l'audience, c'est attendre le Jugement dernier. Ça fixe les jours, les heures, ça peut accorder ou interdire. Attendre pour récolter des miettes ? Se battre pour une nuit de plus, quelques heures volées, une sortie d'école et une veille de fête ? Une glace au coin de la rue ? Quémander ma fille, maître, c'est ça que je dois faire ? Comme un voleur ? Petite monnaie qui fait de moi un père mendiant. Absent. Un père pour rien.

J'ai laissé un message à Sandra, la meilleure amie de Marie-Louise, mais elle ne m'a pas rappelé. J'essaierai ultérieurement, j'espère que je pourrai parler avec elle. Le grand-père ne me recevra jamais, je le connais à peine et on ne peut pas dire qu'il m'apprécie, et il n'est pas question que j'essaie d'en toucher un mot aux collègues de l'hôpital.

La mère de Lou se hisse devant moi comme une machine de guerre.

Cordialement,

Ambroise Aubert

Florence Godin – 5 avril 2010
À : aaubert@yahoo.fr – 08:32

Cher monsieur,

Je comprends parfaitement votre chagrin et votre colère. Certes, vous n'auriez pas dû vous montrer à Marie-Louise dans cet état-là. Il vous faudra redoubler de prudence. De patience aussi. Toutefois, vous auriez dû insister pour qu'on prenne votre plainte. Il s'agissait bien d'une non-représentation d'enfant, délit défini par l'article 227-5 du Code pénal.
Il ne nous faut rien négliger. C'est pour cela que je vous remercie de bien vouloir appeler ma secrétaire pour qu'on fixe un rendez-vous dans les prochains jours. J'ai besoin de vous poser encore quelques questions avant de rédiger mes conclusions. Enfin, il est impératif que vous vous rendiez une nouvelle fois au commissariat pour déposer plainte. Cela nous aidera à constituer un bon dossier et à mettre en difficulté l'argumentation de Mme de Guesclin.

Bien à vous,

M$^{e}$ Florence Godin

*10/04/2010*

J'ai tapé « Droits des pères » sur le moteur de recherche de mon ordinateur et de fil en aiguille j'ai découvert associations, articles, sites d'avocats, groupes Facebook, chaînes YouTube, forums. J'ai suivi le conseil de mon avocate, je me renseigne pour me rendre compte de *l'ampleur du désastre*. Le fait d'apprendre que je ne suis pas le seul père qui réclame de pouvoir exercer ses droits ne m'aide pas vraiment.

J'apprends néanmoins consciencieusement des extraits du Code civil :

> Art. 371-1 du Code civil : « L'autorité parentale est un ensemble de droits et de devoirs ayant pour finalité l'intérêt de l'enfant. »

Dans l'appartement deux pièces que j'ai loué, je peins de rose poudré la chambre de Lou. J'ai acheté de quoi construire un château fort et des voilages blancs très légèrement pailletés. C'est la fenêtre qui m'a séduit. La lumière se répand partout, ça m'a fait penser à la mer.

*14/04/2010*
*– Tribunal de grande instance de Bordeaux*

Je ne l'ai pas reconnue. Je ne l'ai jamais rencontrée, cette femme-là. Ce n'est pas elle qui m'avait plu. Pas de signe d'égarement sur son visage. Pas de souffrance, non plus. Droite dans ses bottes. Méprisante. Elle est sûre de ce qu'elle demande, se sent parfaitement légitime devant le juge des affaires familiales. Marie-Louise ne m'a jamais regardé. À ses yeux, je n'existe pas. Et son avocate, comment fait-elle pour être aussi virulente ? Comment peut-elle aller si loin et sortir d'ici l'esprit tranquille ? C'est un lynchage. Ces gens-là ont trop de pouvoir sur nos vies. Ça peut pousser des gens au suicide ! Et tout ce qu'elle a dit sur moi. J'ai reconnu les arguments avancés dans l'assignation, mais on est allé chercher des troubles du comportement ! Moi, des troubles ? Homme taciturne, extrêmement introverti, à tel point que mes rapports avec les autres en seraient affectés ? Mes retards, ensuite. Je ne suis que très rarement en retard. J'ai un métier à l'emploi du temps souple et parfois imprévisible. Ce n'est pas la même chose. Je n'en reviens pas : de quoi parle-t-on devant un juge ? De l'emploi du temps des gens ? de la quantité de mots qu'on échange au long d'une journée ? Supposons, allez, supposons que je sois réellement souvent en retard. Cela ferait-il de moi un mauvais père, un homme qui ne serait pas digne d'avoir la garde de sa fille ? La mère peut séquestrer l'enfant parce que c'est la mère, mais au père on dira, « Attendez le jugement » ! L'affaire n'est pas claire. Mais poursuivons. Les arguments de la partie adverse m'épatent. Mon calme ne serait qu'apparent, c'est un masque, l'enveloppe extérieure qui, malgré mes efforts, se fissure, puis craque. On a vite fait de fabriquer un monstre ! Mais encore. Celui dont on a parlé est un homme qui s'est opposé au maternage, qui a monté la garde, le jour, la nuit, pour empêcher la mère de tisser le lien sacré avec le bébé. « Un homme rigide, maniaque, qui ne tolère pas le moindre désordre, la moindre poussière sur les meubles, la moindre vaisselle qui traîne dans l'évier, impossible de dormir dans des draps qui n'ont pas été repassés. M. Aubert impose son autorité, ne veut pas que la petite fille porte le nom de famille de la mère. Famille qui, par ailleurs, jouit d'une excellente réputation dans la société bordelaise et qui pourrait avantager Lou à l'avenir. Mais M. Aubert semble extrêmement attaché à ses origines modestes qu'il prend sans doute pour une garantie de droiture morale. On se demande quelle est la moralité à laquelle il est fidèle si pour l'imposer il ne rechigne pas à lever la main sur la mère et sur la fille. »

Cet homme-là, ce n'est pas moi. À cet homme-là, je ne confierais pas mon enfant.

Me Godin m'a dit que cela ressemble toujours à un lynchage mais elle m'a assuré que tout s'était bien passé et qu'elle était optimiste pour la suite. Je me demande ce que c'est lorsque ça se passe mal.

Je ne veux plus y penser. Je préfère espérer en attendant le délibéré.

Attendre, encore attendre.

*6/05/2010*

Par-delà la haie en bambous et la grille, on peut apercevoir l'aire de jeux. Un bout de toboggan, deux balançoires, le toit rouge d'une maisonnette, peut-être. Sans le voir, j'ai imaginé le bac à sable, et cela m'a fait penser aux trampolines. Si j'étais un garçon de deux ans, je resterais près de toi, on ferait des bonds ensemble. J'avais déjà rôdé discrètement autour de la crèche, aidé une vieille dame avec ses sacs de courses. Je lui avais dit qu'on allait être voisins pour ne pas éveiller des soupçons avec mes questions : Les enfants font-ils beaucoup de bruit ? À quelle heure les sorties, les jeux dans le jardin ? Sont-ils nombreux ? Sont-ils bien élevés ? Je sais que s'il fait beau, les enfants sortent pour jouer avec les puéricultrices après la sieste, vers 16 heures. La dame m'avait dit, « Heureusement qu'il n'y a pas beaucoup d'enfants, parce que les enfants, c'est des petits animaux sauvages ».

La nuit dernière, j'ai été appelé pour un soin en toute urgence. J'ai dormi seulement quelques heures pour profiter de cette journée de liberté et essayer de t'entrevoir. Mon sommeil a été agité, et pendant la journée mon cœur a hésité entre tachycardie et bradycardie. Pendant plus d'une heure, j'ai patienté, assis sur un banc. Je me suis fondu dans le paysage de retraités déambulant ou se reposant sereinement dans le petit square en face de la crèche. Je me suis caché derrière un journal. Compter les lettres des mots qui composent les articles, c'est un exercice que je n'avais pas fait depuis longtemps. Je devais rester calme, alors que j'avais envie d'aller frapper à la porte de la crèche pour réclamer ma fille, toi. On se serait baladés, on aurait acheté une nouvelle poupée. J'aurais réservé un restaurant vers 19 heures, tu aurais appris quelques nouveaux mots, comme « trottoir », « voiture », « journal ». J'aurais poursuivi avec quelques verbes d'action, « jouer », « manger », « rire ». « Aimer » aussi, même si je suis incapable de dire si c'est une action.

Soudain, des voix d'enfants se sont détachées du bruit

de fond de la voie peu fréquentée. L'homme à l'affût que j'étais a tendu le cou. Assis, il m'était impossible de voir quoi que ce soit. Alors je suis monté sur le banc. Comme s'il était normal de se mettre debout sur un banc public. C'était pourtant la seule façon de voir par-dessus la palissade qui longe le jardin. Les enfants sortaient accompagnés par les puéricultrices. Des jeunes femmes qui pourraient être leurs mères. Mes yeux te cherchaient. Tu portais un manteau que je n'avais jamais vu. Il y avait de la fourrure autour du cou et au bout des manches. La coupe légèrement évasée te dessinait une silhouette élégante, on aurait dit une petite femme avenante et fière. La mère a encore fait du shopping. À ton âge, tu as déjà une garde-robe digne d'une star de cinéma. Je ne voudrais pas que ça fasse de toi une femme superficielle, pleine de vanité. Une fois débarrassée de la présence quotidienne du père, Marie-Louise est libre de s'adonner à une de ses activités préférées, les achats compulsifs, des fringues à n'en plus finir, des chaussures à n'en plus compter. Ces pensées m'ont rongé pendant que je te perdais de vue. Je suis donc descendu du banc où j'étais resté juché, immobile et tendu comme un arc sur qui certains louchaient comme sur un malade mental. Collé à la haie de bambous, mon œil s'est mué en longue-vue : tu t'es dirigée vers moi. J'ai sorti de mon imperméable une girafe en caoutchouc et l'ai lancée au-dessus de la grille pour qu'elle tombe à tes pieds. Aujourd'hui, le ciel a fait pleuvoir des girafes. Je sais que tu as deviné, puisque tu as levé ton regard après avoir ramassé la girafe et fixé la haie à l'endroit exact où je me trouvais. Nous nous sommes envoyé un baiser de la main. Je t'ai laissée pour aller faire un tour et revenir plus tard.

Vers 17 h 30, je guettais la sortie de la crèche, caché

derrière un arbre. Sandra est venue te chercher. Tu lui as sauté au cou, mais pas comme tu l'aurais fait avec moi.

D'une main, tu serrais fort la girafe tombée du ciel.

Art. 372-2 du Code civil : « Chacun des parents est réputé agir avec l'accord de l'autre. »

*17/05/2010*
*– Tribunal de grande instance de Bordeaux*

Me Godin dit que cette première victoire est très précieuse. J'ai obtenu un droit de visite et d'hébergement classique, décision judicieuse vu ton jeune âge. Un week-end sur deux et le mercredi de 16 h 30 à 18 heures. Sans compter la moitié des vacances scolaires. Mon avocate affirme avec enthousiasme qu'à ce stade – combien de stades y aura-t-il ? –, non seulement ce n'est pas rien, mais c'est presque tout. Elle m'explique aussi que, dans l'attente du dépôt du rapport, il faudra me préparer psychologiquement à une nouvelle audience pour plaidoirie « en ouverture du rapport », puis à la décision. Nous aurons les résultats des expertises médico-psychologiques, et on pourra procéder à un examen clinique plus approfondi pour une éventuelle origine hématologique de l'ecchymose constatée par le médecin. La mesure a heureusement été sollicitée par le parquet dans le cadre de la plainte.

Les photos de ta chambre ont fait très bonne impression. J'ai travaillé d'arrache-pied pour terminer à temps. Je ne dois surtout pas oublier que la mère n'a pas le droit de venir chez moi si je ne le souhaite pas. Me Godin m'a mis en garde, « Ne vous laissez pas impressionner par ses manières prétentieuses et agressives ».

Le juge a cru opportun de concéder « une nuit de garde au père afin de consolider sa relation avec sa fille, mais sans pour autant troubler celle déjà existante et plus importante entre l'enfant et sa mère. Il est nécessaire qu'elle garde en mémoire l'image sécurisante de sa mère. Mais passer la nuit, et non seulement la journée, avec le père permet à l'enfant de vivre les moments du coucher et du lever qui sont très importants pour consolider l'attachement au père ».

Dois-je crier victoire ?

Je n'arrive pas à me réjouir et à me dire que quatre petits jours et deux nuits par mois à passer avec toi sont *presque tout*.

C'est presque rien.

Art. 373-2-1 du Code civil : « L'exercice du droit de visite et d'hébergement ne peut être refusé à l'autre parent que pour des motifs graves. »

*12/06/2010*

Je suis arrivé à l'avance, quelques minutes pour fermer les yeux et me dire qu'il peut y avoir des journées parfaites.

À 10 heures, j'ai sonné. Rien.

J'ai appelé Marie-Louise. Répondeur.

J'ai attendu. Rien.

J'ai espéré. Rien.

J'ai appelé la police pour faire constater une non-représentation d'enfant. Rien.

De l'autre côté du fil, une voix d'homme m'a dit que malheureusement cela arrive souvent et qu'il est inutile que la police vienne sur place puisqu'ils n'ont pas le droit de retirer manu militari l'enfant à l'autre parent.

J'ai envoyé à Marie-Louise un SMS et un mail où je l'informais que je m'étais présenté à son domicile, comme il était prévu dans la décision, et que j'allais déposer plainte suite à son refus de te confier à moi.

Le jour de mon premier hébergement établi par le tribunal, je l'ai passé au commissariat.

À l'accueil, une jeune policière m'a demandé de lui détailler les raisons qui me poussaient à vouloir déposer plainte, elle a répété plusieurs fois qu'il serait préférable de venir le lendemain parce qu'ils n'étaient pas nombreux, elle a voulu savoir si j'avais sur moi l'original du délibéré, une pièce d'identité et la signification du jugement par huissier. J'avais tout, sauf la signification. Elle m'a alors dit que ce n'était pas possible, que je ne pourrais pas déposer plainte. J'ai répondu que je savais de source sûre que je pouvais, même sans la signification. Elle m'a demandé de revenir à 14 heures, après la pause déjeuner.

J'ai attendu environ deux heures, me suis présenté à nouveau à l'heure dite. J'ai attendu trois heures, un policier m'a reçu, m'a écouté pendant quelques minutes, m'a coupé et m'a dit, « Vous êtes nombreux à vouloir déposer plainte pour ce genre de problème. Malheureusement, ça peut être classé sans suite. Souvent, ça ne sert à rien. Vous perdez votre temps et ça fait perdre du temps à tout le monde. Les avocats, je sais, vous y poussent ».

J'ai insisté gentiment et il s'est exécuté. Avant que je parte, il m'a donné un conseil, « Les prochaines fois, il vaut mieux attendre et venir lorsque vous aurez plusieurs plaintes à déposer. On fera une plainte groupée ».

Mon avocate m'a certifié que ça n'existe pas, une plainte groupée.

Ambroise Aubert – 12 juin 2010
À : mldeguesclin@gmail.com – 20:15

Marie-Louise,

Je t'informe avoir déposé une plainte pour non-représentation d'enfant. Tu as reçu aujourd'hui même un SMS, un message vocal et un mail te le signalant.
Je te rappelle que le jugement est clair. Les mesures provisoires sont exécutoires. J'ai le droit de voir Lou tous les quinze jours, le samedi à 10 heures jusqu'à 18 heures du lendemain. Plus la moitié des vacances scolaires.
Je te rappelle également que la non-représentation d'enfant est un délit pénal susceptible d'être puni par un an d'emprisonnement et 15 000 euros d'amende (art. 227-5 du Code pénal).
Merci de me donner des nouvelles de Lou. Crois-tu sérieusement faire son bien ?
En espérant que tu retrouves la raison,

Ambroise

Marie-Louise de Guesclin – 12 juin 2010
À : aaubert@yahoo.fr – 22:10

Ambroise,

J'ai déjà accepté de te confier Lou et je l'ai fait en espérant pouvoir te faire confiance. Cela, bien avant notre séparation effective. Je n'ai pas besoin qu'un juge se prononce pour savoir ce qui est mieux pour ma fille. Je suis sa mère. J'ai souvent constaté un état d'agitation particulier de Lou après qu'elle avait passé du temps avec toi. Je n'aime pas ça.
En outre, tu ne m'as pas encore permis de visiter ton nouveau logement. Comment accepter de te confier ma fille qui est encore un bébé, sans savoir si elle a un lit où dormir, des draps, une table à manger adaptée à son âge, des jouets et tout ce qui fait le bien-être d'un enfant de dix-huit mois ? Tu comprends qu'à cet âge-là, l'enfant a surtout besoin de sa mère et qu'il est normal que je sois inquiète. Tu as toujours minimisé les besoins de Lou et ridiculisé mes appréhensions. Signe que, peut-être, tu n'es pas le mieux placé pour bien t'occuper d'elle. Je n'oublie pas tes accès de colère et ta tendance à devenir violent d'un instant à l'autre. Un bébé de son

âge exige d'être très patient. Je ne suis pas sûre que tu en sois toujours capable.
Je propose, par conséquent, de venir chez toi avec Lou samedi dans quinze jours pour constater moi-même si le lieu est adapté et si Lou s'y sent bien.

M-L

Art. 373-2 du Code civil : « La séparation des parents est sans incidence sur les règles de dévolution de l'exercice de l'autorité parentale. »

*1/07/2010*

Après la non-représentation d'enfant du 12 juin dernier, j'ai dû attendre le week-end du 26 juin pour te voir. Marie-Louise est venue chez moi, je l'ai laissée venir. Obligé de lui ouvrir la porte, de l'accueillir dans le petit deux-pièces qu'elle regarde avec méfiance et avec l'attention tatillonne de celle qui veut trouver ce qui ne va pas, ce que j'ai mal fait, une faute de goût ou la prémonition d'un accident à cause d'une mauvaise disposition des rares meubles que j'ai pu acheter. Elle a passé son index sur la table du coin cuisine, vérifié qu'il n'y avait pas de poussière ou de saleté sur la pulpe du doigt. Elle a ouvert le frigo, reniflé, demandé, « Qu'est-ce que tu as acheté pour lui faire à manger ? Tu dois encore faire tes courses ? Tiens, c'est du lait de mon sein, je l'ai tiré pour que tu lui donnes. Ne l'oublie pas, vu ce que ça me coûte, je n'en ai pratiquement plus ». Peut-être commence-t-elle à faire le deuil de la tétée, contrainte par son corps qui s'y refuse, enfin. Je n'en sais rien, je suppose que pour le couple mère-enfant l'allaitement est une façon de prolonger la symbiose. Mais je pense qu'à l'âge d'un an et neuf mois, un enfant peut se passer du lait maternel.

J'ai donc accepté qu'elle vienne faire l'état des lieux pour garder Lou avec moi. J'ai cédé. Encore une fois, c'était la mère qui dictait ses conditions, alors qu'elle devait se soumettre aux miennes. Même hors la loi, la mère n'a peur de rien. La seule perspective de te voir m'a fait oublier le chantage et l'humiliation que Marie-Louise m'a infligés, sans tact, hargneuse :

– Ça te dit, ma chérie ? Tu voudrais passer une nuit dans ce lit ? On peut faire confiance à ton père, qu'est-ce que tu en dis ?

Voilà ce que la mère a dit à la petite fille. Moi, bouche cousue. Tu t'es tortillée dans les bras de ta mère qui ne t'avait pas encore permis de marcher et de découvrir l'appartement par toi-même. Je me suis dirigé vers la porte d'entrée et je l'ai invitée à partir. Marie-Louise n'a pas pu s'empêcher de se plaindre, de te serrer fort et d'étaler sa souffrance. C'était pathétique, insupportable. J'ai eu envie de la pousser dehors, mais je suis resté immobile et je lui ai simplement dit d'arrêter d'empiéter sur mon temps de garde, que tout se passerait bien et que je te ramènerais le lendemain à 18 heures.

*10/08/2010*

Derrière le voile de ton lit à baldaquin, tu fermes les yeux sur mon amertume et mes risibles victoires, les larmes et les coups de fil à répétition de ta mère. Je guette parfois ton sommeil, penché vers la petite lueur d'espoir de la porte entrouverte. Je te regarde pour te regarder, puisque je te vois si rarement. Sans toi chez moi, les poupées sont muettes, la chambre immobile, le lit vide.

Sur la table de la cuisine il n'y a plus les assiettes du

dîner. Seulement des chemises, sous-chemises, du jaune et du rose mélangés au blanc des feuilles noircies par les policiers qui m'ont fait asseoir, attendre, parler, répéter, supplier, « Prenez ma plainte, s'il vous plaît madame, s'il vous plaît monsieur ». Des heures d'attente. Je m'impose une attitude guerrière, puisque c'est une guerre. Un homme se doit d'être courageux, patient, solide. Un homme, ça résiste. Pourtant, il n'y a que des ruines.

Des nouvelles plaintes. Trois en seulement quelques semaines. Je connais tous les agents du commissariat. La dernière fois, on m'a proposé un café. Cela m'aide à retrouver la voix, à chasser les larmes.

Art. 373-2-6 du Code civil : « Le juge peut prendre les mesures permettant de garantir la continuité et l'effectivité du maintien des liens de l'enfant avec chacun de ses parents. »

**PROCÈS-VERBAL**
**PV n° 00563/2024/007682**

OBJET : PLAINTE/NON-REPRÉSENTATION D'ENFANT

L'an deux mil dix
Le dix juillet, à quinze heures trois
[...]
SUR SON IDENTITÉ :
« Je me nomme Ambroise Aubert.
Je suis né le 03/03/1967 à Bordeaux (France).
Je suis de nationalité française.
Je suis domicilié à...
Mon numéro de téléphone personnel est le...
Je prends acte que je peux révoquer mon choix à tout moment. »

SITUATION PROFESSIONNELLE :
QUESTION : Avez-vous un emploi ?
RÉPONSE : Oui, je suis thanatopracteur.
QUESTION : Quels sont vos revenus et avez-vous d'autres ressources ?
RÉPONSE : Je gagne au maximum 2 000 euros par mois, et je n'ai pas d'autres ressources.

QUESTION : Quels sont les nom et adresse de l'employeur de votre partenaire ?
RÉPONSE : Elle travaille comme directrice financière à l'hôpital...
QUESTION : Connaissez-vous les revenus de votre partenaire ?
RÉPONSE : Je crois qu'elle gagne 3 000 euros par mois.

SUR LES FAITS :
« Je me présente car, conformément au jugement en date du 17 mai 2010 que je vous remets, je dois avoir mon enfant un week-end sur deux et la moitié des vacances scolaires.
J'avais moins d'une demi-heure de retard.
J'ai prévenu la mère de ma fille. J'ai été appelé cette nuit pour un soin d'urgence.
Je me suis présenté à son domicile à 10 h 20. J'ai sonné à l'interphone.
Elle ne m'a pas répondu.
Je lui ai envoyé un message.
Elle ne m'a pas répondu.
J'ai appelé.
Elle n'a pas décroché.
J'ai attendu une heure en bas de l'immeuble.
Je vous remets les messages que je lui ai envoyés.
Je tiens à dire qu'elle ne m'a toujours pas répondu. »

SUR L'AUTEUR DES FAITS :
Il s'agit de Madame Marie-Louise de Guesclin.
Elle réside au...
Elle est joignable au...
QUESTION : Souhaitez-vous déposer plainte dans le cadre de la présente procédure ?
RÉPONSE : Oui, je dépose plainte contre Madame Marie-Louise de Guesclin pour les faits précédemment cités.
QUESTION : Avez-vous autre chose à ajouter ?

RÉPONSE : Oui, je ne suis pas un homme violent, je n'ai jamais fait du mal à ma fille, à mon ex-compagne non plus. Je veux seulement exercer mon droit de visite et d'hébergement.

Après lecture faite par lui-même, l'intéressé persiste et signe avec Nous le présent procès-verbal ce jour à...
[...]

**PROCÈS-VERBAL**
**PV n° 00598/2024/005297**

OBJET : PLAINTE

L'an deux mil dix
Le dix-sept juillet, à dix-neuf heures trois
[...]
SUR SON IDENTITÉ :
[...]
SITUATION PROFESSIONNELLE :
[...]
SUR LES FAITS :
Mon ex-compagne m'a appelé pour me proposer de venir chercher ma fille puisque je n'avais pas pu la voir la semaine dernière.
Je vous rappelle avoir déposé plainte, il y a une semaine, pour non-représentation d'enfant.
Quelques heures plus tard, lorsque j'étais avec ma fille, mon ex-compagne m'appelle et me menace d'appeler la police et de déposer une plainte pour enlèvement d'enfant si je ne ramène pas tout de suite Lou.

À mon arrivée, elle s'est jetée sur moi, m'a arraché des bras la petite tout en me donnant des coups de pied.
Elle m'a insulté.
Je n'ai pas réagi, je suis parti.

SUR L'AUTEUR DES FAITS :
[...]
Après lecture faite par lui-même, l'intéressé persiste et signe avec Nous le présent procès-verbal ce jour à...
[...]

**PROCÈS-VERBAL**
**PV n° 00124/2024/009834**

OBJET : PLAINTE/NON-REPRÉSENTATION D'ENFANT

L'an deux mil dix
Le sept août, à dix-sept heures seize
[...]
SUR SON IDENTITÉ :
[...]
SITUATION PROFESSIONNELLE :
[...]
SUR LES FAITS :
Je devais récupérer ma fille ce matin pour mon droit de visite et d'hébergement qui prévoit qu'elle passe la moitié des vacances scolaires avec son père.
Nous étions convenus, avec la mère, que je viendrais la chercher samedi matin, 7 août.
Elle refuse de me la laisser parce qu'elle soutient que je devais venir lundi matin.
Je me présenterai à son domicile lundi matin à 10 heures.

SUR L'AUTEUR DES FAITS :
[...]
Après lecture faite par lui-même, l'intéressé persiste et signe avec Nous le présent procès-verbal ce jour à...
[...]

Ambroise Aubert – 11 septembre 2010
À : fgodin@avocats.fr – 22:18

Cher maître,

Je suis une nouvelle fois obligé de solliciter vos conseils. Marie-Louise vient de m'envoyer le mail que vous trouverez en pièce jointe. Encore des insinuations mensongères, elle veut me faire passer pour quelqu'un que je ne suis pas.
J'ai envie de garder Lou. Il ne me reste que dix-huit heures à passer avec elle. Il faudra caler une sieste, un repas, le goûter. Le week-end est déjà parti en fumée. J'ai envie de garder ma fille avec moi plus longtemps, ne serait-ce que pour reprendre quelques heures que Marie-Louise m'a volées. Une éternité pour le parent privé de son enfant. Sans compter que, pendant les vacances d'été, j'ai passé plus de temps au commissariat pour déposer plainte qu'avec ma fille. Mais vous savez tout ça.

Bien à vous,

Ambroise Aubert

Marie-Louise de Guesclin – 11 septembre 2010
À : aaubert@yahoo.fr – 21:42

Ambroise,

Je préfère t'écrire puisque je tiens à ce que notre relation soit pacifiée, que nos échanges soient constructifs, et cela uniquement dans l'intérêt de Lou. Lorsque tu la ramèneras à la maison demain à 18 heures précises, je te prie de ne pas te montrer triste et pleurnichard comme la dernière fois. Ton attitude a déjà provoqué des états de profonde tristesse chez Lou. Elle n'est qu'une petite fille, elle ne sait pas porter la misère du monde sur ses épaules. Tu exagères ton mécontentement, cela provoque chez elle un léger traumatisme. J'ai déjà observé, avec chagrin, qu'après avoir passé du temps avec toi, Lou ne dort pas bien, fait des cauchemars.

M-L

Florence Godin – 11 septembre 2010
À : aaubert@yahoo.fr – 23:10

Cher monsieur,

Je vous conseille de ne pas céder au désir de vengeance. Gardez votre calme et profitez du « temps réglementaire » qu'il vous reste à passer avec la petite Lou. Récupérer de force le temps que vous n'avez pas eu en débordant sur le temps de la mère vous mettrait en très mauvaise posture. J'insiste, très mauvaise posture aux yeux du JAF. Vous seriez accusé de vous venger, vous vous autoproclameriez « élément perturbateur », « présence traumatisante ». Nous ne le voulons pas. Je comprends votre indignation, votre ressentiment, et je condamne l'injustice qu'on vous fait subir. Mais souvenez-vous que c'est à vous de prouver que vous êtes un père digne de confiance. Nous devons nous soucier de contredire les affirmations de Mme de Guesclin.

Je vous souhaite beaucoup de courage.

Me Godin

Ambroise Aubert – 11 septembre 2010
À : fgodin@avocats.fr – 23:48

Cher maître,

Je vous entends et vous obéis.
Je prépare un café. C'est une nuit à ne pas dormir, l'oreille tendue pour respirer au même rythme que Lou, m'imprégner de sa présence pour prolonger l'instant éphémère, infini, où je suis son père.

Cordialement,

Ambroise Aubert

*16/10/2010*

Ça faisait des semaines que je pensais au cadeau pour tes deux ans. Je voulais quelque chose qui reste. Un objet indémodable, indestructible. Pour en faire un souvenir à vie. L'idée m'est venue le jour où je t'ai montré le manège de la place Tourny. J'avais envie de faire quelques tours avec toi dans mes bras. Nous étions arrivés, on écoutait la musique, et tu ne regardais ni la voiture d'époque ni le dauphin. Pas non plus l'avion à deux places, encore moins la nacelle tournante ou le carrosse rose. J'aurais parié que tu aurais voulu t'asseoir sur son siège moelleux. On aurait dit un chamallow ! Eh bien non. Ton petit pied commençait à battre la cadence et ton index pointé indiquait le cheval blanc. Cha-cha-cha, disais-tu. Était-ce la première fois que tu voyais un carrousel ? J'ai acheté cinq jetons et je me suis posté derrière toi, pendant que le cheval montait et descendait, lancé dans la ronde. J'ai acheté d'autres jetons. Le nombre de tours faits sur le cheval, je ne saurais le dire !

Dès le lendemain, je suis parti à la recherche d'un cheval à bascule. La voilà l'idée géniale pour ton cadeau d'anniversaire ! Je suis allé à Royan chez une femme qui habite toute seule dans une maison près de la mer. Elle doit avoir plus de quatre-vingts ans et elle a mis en vente à des tout petits prix une quantité inimaginable de jouets anciens, vêtements, affiches, livres, collections de timbres, numéros de la revue *Vogue* des années 1950 jusqu'à nos jours, mais aussi le cheval que je cherchais. Il était fixé à un piédestal, je l'ai acheté et je suis allé voir un menuisier pour mettre une bascule, j'ai pris beaucoup de papier cadeau, des mètres de ruban décoratif. Puis dans un magasin de jouets en bois j'ai trouvé un petit cheval. C'est ce que je voulais te donner le jour de ton anniversaire, anticipation de l'autre qui t'attend près de ton lit, dans ta chambre.

Bêtement, je n'ai pas pris en considération la possibilité que Marie-Louise pouvait s'opposer à un passage très rapide de ma part le jour de ton anniversaire. Deux ans de vie, ça se fête. Dans les guerres aussi, il y a un cessez-le-feu. J'ai tout de même écrit à la mère avant de me présenter devant la maison familiale, lieu où on fête tous les anniversaires. Je me suis garé près de l'entrée. Trop pris par mon émotion, homme débile habité par une joie puérile, je n'ai pas remarqué l'air sévère de Marie-Louise, le téléphone qu'elle a dégainé comme une arme. Prête à tuer, la mère. Elle a crié, « Arrête-toi, ne bouge pas. Je viens d'appeler les flics ». On ne parle pas la même langue. Ce n'était pas, aujourd'hui, un jour de joie ? Une suite de va-t'en-ce-n'est-pas-ton-jour m'a poussé au bord de l'abîme dans lequel je voulais disparaître. Je me suis fait salement chasser. Ma petite fille était dans les bras de son grand-père, je l'ai aperçue derrière les rideaux de la fenêtre du salon. J'espère qu'elle ne m'a pas vu. À ce moment-là, j'ai ressenti une très forte douleur dans la poitrine. J'ai cru que mon cœur allait s'arrêter de battre.

Dans la voiture de la police, j'ai reconnu un agent du

commissariat. Notre échange a été courtois. Cela sert tout de même à ça, déposer des plaintes : faire la connaissance des policiers.

J'ai laissé devant la porte le petit cheval blanc, et je suis parti avec mon chagrin.

## *JUGEMENT DU 20 DÉCEMBRE 2010*

## *CE QU'A DIT L'EXPERT*

*Je soussigné docteur XX, expert inscrit sur la liste dressée par la Cour d'appel de Bordeaux, commis par ordonnance en date du 17 mai 2010 de XX, juge aux affaires familiales au tribunal de grande instance de Bordeaux, de procéder à l'examen médico-psychologique de Madame Marie-Louise de Guesclin et de Monsieur Ambroise Aubert, avec pour mission de dire s'ils présentent des troubles de quelque nature qui soit et, dans l'affirmative, les décrire et indiquer leurs conséquences, apprécier les mesures les plus appropriées à prendre dans le meilleur intérêt de l'enfant et particulièrement quant aux modalités du droit de visite et d'hébergement du père.*

*MONSIEUR AMBROISE AUBERT*

*Monsieur Ambroise Aubert est un homme de quarante-trois ans, solide, au physique harmonieux et en bonne santé ; il ne signale aucun antécédent médical ou chirurgical personnel ; le contact est facile.*

*Sur le plan intellectuel, Monsieur Ambroise Aubert possède des capacités normales mais il tend à une forte autocritique. Il rêvait de faire des études de théologie et son intérêt pour la spiritualité l'a en définitive dirigé vers des études de thanatopraxie, métier qu'il pratique depuis plus de dix ans et dans lequel il affirme avoir trouvé son épanouissement professionnel et personnel.*

*Monsieur Ambroise Aubert évoque une enfance solitaire. Fils unique d'un père fonctionnaire et d'une mère femme au foyer, décédée d'un cancer lorsque l'enfant avait onze ans. Monsieur Ambroise Aubert définit sa disparition comme « une tragédie ». Décès qui l'aurait sensibilisé, dès l'adolescence, à ce qu'il appelle « le problème du sens de l'existence » et de « la définition de ce qui est essentiel ». La disparition de la mère a visiblement marqué en profondeur la personnalité de Monsieur Ambroise Aubert qui aurait commencé, dès cette époque-là, à remplir des carnets comme s'il pouvait écrire à sa mère. Il pense que cette sorte de dialogue l'a aidé à survivre à la disparition de sa mère. Il dit aussi ne pas avoir voulu que son père se remarie ou qu'il fréquente des femmes puisqu'il ne pouvait pas supporter l'idée d'avoir « une mère de substitution ». Son père s'est remarié seulement à l'âge de cinquante ans. Monsieur Ambroise Aubert affirme être en très bons termes avec le couple, il va régulièrement les voir dans leur maison de campagne.*

*Sur le plan de la personnalité, il ne présente pas de pathologie mentale avérée, mais un caractère réservé, avec une tendance prononcée à la rêverie et à l'introspection. Il dit être capable d'un haut degré de détachement – il affirme : « Mon métier m'a appris à m'extraire de l'ici et maintenant » – et, depuis son plus jeune âge, il a développé le goût des activités solitaires. Il est toutefois doué d'une forte empathie envers ceux qui souffrent, avec une tendance à l'hypersensibilité. Le fait de parler de sa fille Lou, d'évoquer les moments passés avec elle, provoque chez lui une forte émotion.*

*Les accès de colère dénoncés par Madame Marie-Louise de Guesclin pourraient être une modalité de réponse à des conflits que Monsieur Ambroise Aubert serait incapable de gérer rationnellement. Il nie radicalement s'être emporté contre son ex-compagne et se dit incapable de frapper qui que ce soit.*

*Sa tendance à chercher refuge dans l'imaginaire est peut-être à l'origine de la fracture existante entre Monsieur Ambroise Aubert et Madame Marie-Louise de Guesclin.*

*Il est difficile d'imaginer un changement radical chez Monsieur Aubert, car ce type de personnalité tend à ne pas voir ou si peu où se situe sa part de responsabilité ; il pourrait utilement bénéficier de l'aide d'un psychologue pour amender son caractère dans le cadre d'une démarche de soins volontaire.*

*Dans les conditions actuelles, il apparaît incontournable que Monsieur Aubert s'en tienne au droit de visite et d'hébergement fixé par le juge. C'est en fonction des résultats de cette modalité de garde que l'étude d'un droit de visite et d'hébergement élargi pourrait être envisagée ; une nouvelle évaluation sera certainement utile.*

*MADAME MARIE-LOUISE DE GUESCLIN*

*Madame Marie-Louise de Guesclin est une femme de quarante-cinq ans de petit gabarit. Elle porte bagues, bracelets et boucles d'oreilles, dans le souci évident de plaire et de faire bonne impression. Le contact est très facile avec Madame de Guesclin, qui est plutôt loquace avec toutefois une tendance à ne pas répondre directement et de manière franche aux questions posées.*

*Sur le plan intellectuel, Madame de Guesclin a de bonnes capacités, ce qui l'a amenée à suivre des études supérieures et à obtenir un poste à haute responsabilité en tant que directrice financière d'hôpital. Elle ressent un grand besoin de maintenir intacte et épanouie l'image qu'elle a d'elle-même. Elle s'efforce d'exceller dans son métier – la maternité est aussi assimilée à un travail dont elle serait la seule responsable : « Le père était là par hasard, j'avais déjà démarré un protocole pour une PMA. Cela s'est passé comme ça, mais Ambroise n'était pas là pour faire un enfant avec moi. Il était là parce qu'on était amants. » Lorsqu'on objecte que le père a reconnu l'enfant, qu'il l'a assistée pendant une bonne partie de la grossesse et qu'il a été présent jusqu'à la séparation, elle dit seulement qu'elle était fragilisée et avait besoin de quelqu'un. Madame Marie-Louise de Guesclin n'aime pas parler de cette période où, malgré son bonheur de devenir mère, elle a dû se faire assister. Elle aime aller toute seule au bout de ses objectifs puisque cela représente une autoglorification. C'est une travailleuse enthousiaste, qui ne s'est pas arrêtée pendant la période de deuil familial lors des décès de sa mère et de son père.*

*Madame Marie-Louise de Guesclin est la fille cadette d'un notaire, très connu et apprécié à Bordeaux, et d'une femme qui a arrêté d'exercer le métier d'institutrice pour s'occuper de ses deux enfants. Le fils aîné vit en Australie et a deux enfants. Madame Marie-Louise de Guesclin fait un bilan de son enfance en demi-teinte, où elle dit « avoir été traversée par un amour fou de sa mère, mais aussi par de la peur ». Elle semble se satisfaire entièrement de la présence de sa fille et affirme « je n'ai besoin de rien d'autre ».*

*Sur le plan de la personnalité, Madame de Guesclin n'a malheureusement pas mesuré les difficultés de la relation avec Monsieur Ambroise Aubert, certes par manque d'introspection, mais aussi prise dans son désir d'enfant dont elle dit que « c'était comme un ordre que mon corps m'avait lancé ». Madame de Guesclin ne montre pas de signe d'une réelle pathologie mentale, mais un caractère histrionique avec une tendance à dramatiser et à porter des jugements catégoriques. Elle est très préoccupée par l'ordre et adopte des comportements ritualisés (la description qu'elle fait du quotidien familial est riche de détails qui le prouvent : « J'enseigne à Lou à ranger ses jouets, à comprendre ce qui est sale et ce qui ne l'est pas… »). Le récit qu'elle fait de sa maternité laisse penser que Madame de Guesclin pourrait développer une attitude de plus en plus intrusive envers sa fille avec le risque d'exercer sur celle-ci une emprise psychologique certaine.*

*Néanmoins, il n'y a pas lieu de modifier la résidence et les modalités de garde de Lou. Il est nécessaire, et ceci dans l'intérêt de l'enfant, que Madame Marie-Louise de Guesclin respecte les décisions prises par le juge et soutienne le droit d'hébergement du père en modifiant notamment le discours qu'elle a le concernant.*

## *CE QU'A DIT LE MÉDECIN*

*Madame le juge,*

*Je soussigné docteur… demeurant… certifie avoir examiné Lou Aubert, née le 15 octobre 2008, et avoir constaté, suite aux analyses pratiquées, qu'elle développe une forme légère de coagulopathie.*

*Fait à Bordeaux, le 2 décembre 2010.*

*21/12/2010*

Me Godin m'a présenté tous les nouveaux éléments. Mais, si je comprends bien, le jugement du 20 décembre ne change rien aux modalités de la garde. Mon droit d'hébergement demeure le même. Des miettes de Lou. Précieuse victoire, soit.

Marie-Louise a été convoquée en vue d'une médiation pénale suite aux plaintes que j'ai formulées cette dernière année. Enfin ! Mon avocate n'est pas satisfaite, il s'agit tout simplement d'un rappel à la loi. Les bras m'en tombent. On va juste lui faire une leçon de morale, mais sans la punir de quoi que ce soit ? Marie-Louise a donc eu raison de faire ce qu'elle a fait. C'est-à-dire d'empêcher le père de voir sa fille.

Et le temps que je n'ai pas passé avec Lou ? Elle m'a volé du temps, pourquoi on ne l'oblige pas à le rendre, tout ce temps ? Me Godin me rassure, je ne m'en sors pas si mal, parce que, dans la plupart des dossiers, les plaintes et les mains courantes restent classées sans suite. Toujours est-il qu'elle ne risque rien.

Dois-je me réjouir du fait qu'elle ne risque rien ?

*10/03/2012*

Tous les jours, j'appelle. Tu es de plus en plus bavarde. C'est délicieux, un enfant qui apprend à parler. Je me délecte d'écouter les mots que tu malmènes avec grâce, des discours sans queue ni tête. Parfois tu es capable de récits linéaires ou de belles envolées dans tes mondes imaginaires. Je comprends quand tu changes de pièce, tu te mets à courir et me dis tout bas, « Je t'embrasse, papa ». Après, tu raccroches. D'autres fois, tu ne veux pas me parler. C'est ce que ta mère prétend. Marie-Louise a vite fait de raccrocher, sans mot d'excuse, rien. Je peux aussi tomber sur le téléphone éteint. Je laisse un message vocal, j'envoie un SMS, mais ce sera sans réponse. Marie-Louise ne me rappelle pas, alors qu'elle devrait faciliter les échanges. Je lui ai fait remarquer que lorsque tu es avec moi, je n'hésite pas à l'appeler. Cela ne la touche pas puisque, m'a-t-elle dit, Lou n'a aucune raison de ne pas vouloir parler avec sa mère. Elle a ensuite baissé la voix pour ajouter, « Très bien, je ne voulais pas en arriver là, mais sache que de temps en temps, Lou dit, "Je n'aime pas mon papa" ».

J'arrive parfois à contourner la présence de la mère et à te voir à son insu. Je le dois à Sandra, qui a compris. Un peu du temps volé, je le reprends. Il a la saveur exquise de tous les premiers amours de la vie.

*22/03/2012*

Je compte les nouvelles plaintes. Mon implacable routine. Une fois, Marie-Louise part le week-end parce que tu as besoin d'aller à la mer. Une autre fois, elle disparaît tout simplement. D'autres fois, elle dit que tu ne vas pas bien, tu aurais de la fièvre, mais il n'y a aucun certificat médical qui l'atteste. Ou encore, c'est toi qui refuses de venir, prétend-elle. Quand elle décide de te laisser partir, c'est seulement pour une nuit, ou une petite journée. Mon droit de garde est systématiquement bafoué. Face à la maudite porte close, je ne peux que rentrer chez moi, ressasser, cauchemarder, enrager, pleurer, avoir envie de tout laisser tomber. La souffrance épuise, on a envie d'en finir.

Marie-Louise se croit autorisée à tout faire. Elle est toutefois à court d'arguments. Dernièrement, elle a tenté le tout pour le tout, l'arme ultime pour m'abattre et déclarer la fin du conflit. Elle m'a dit que je n'étais pas ton père, que je ferais donc mieux de laisser tomber tant que tu es une petite fille qui ne gardera pas de souvenirs de moi, qu'il n'y a pas de mal à quitter un enfant qui n'est pas le sien, et que de toute manière elle ne veut te partager avec personne. Cerise sur le gâteau, elle ne réclamerait plus de pension alimentaire. Je peux disparaître, c'est gratuit et je vais même faire des économies. Pour établir sa vérité, elle m'a parlé du protocole belge qu'elle suivait lorsque nous nous sommes rencontrés. Marie-Louise a beau sortir documents et certificats médicaux de l'époque, pour moi, ce sont des preuves qui ne prouvent rien, si ce n'est son traitement hormonal et le vieillissement de l'organe reproducteur. Je lui ai tout de même dit que j'étais prêt à faire un test ADN. Elle m'a envoyé au diable.

Il est dur d'ouvrir les yeux sur le passé et les signes que je lisais comme les mots d'un discours amoureux. Sa façon de m'accueillir n'était pas du désir, son regard était empli d'un besoin plus urgent que le sexe, la plaquette de pilules qu'elle ne prenait pas n'était rien qu'un mensonge posé sur la table de chevet. Elle formulait des promesses, m'étreignait, m'embrassait, ça oui, mais sans amour. Des larmes, mais je n'en étais pas la cause. Son élégance, les bougies parfumées, la lingerie hors de prix n'étaient pas pour moi. Je me disais flatté. Ça a fait de moi un homme primaire ou un imbécile. Mais cela a surtout fait de moi un père. Et de ça, je suis fier et heureux.

*17/04/2012*

J'espère que tu te souviendras de ta première fois au cinéma. Tu l'appelles « cinémare ». Je me répète ce mot des centaines de fois par jour. Il est doux comme ton ourson en peluche. Tu n'as pas décroché tes yeux du grand écran. J'avais l'impression que tu avais cessé de respirer. Je n'ai pas suivi l'histoire du dessin animé, trop occupé à considérer ton profil immobile, la silhouette de ton corps tendu d'émerveillement. Toi, dépassée par l'émotion lumineuse. Le spectacle de l'enfance m'a ébloui de toutes ses promesses.

J'aime lorsque tu me racontes l'école et l'institutrice blonde qui t'apprend à compter le temps : 15 heures, c'est quand tu fais la sieste. Le samedi matin, c'est quand tu vois papa, ça ressemble au printemps et à l'hiver. Tu en as conclu qu'il n'est pas souvent samedi. Dans la voiture, en direction de chez maman, tu m'as bluffé. Tu t'es exclamée, « Tu viens me chercher dans un quart d'heure, papa ? Un, deux, trois… je crois que c'est bon ».

Quand nous sommes arrivés devant l'immeuble, la mère est sortie en retenant son empressement et l'envie de se jeter sur toi. Un seul de ses regards suffit pour que je cesse d'exister. Tu t'en vas, sans te retourner, sans un bisou.

Avant d'être père, je n'avais jamais accroché un calendrier au mur. Pas besoin de regarder défiler semaines et saisons, dimanches et jours fériés. Le sentiment du temps se résumait à la succession de mes états d'âme. Une temporalité purement intérieure à laquelle la course du monde s'accrochait banalement. À présent, j'ai besoin de voir les jours qui me regardent, étalés sur un calendrier et coloriés d'un jaune fluo, avec des photos de chats, parce que ça plaît à Lou. Ça clignote comme un signal de détresse ou l'alarme d'un réveil. Des feux qui brisent le noir en annonçant les heures de l'amour autorisé.

Hier soir, j'ai terminé de lire le projet de requête de mon avocate. Je vais demander un droit de visite et d'hébergement classique.

*7/11/2012*

Après un renvoi d'audience demandé par l'avocate de Marie-Louise, le 25 septembre…, après l'audience de renvoi, le 24 octobre…, le jugement du 7 novembre fait de moi un père heureux. Je viens d'obtenir ce que nous avons demandé. Je ne remercierai jamais assez Me Godin.

« […] Monsieur Ambroise Aubert recevra son enfant selon les modalités suivantes :

– en période scolaire : chaque fin de semaine paire du vendredi 18 heures au dimanche 18 heures ; chaque lundi de 12 à 14 heures ; la moitié des vacances scolaires de Toussaint, Noël, février et Pâques (première moitié les années paires, seconde moitié les années impaires) ;

– les vacances d'été seront partagées en quatre parties égales, premier et troisième quarts pour le père, deuxième et quatrième quarts pour la mère les années paires, et inversement les années impaires. »

*16/11/2012*

Je suis arrivé avant la sortie des élèves. Le portail de l'école était fermé. Il me fallait prendre de l'avance sur mon bonheur. C'était la première fois que je venais te chercher à ton école, le vendredi après-midi. Pour l'occasion, je t'avais acheté un manteau rouge, une robe en laine, des chaussons. Peut-on sauter de joie à mon âge ? J'ai vécu toute la journée comme si j'avais été avec toi. Je savais que tu mangerais les repas sans faire de caprices. La mère ne cesse de m'écrire que tu n'as pas mangé, que tu as mal dormi, car tu ronchonnes à ton retour. Elle écrit que la fille pleure avant de voir son père. Pourtant, une fois avec moi, tu m'embrasses, m'enlaces. La mère écrit qu'après avoir vu son père, la fille a des crises d'énurésie nocturne. Elle mettra ça dans le dossier pour la prochaine audience – puisqu'il y aura une autre audience, menace-t-elle –, elle dit que c'est pour ça qu'elle rechigne à laisser son enfant au père, répète qu'elle se bat pour protéger sa fille. Mais Lou, mon amour, tu n'as jamais mouillé les draps de ton lit à baldaquin. Tu n'as jamais versé une seule larme. Et pourtant, Marie-Louise écrit, n'arrête pas d'écrire, d'envoyer des mails, son avocate en copie. Je suis obligé de répondre mais j'économise mes mots.

Le bruissement qui montait petit à petit en se transformant en déluge de cris, rires et mains qui claquent, a effacé mes pensées tristes. Les enfants déferlaient comme des vagues, jusqu'aux derniers, les plus silencieux, avec leurs sourires muets. Mais je ne t'avais pas vue. T'aurais-je ratée ? Le fou heureux ne peut pas y croire. Il voudrait ne pas entendre la jeune institutrice lui dire que tu avais bien démarré l'année chez eux, mais que tu as changé d'école après les vacances de la Toussaint. Ça vient donc de se passer. Je comprends mieux pourquoi l'avocate de Marie-Louise a prétexté je ne sais plus quoi pour un renvoi d'audience.

Au domicile de la mère, la pancarte Century 21 « Vendu »

accrochée au balcon est très explicite. Le numéro de téléphone de Marie-Louise n'est plus attribué. Il l'était jusqu'à avant-hier, lorsque j'ai appelé pour parler avec toi. Le mail que je lui ai envoyé a été rejeté.

Me Godin a accepté de me voir en fin de journée. Elle s'est tue tout au long de mon récit.

Ambroise Aubert – 10 mai 2013
À : fgodin@avocats.fr – 11:17

Cher maître,

Je vous remercie encore et toujours pour vos conseils. Vous m'accompagnez, je ne sais pas comment j'aurais supporté tout ce qu'il m'arrive sans votre aide, qui n'est pas que juridique.
J'ai trouvé un petit deux-pièces à Bagneux et décroché le poste dont je vous ai parlé au téléphone lors de notre dernier échange.
Je sais ce qui a joué en ma faveur au moment de l'entretien d'embauche au crématorium du XVIIe arrondissement de Paris.
J'étais prêt à tout faire : porteur, marbrier, fossoyeur, maître de cérémonie, agent mortuaire, fleuriste funéraire. Bernard, que vous connaissez, avait pu passer un coup de fil.
Pendant l'entretien d'embauche, j'ai eu l'occasion de revenir sur mon expérience professionnelle, humaine. À la question : « Acceptez-vous de pratiquer des soins sur les enfants ? », j'ai dû répondre oui. Dans le métier, les femmes refusent les soins sur les petits, beaucoup d'hommes aussi, notamment les pères avec des gamins en bas âge. J'en fais partie. Mon recruteur m'a posé deux fois la même question. J'avais bien ressenti

l'urgence. Il s'agissait de démarrer tout de suite. Une fillette de trois ans m'attendait.
Avec les gamins, je suis nu, vulnérable. Je me souviens précisément de tous ceux que j'ai faits et je me souviendrai aussi de cette gamine décédée à cause d'une maladie incurable. J'ai été obligé de faire le soin, mais son corps était parfait. Intact. J'ai ressenti une profonde douleur et pourtant un apaisement. Pas de révolte. Seulement une puissance. Était-elle un ange ? C'était quelqu'un que je n'avais pas envie de quitter. J'ai perçu le phrasé d'une âme supérieure à la mienne. À côté d'elle, je me sentais bien. Ça m'a donné un peu de force.
Certes, tout cela n'a pas beaucoup à voir avec nos échanges et ne pourra pas apporter de nouveaux éléments dans le cadre de la procédure. Mais après tout ce temps, il m'arrive de penser à vous comme à une confidente. Pardonnez-moi cette faiblesse.

Je voulais parler à Marie-Louise. Je suis allé voir le lieu où elle travaille. Il n'était, somme toute, pas très difficile de la retrouver. Heureusement, elle est restée en France. Le grand hall baigné de lumière de l'hôpital Montsouris m'a impressionné. Je suis sorti, je me suis assis sur le banc de l'arrêt du T3, fondu dans la foule de passage.
Je ne sais plus quoi faire, ni quoi penser. L'espoir me paraît la seule issue. Ou une balle dans le crâne. Que me reste-t-il à endurer ? Que puis-je faire pour sauver le père ? L'homme n'existe plus. En attendant, ma fille grandit sans moi. Impossible de la récupérer à la sortie de l'école, où pourtant je vais en respectant les règles de la garde fixées par la dernière ordonnance. Marie-Louise aussi y va. Avant moi, pour disparaître avec Lou. Une fois, j'ai néanmoins réussi à me glisser dans le jardin pendant la récréation. Je lui ai proposé de partir avec moi, un énorme tapis volant nous attendait de l'autre côté du portail. Mais l'enfance s'était déjà envolée, et je n'avais pas

été là pour essayer de la retenir, puisque Lou, avec son nouvel air de petite personne bien ancrée dans le réel, m'a aussitôt fait descendre de mon ridicule tapis : « Je voudrais bien, mais maman serait trop triste. »
Elle m'a donné un bisou et recommandé tout bas de ne le dire à personne.

Cordialement,

Ambroise Aubert

Florence Godin – 11 mai 2013
À : aaubert@yahoo.fr – 12:10

Cher monsieur,

Cela fait des années que nous nous battons pour que vous puissiez voir Lou, exercer vos droits. Vos plaintes pour non-représentation d'enfant se sont succédé et accumulées sans donner de suites, mais nous avons obtenu gain de cause devant les tribunaux, car vous êtes parfaitement irréprochable et vos demandes sont légitimes. Votre droit de visite et d'hébergement est classique, mais Mme de Guesclin ne cesse de se croire au-dessus de la loi. Rien ne semble pouvoir l'arrêter. Malheureusement, la justice aussi nous semble être impuissante. Je vous ai toujours poussé à porter plainte. C'est ce qu'il faut faire. Je sais aussi que toutes vos plaintes, ou en tout cas la plupart, sont restées et resteront, le cas échéant, classées sans suite. Il y a plus de 30 000 non-représentations d'enfant par an en France. Bien sûr, cela peut être le fait d'une mère mais aussi d'un père. Sachant que beaucoup de commissariats refusent de prendre les plaintes, on peut croire qu'il y a au moins le double de non-représentations. C'est énorme. C'est le premier délit

sur le sol français. L'article 227-5 du Code pénal prévoit un an d'emprisonnement et 15 000 euros d'amende. Or en France il y a moins de 60 000 places de prison, dont environ seulement 2 000 pour les femmes. Vous comprenez pourquoi les procureurs classent les plaintes sans suite. L'injustice qui vient accroître l'injustice. Les victimes ? Toujours les mêmes, bien sûr. Nos enfants. Mais les nouvelles que vous m'envoyez ne doivent pas nous désespérer. Au contraire. J'ai beaucoup réfléchi, je n'ai pas souvent l'habitude de conseiller ce type de procédure à mes clients – c'est parfois risqué –, mais mon expérience me dit que, dans votre cas, nous avons peu de risques d'en sortir vaincus. Avec votre accord, dès demain je rédigerai une citation directe devant le tribunal correctionnel. Mme de Guesclin accumule les gros faux pas. Aux multiples non-représentations d'enfant, sabotages divers et variés, elle a bien organisé sa fuite parisienne. L'éloignement géographique volontaire est puni de six mois d'emprisonnement et de 7 500 euros d'amende (art. 227-6 Code pénal).
Je rédigerai également une requête, compte tenu des éléments nouveaux, pour demander la résidence alternée. Si l'éloignement est trop important, une garde alternée est impossible. Vous réunissez toutes les conditions pour l'obtenir. Il nous faudra à nouveau être patients. J'espère obtenir une audience dans environ six mois.
Je vous demande, par conséquent, de contacter Mme Sandra Villemin, Mme Julie Roux, la psychologue, et la directrice de l'école bordelaise de Lou, Mme Béatrice Moulière. J'espère qu'elles accepteront de faire des attestations qui nous seront très utiles.
Bon courage.

Bien à vous,

Me Godin

Art 373-2 du Code civil : « Tout changement de résidence de l'un des parents, dès lors qu'il modifie les modalités d'exercice de l'autorité parentale, doit faire l'objet d'une information préalable et en temps utile de l'autre parent. En cas de désaccord, le parent le plus diligent saisit le juge aux affaires familiales qui statue selon ce qu'exige l'intérêt de l'enfant. »

## ATTESTATION

*Je soussigné(e) Mme Sandra Villemin*
*Né(e) le XX à Bordeaux*
*Demeurant XX*

*Je déclare n'avoir aucun lien de parenté ou alliance avec aucune des parties et ne pas être sous leur dépendance économique.*

*Je certifie l'exactitude des faits ci-après, pour en avoir été le témoin direct :*

*Je suis la meilleure amie de Marie-Louise de Guesclin. Nous avons grandi ensemble et nous avons toujours été inséparables jusqu'aux derniers événements survenus dans la vie de mon amie. J'ai toujours été sa confidente, je suis donc au courant de tout ce que Marie-Louise met en œuvre depuis un certain temps pour éloigner sa fille Lou de son père Ambroise Aubert. Il y a chez elle une très grande difficulté à accepter la présence paternelle dans la vie de son enfant. Dès qu'elle a ressenti le désir d'avoir un bébé, Marie-Louise ne s'est pas souciée de créer une famille : elle a immédiatement opté pour une insémination artificielle en Belgique. C'est tout de suite après qu'elle a rencontré Ambroise Aubert. Au cours des années, j'ai petit à petit constaté qu'elle ne respectait pas le droit de visite et d'hébergement qui avait été attribué au père par le juge. Elle s'autorise à ne pas présenter sa fille. Marie-Louise a déjà été chercher Lou avant la sortie des classes le jour de garde destiné au père en prétextant un problème de sa part ou que sais-je. Elle s'arrange aussi pour quitter à l'avance son lieu de travail et pour devancer le père qui, arrivé à l'école, ne peut pas récupérer Lou pour le week-end comme prévu par le jugement. Elle part avec Lou jusqu'au dimanche soir sans donner de leurs nouvelles.*

*Elle ne m'avait pas mise au courant de son projet de déménager à Paris.*

*À partir du moment où j'ai compris que le comportement de Marie-Louise n'était aucunement motivé par des prétendues violences du père, j'ai proposé à Ambroise Aubert de voir Lou lorsqu'elle m'était confiée. Le père s'occupe très bien de sa fille, il a une incroyable capacité à se mettre au niveau de la petite qui aime jouer avec lui. Je n'ai vu qu'un père aimant et une petite fille heureuse d'être avec son papa. Ambroise Aubert est un homme doux, il n'est pas violent comme Marie-Louise essaie de le faire croire, et souffre énormément d'être privé de Lou.*

*Je délivre la présente attestation à M. Aubert et je suis informée que celui-ci doit la produire en justice dans le procès qui l'oppose à Mme de Guesclin.*

*J'ai parfaitement connaissance de ce que toute déclaration mensongère de ma part m'engagerait à des sanctions pénales.*

## ATTESTATION

*Je soussigné(e) Mme Julie Roux, pédopsychologue*
*Né(e) le XX à Bordeaux*
*Demeurant XX*
*Je déclare n'avoir aucun lien de parenté ou alliance avec aucune des parties et ne pas être sous leur dépendance économique.*

*Je certifie l'exactitude des faits ci-après, pour en avoir été le témoin direct :*

*M. Ambroise Aubert avait souhaité me rencontrer pour gérer au mieux le rapport avec sa fille après la séparation du couple. Il se posait beaucoup de questions sur la conduite à tenir, sur quoi dire ou ne pas dire à son enfant. Nous nous sommes vus seulement quelques fois, mais je suis au courant de l'histoire du couple. Je me souviens, par exemple, que M. Aubert était particulièrement réceptif au sujet de la différenciation alimentaire, contrairement à la mère. Je sais, par expérience, que les mères qui allaitent peuvent développer un attachement plus grand à l'enfant et vice versa. D'autant plus en cas de grossesse tardive. J'avais compris aussi que cela avait été un sujet de conflit dans le couple. Je n'ai jamais rien remarqué d'anormal ou de particulièrement violent. Dans le récit qu'il m'avait fait, il m'était apparu que la mère était intolérante et qu'elle développait une relation symbiotique avec l'enfant. Je trouvais que le père assumait parfaitement bien son rôle. Il est regrettable pour Lou qu'elle ait dû se priver de sa présence. Il s'agit d'un homme délicat et sensible qui a toujours veillé à ne pas se laisser aller à des manifestations de colère contre la mère lorsqu'il était avec l'enfant. Il voulait utiliser toujours au mieux le temps qu'il réussissait à avoir à sa disposition pour l'épanouissement de Lou. Je l'ai toujours trouvé très doué, avec une forte inventivité dans les activités qu'il faisait avec elle et dans les histoires qu'il avait envie de lui raconter.*

*Je délivre la présente attestation à M. Aubert et je suis informée que celui-ci doit la produire en justice dans le procès qui l'oppose à Mme de Guesclin.*

*J'ai parfaitement connaissance de ce que toute déclaration mensongère de ma part m'engagerait à des sanctions pénales.*

## ATTESTATION

*Je soussigné(e) Mme Béatrice Moulière, directrice d'école*
*Né(e) le XX à Royan*
*Demeurant XX*
*Je déclare n'avoir aucun lien de parenté ou alliance avec aucune des parties et ne pas être sous leur dépendance économique.*

*Je certifie l'exactitude des faits ci-après, pour en avoir été le témoin direct :*

*Lou Aubert était inscrite dans mon école. J'avais autorisé la mère à venir la chercher avant la fin des cours en fin de semaine. Mme de Guesclin m'avait expliqué ce qu'il en était du conflit pour la garde, des violences du père. Donc, par solidarité féminine, j'avais accepté de l'aider. Mais M. Aubert avait demandé un rendez-vous et était venu me voir avec le jugement, le certificat médical et sa version des faits. J'ai compris que c'était une affaire très délicate. Aujourd'hui, j'ai tendance à croire que Mme de Guesclin exagérait. Quand elle a compris que je refusais de laisser partir plus tôt Lou les jours de garde du père pour qu'elle puisse la récupérer, elle a cessé de la faire venir à l'école ces jours-là. Je ne pouvais plus rien faire pour M. Aubert. C'est pour ça aussi que j'ai accepté de faire cette attestation. Lou dessinait souvent son père mais ne voulait pas ramener à la maison ses dessins. J'en ai gardé quelques-uns, je vous les donne. C'est son père et un cheval blanc à bascule.*

*Je délivre la présente attestation à M. Aubert et je suis informée que celui-ci doit la produire en justice dans le procès qui l'oppose à Mme de Guesclin.*

*J'ai parfaitement connaissance de ce que toute déclaration mensongère de ma part m'engagerait à des sanctions pénales.*

*28/05/2014*

J'ai demandé à mon avocate de me faire lire ou de me faire connaître les arguments sur lesquels elle s'appuiera dans sa plaidoirie. C'est uniquement pour me préparer, tenir bon au moment où ça se passera. Je n'ai pas son énergie, je manque un peu d'optimisme. Dans le plus beau de mes cauchemars, je saute, j'appelle Lou qui m'entend, me voit. Dans le pire de mes cauchemars, je suis un fantôme, je crie, mais aucun mot ne sort de ma bouche. Je voudrais me lever et ouvrir grand mes bras, je n'y arrive pas.

Je suis un homme qu'on a effacé.

Il est peut-être trop tard pour gagner.

Art. 391 du Code de procédure pénale : « Le tribunal correctionnel connaît des délits. »

## *CE QU'A PLAIDÉ L'AVOCATE*

*Madame la présidente,*

*Combien de Lou Aubert de Guesclin y a-t-il en France ? Plus d'un enfant sur dix de couples séparés ne voit pas du tout son père*. Cela fait beaucoup d'enfants. Trop de Lou Aubert de Guesclin qui ne passent pas du temps avec leur papa malgré le droit de visite et d'hébergement qui leur a été attribué.*

*Depuis la séparation de Marie-Louise de Guesclin avec Ambroise Aubert, il y aura bientôt quatre ans, on ne peut pas dire que la petite fille ait pu profiter de son père. On ne peut pas dire non plus que mon client, M. Ambroise Aubert, ait vu grandir sa fille. Il a souvent dû se contenter de l'apercevoir, obligé de faire le guet à la sortie de l'école, accroupi derrière une voiture ou caché par une haie comme le ravisseur d'enfants qu'il n'est pas. Il a pu la voir en cachette, quelques rares fois, aidé par la complicité*

* Enquête INED, 2005. « Plus d'un enfant sur dix de couples divorcés ne voit jamais son père », *Le Monde*, 23/03/2013.

*d'une amie de la mère, il a réussi parfois à exercer son droit de visite et d'hébergement grâce au professionnalisme de la directrice de l'école fréquentée par Lou. Ambroise Aubert a déposé une vingtaine de plaintes, a passé des dizaines d'heures au commissariat, a toujours obtenu gain de cause et a toujours bénéficié d'un droit de visite et d'hébergement.*

*Je rappelle au tribunal que, suite au dernier jugement du 7 novembre 2012, mon client bénéficie d'un droit de visite et d'hébergement élargi.*

*C'était une belle victoire. Sauf que Lou n'a passé que peu de week-ends avec son père, sans parler des difficultés que mon client a rencontrées pour exercer ses droits pendant la période des vacances scolaires. Lou le voyait très rarement. À présent, elle ne le voit plus du tout. Pourquoi ? On ne pourra pas invoquer l'absence d'Ambroise Aubert pour l'expliquer mais seulement la malveillance de la mère. Dans notre cas, les droits d'un père bafoués, la voix du tribunal ignorée, sont du seul fait de Marie-Louise de Guesclin, qui n'a jamais été sanctionnée. Jamais. On doit également rappeler que Mme de Guesclin nous a gratifiés d'un crescendo de coups de théâtre. Le dernier en date est de la plus grande gravité : il s'agit d'un éloignement géographique volontaire. Autrement dit, elle s'est enfuie à Paris avec sa fille. Ce qui lui a demandé, bien évidemment, une longue préparation afin de vendre son appartement bordelais, d'en acheter un autre en région parisienne, d'orchestrer et d'obtenir une importante mutation professionnelle. Personne, dans son entourage, excepté probablement les membres de sa famille et ses collègues, n'était au courant. C'est peu dire qu'il y a eu préméditation.*

*Mon client s'est présenté à la sortie de l'école pour*

*son week-end de garde. Il est, une nouvelle fois, tombé des nues. Je préfère utiliser un euphémisme. En réalité, Ambroise Aubert est un homme détruit. Tout seul, le père trouve la force d'espérer, se bat, va chercher un poste de thanatopracteur à Paris, un appartement près de l'école de sa fille, brandit le dernier jugement comme un drapeau, celui de la paix et de l'amour. Redonnez-moi ma fille, s'il vous plaît. Voilà ce que mon client vous demande aujourd'hui. C'est son droit. C'est la chair de sa chair.*

*Qu'est-ce que l'amour d'un père pour son enfant ? C'est de l'amour qu'il veut exercer. On ne parle plus de droit, mais de temps. C'est ce que Lou et son père ont perdu à jamais. On est toujours abattu d'avoir à plaider trop tard. L'irréversible nous précède, et nous condamne. La justice doit se confronter à son retard et au manque de clairvoyance. Quel présent, et quel avenir, pour la petite fille et le père qui n'ont presque pas de passé en commun ? Nous ne sommes pas en mesure de connaître les effets de leur séparation forcée, mais nous en connaissons la cause. C'est le fait d'une mère malveillante.*

*Dans les années 1960, la justice estimait que seules les mères étaient capables d'éduquer. Fort heureusement, nous ne sommes plus en 1960 avec un époux au travail et une mère au foyer à laquelle le droit d'hébergement après une séparation était systématiquement reconnu. Et pourtant, quel est le pourcentage des résidences alternées ? Nous savons, Madame la présidente, que lorsque c'est le père qui la sollicite, dans la plupart des cas, sa demande reste lettre morte. À peine 10 % des pères obtiennent une résidence alternée en cas de désaccord entre les parents. Cependant, nous ne sommes plus en 1960 : nous savons qu'être père, ça s'apprend, qu'être mère aussi, car il n'est pas plus inné pour une femme que pour un homme de savoir donner le bain à un enfant ou changer une couche, d'autant moins l'éduquer, l'aider à devenir un homme ou une femme, l'introduire dans le vaste monde. L'aimer. On ne naît pas parent. Plus le parent est engagé dans le soin au bébé, plus il devient sensible et réactif à ses besoins. Le facteur qui explique toutes les différences, Madame la présidente, c'est la quantité de temps passé à interagir avec l'enfant. Si l'enfant est privé de père, il ne peut pas créer de relation d'attachement.*

*Il y a des mauvaises mères, et des mères extraordinaires.*

*Il y a des mauvais pères, et des pères extraordinaires.*

*Et pourtant, devant le juge, l'homme doit systématiquement apporter la preuve de sa capacité à être un bon père. L'exige-t-on de la mère ? On ne demande pas à l'enfant de choisir. Ce serait inhumain. Injuste. Criminel. On ne le lui demande pas, car l'enfant a tout simplement besoin de ses deux parents.*

*Heureusement, Madame la présidente, notre métier nous apprend à ne jamais faire de généralités. Je me demande néanmoins que veut cette mère, Mme de Guesclin, qui décide, délibérément et de son propre gré, d'enlever l'enfant au père en prétextant des comportements violents. Violence dont nous n'avons toujours pas la moindre preuve. Normal, car des violences, il n'y en a jamais eu ! Que veut cette mère qui fuit avec son enfant le week-end de garde du père, qui se barricade à la maison et ne répond pas au téléphone, qui contribue à ce que le lien entre père et fille soit de plus en plus rare, fragile, inexistant ? Que veut cette femme à la mauvaise foi incontrôlable qui prétend que Lou n'aime pas son père ? J'appelle cela une femme que je rebute à nommer mère et qui ne pense qu'à se débarrasser d'un homme dont elle ne sait plus quoi faire. Mais il y a quelqu'un d'autre qui saurait quoi faire de cet homme-là. C'est l'enfant. C'est son enfant. C'est Lou. Et nous devons nous demander que signifie être un enfant en France en 2014. Est-ce grandir sans père, si mère le veut ? Est-ce bien la peine de parler d'intérêt supérieur de l'enfant si nous acceptons, dès sa petite enfance, qu'il ne grandisse pas avec ses deux parents ? On peut se demander ce que cela signifie d'être élevé par une femme dont toute l'énergie a consisté à séparer sa fille de son père. On peut aussi se demander ce que c'est une bonne mère. À une mère, Madame la présidente, on demande d'être suffisamment bonne pour prendre conscience que l'enfant a besoin du père. Autrement, elle sera la cause d'une carence affective dont elle ne mesure pas la gravité.*

*Le tribunal ne doit pas afficher de l'indifférence face aux multiples tentatives de Mme de Guesclin d'évincer M. Aubert.*

*Qu'est-ce qu'une société, Madame la présidente, qui permettrait à l'un des parents d'écarter l'autre de la vie de son enfant ?*

*Qu'est-ce qu'une société, Madame la présidente, qui ne se soucierait pas tout d'abord de l'intérêt supérieur de cet enfant ?*

*Qu'est-ce qu'une société, Madame la présidente, qui ne s'indignerait pas face aux droits bafoués des pères ?*

*D'un tribunal comme celui-ci, on attend qu'il agisse dans le respect de l'intérêt de l'enfant.*

*Malheureusement pour Lou et son père, la justice arrive trop tard, impuissante à restituer le temps qu'ils n'ont pas partagé. Au vu de cette irréversibilité et de cet irréparable, Madame la présidente, vous ne pourrez que condamner Mme Marie-Louise de Guesclin à la peine la plus lourde, c'est-à-dire la peine la plus importante prévue par le Code pénal, soit la peine d'un an d'emprisonnement et de 15 000 euros d'amende.*

# ÉPILOGUE

Cela fait trois jours que ma mère est rentrée à la maison. Elle s'en sort avec une prothèse de la hanche et des béquilles pour recommencer à marcher. Elle a eu beaucoup de chance. Je remercie la chance. L'accident aurait pu la tuer ou provoquer une invalidité bien plus grave. Il a suffi de quelques minutes de retard. D'une petite imprudence. D'un oubli. J'aurais dû rester au salon pendant que Simone faisait sa mise en plis.

Aujourd'hui, la chaleur est étouffante. C'est l'heure du thé. Froid. Je sors du congélateur de la glace à la fraise. Comme une gosse, elle écarquille les yeux, lève une main. Le séjour à l'hôpital l'a plongée un peu plus dans la maladie. Ça a épaissi les couches d'oubli. Elle est absente. Lointaine. Elle répète avoir toujours voulu des enfants. Elle en aura, elle en est sûre.

Je suis la mère de ma mère.

Et une mère pardonne toujours à son enfant.

Pendant son hospitalisation, je suis retournée voir Sandra.

Elle faisait se rencontrer la petite fille et son papa avant que la mère décide de partir pour Paris. C'était après l'école maternelle, chez elle, au parc, au cinéma, n'importe où, pourvu qu'il y ait de l'amour, et toujours à l'insu de Marie-Louise.

Pas de monstre.

Rien qu'un père.

Un homme mis à la porte.

Une histoire d'adultes.

Moi, une enfant candide.

Manipulée.

Une enfant aimée, privée d'un gros bout d'enfance.

Sandra n'a pas mâché ses mots :

– Ton père ne t'a pas abandonnée. C'est l'enfant qui a abandonné le père. Mais tu n'as pas eu le choix, n'est-ce pas ? Au bout de quatre ans de procédure, il t'avait perdue. Sa victoire s'est retournée contre lui. Il avait obtenu la garde partagée et ta mère avait été condamnée par le tribunal correctionnel à une très forte amende et à quelques mois de prison avec sursis. À Paris, il venait te chercher pour sa semaine de garde. Tu te cachais dans les toilettes de l'école ou tu refusais de le voir. Il m'appelait, la voix près de se rompre, pour me dire qu'il ne savait plus quoi faire, que tout était perdu. Je comprenais sa détresse, être rejeté par son enfant est insoutenable. J'essayais de le rassurer, d'y croire moi aussi. Son impuissance était totale. Face à toi, il était désarmé. Il a longuement pensé à ton avenir, à l'équilibre nécessaire pour grandir. Pour ça, il faut un horizon sans trop de menaces. Il se disait que peut-être tu étais mieux avec ta mère. Il a cherché à s'en persuader. Bien qu'inconsolable, il a préféré organiser son retour à Bordeaux. Vivre dans la même ville que toi, risquer de te croiser, te voir le fuir, tout cela était au-dessus de ses forces. Il a renoncé à tout, parce qu'il a renoncé à toi. Il aurait continué à te chercher, à t'attendre, à se battre encore, et encore. Il aurait passé des heures dans les commissariats, il aurait envoyé des dizaines de mails à son avocate, à ta mère. À toi, plus tard. Mais il avait compris que la plus grande défaite serait la tienne. Celle de l'enfant qui ne demande jamais de venir au monde, mais que le monde doit protéger. Il a décidé de croire à ta colère, et il s'est éclipsé. Il savait qu'il y a des combats qu'il vaut mieux perdre. Nous sommes restés en contact et on se donnait de temps en temps des nouvelles. Il y a environ deux ans, il a voulu me voir. C'était juste après ton dix-huitième anniversaire. Il m'a confié quelque chose de très important à te donner avec l'espoir qu'un jour tu désires en savoir plus sur lui et sur votre passé.

Sandra s'est absentée et m'a laissée seule avec mes souvenirs.

La voilà, maman affolée, joyeuse, débordante d'impatience, à la sortie de l'école. Parfois elle était là avant la sonnerie, prise par l'urgence. Ça ne peut pas attendre, l'amour. « Viens, ma chérie, tu verras, ça va être magnifique, notre week-end », me disait-elle. Promesse de bonheur, c'est ça une mère, quand ce n'est pas une fuite : elle venait me chercher avant mon père pour l'empêcher d'exercer ses droits. Ni plus, ni moins. Il arrivait, nous étions déjà ailleurs. Intouchables. Je croyais qu'il ne voulait pas passer du temps avec moi. Que je ne comptais pas assez pour lui. Je le voyais tellement peu et je n'avais pas la force de le réclamer.

Il est vrai que j'avais des bleus. Cela m'arrivait souvent et cela arrive à tous les enfants qui jouent, qui tombent et qui se roulent par terre. Encore plus à ceux qui, comme moi, souffrent de coagulopathie.

J'avais peur du noir. Chez mon père, le couloir qui menait

à ma chambre était sombre, je voulais le parcourir avec lui. Il refusait, disait que pour devenir amie de l'obscurité, je devais me cacher, fermer les yeux. La peur ne retrouve pas les enfants qui apprennent à lui échapper, me disait-il.

Le courage est une course dans le noir.

Porte, chambranle, angle saillant, arête, ça cogne, mais ça ne fait que des bleus.

Je n'ai jamais plus eu peur. J'avais gagné ma bataille pendant que mon père perdait la sienne. Il ne le savait pas, il me rejoignait dans ma chambre, me gratifiait de ses histoires. Je m'endormais, sans crainte.

Le lendemain, ma mère inspectait chaque millimètre carré de ma peau, répétait, « C'est papa qui a fait ça ? », « Oui, mais c'était un jeu », lui disais-je.

La vérité sort de la bouche des enfants. Sauf qu'elle n'avait pas besoin de cette vérité-là. Elle savait que j'avais développé une forme légère de coagulopathie. Il n'y a jamais eu de violence. Il n'y a eu que son obstination.

On avait acheté mon premier cartable. À Paris, elle était heureuse, moi aussi. J'ai aimé l'école, puisqu'elle aimait que j'aille à l'école. Ensemble, on prenait soin de mes cahiers, des stylos et de la trousse colorée. Je vivais une nouvelle aventure dont je savais l'importance. Son bonheur était ma boussole. Sans cela, je m'égarais en chemin. On ne choisit pas les émotions avec lesquelles grandir. Elles nous viennent d'ailleurs, nous collent à l'âme. Ma mère me transmettait les siennes comme on transmet une maladie. Elle replongeait dans la colère. J'étais en colère. Elle pleurait. Je pleurais. Tout comme elle, j'étais malade. Même tristesse. Même ignorance. À cette époque-là, j'ai cru que le mal venait de mon père, qu'il avait fait quelque chose contre elle. Ma mère feuilletait de plus en plus rarement mes cahiers, n'avait plus le temps de m'aider à faire mes devoirs. Elle n'était que pleurs et gémissements. J'avais peur.

Pour faire cesser ses larmes, il me suffisait de dire, « Je ne veux pas voir papa ».

J'avais six ans.

Il revenait, et je voulais être invisible.

Plus tard, j'ai eu sept ans, huit ans.

J'ai eu neuf ans, douze et quatorze ans.

Je suis sortie de l'école, du collège, du lycée, et il n'était plus là.

Il m'est resté l'écho de la sonnerie et des pensées décousues par le terrible espoir honteux, sublime, de le voir arriver encore une fois.

Il n'est jamais plus venu me chercher.

Près d'une fenêtre, je regardais souvent dehors. Rue, trottoir, voitures, passants. Comme si la ville, le monde, devaient me restituer mon père. Pourquoi était-il parti ? Quels vêtements pourrait-il porter aujourd'hui ? L'hiver, je pensais à son écharpe à rayures bleues et blanches. Il disait qu'il l'avait tricotée lui-même. Je savais que c'était une blague. Dans mes pensées en souffrance, je l'habillais comme une poupée.

Je me rends compte que mon père m'a terriblement manqué.

Le cœur d'un enfant est fragile.

Il ne peut pas choisir.

Papa ou maman ?

Que faire des émotions ratées ? des souvenirs infidèles ?

Et la vérité ? Sort-elle de la bouche des enfants ?

De retour dans le salon, Sandra m'a tendu une enveloppe couleur bleu ciel et une autre plus grande, matelassée. Je n'ai pas osé bouger. Elle les a posées sur la table basse et m'a expliqué :

– Ton père, tel que je l'ai connu, n'a jamais rien fait à la légère. C'était un homme réfléchi. Il avait commencé à écrire à l'âge de onze ans, après la mort de sa mère. Il a gardé l'habitude de prendre des notes sur ses journées, son travail. Il lui fallait poser la vie noir sur blanc. Dans la grande enveloppe, il y a ses carnets écrits pendant les années comprises entre la rencontre avec Marie-Louise et votre déménagement à Paris. Je ne suis pas à ta place, mais je trouve que tu ne pouvais recevoir plus beau cadeau pour tes dix-huit ans.

Sandra a pris les deux enveloppes et me les a tendues une nouvelle fois. Curiosité et remords, pudeur et colère se mélangeaient dans ma tête qui s'était mise à tourner. Saurais-je lire ? Je les ai saisies, troublée. Celle renfermant les carnets pesait des tonnes et me brûlait les mains. J'ai dû la poser sur la petite table et j'ai ouvert l'autre qui contenait une lettre manuscrite. Je crois que je n'avais jamais vu l'écriture de mon père. Dans les mots calligraphiés à l'encre bleue, j'ai cru d'abord voir un dessin. Ça m'a émue. J'ai tendu la feuille à Sandra pour qu'elle la lise pour moi. Je voulais être seulement à l'écoute, après avoir tant cédé au besoin de ne rien savoir.

*Bordeaux, le 15 octobre 2026*

*Ma Lou,*

*Le jour de ses dix-huit ans est aussi important que celui de sa naissance. Tu as dû l'attendre avec impatience, ce 15 octobre 2026. Moi aussi. Ce soir, je fêterai ton anniversaire sans toi, pour être avec toi, et ne pas me dire qu'aujourd'hui ton absence m'est encore plus insupportable. Toutefois, si tu me lis, c'est que tu ne m'as pas totalement oublié et que tu me reconnais en tant que père. Je l'ai toujours espéré. Quand bien même je vivrais mille ans, je ne cesserais pas de t'attendre. Mais je sais que l'avenir est dans les mains des enfants, et ne veux pas ignorer ton privilège, ni te priver de ta liberté.*

*Avec ma lettre se trouve une enveloppe contenant mes carnets écrits entre la fin de l'année 2007 et l'année 2014, ainsi que différents documents concernant la procédure judiciaire qui m'a opposé à ta mère et que j'avais intégrés à mon journal. Ce n'est pas par vengeance ou amour-propre que j'aimerais que tu en prennes connaissance. Ce n'est pas non plus un cadeau empoisonné, seulement l'espoir de combler un vide qui risquerait d'être à lui seul toute ta vie. Et une vie qui se bâtit sur du vide ignore tout d'elle-même. Lou, mon amour, ne reste pas à la surface des choses. Accepte l'histoire que j'ai à te transmettre, c'est aussi la tienne.*

*J'aimerais que, parmi les souvenirs que tu gardes de ton passé, tu n'aies pas oublié le cheval blanc du carrousel. Tu t'en souviens, n'est-ce pas ? Pour abolir le temps, il suffit parfois d'un simple tour de manège. C'est magique.*

*Si tu penses que ce temps-là mérite d'être retrouvé, sache que j'ai décidé de revivre en enfance. J'ai repris l'affaire de la place Tourny à Bordeaux. Je suis, depuis 2015, le nouveau propriétaire du carrousel.*

*Ton cheval court tous les jours, mais personne, à part toi, n'aura jamais mon autorisation pour courir avec lui.*

*Mon adorable Lou,*
*ton père qui t'aime,*

*Ambroise*

## REMERCIEMENTS

Mes plus sincères remerciements vont aux pères Jérôme Cotro, Xavier Gauthier, Christian, Pierre, Thibault, Laurent, Paolo pour leur témoignage et la confiance qu'ils m'ont accordée ; je remercie Didier pour m'avoir fait partager son expérience dans le métier de thanatopracteur avec beaucoup de sensibilité ; merci à maître Séverine Millet, précieux fil d'Ariane dans le labyrinthe juridique.

Merci à Odde pour sa présence fidèle.

Toute ma gratitude va à mes agents Laure Pécher et Pierre Astier ainsi qu'à mon éditrice, Véronique Ovaldé, tout simplement irremplaçables.

## DE LA MÊME AUTRICE

*On ne touche pas*, Albin Michel, 2020 ; Le Livre de Poche, 2022 ; Prix du premier roman 2020.